플러드
Fludd

Fludd

힐러리 맨틀 장편소설 이경아 옮김

플러드

민음사

앤 오스트로프스카에게 이 책을 바칩니다.

차례

작가 노트   9

작가 노트

이 이야기에 나오는 교회는 1956년경의 실제 로마 가톨릭교회와 비슷한 면이 있지만 그리 크게 닮지 않았다. 페더호턴이라는 마을은 지도에 존재하지 않는다. 실존 인물 플러드(1574~1637)는 의사이자 학자였으며 연금술사이기도 했다. 연금술에서 만물은 문자 그대로의 시실에 기반한 실멍이 있으며, 그에 더해 상징적이고 환상적인 설명도 가진다.

일러두기

1. 원서에 이탤릭체로 강조된 부분은 고딕체로 구분했다.
2. 각주는 모두 옮긴이주다.
3. 본문에 인용된 성서는 공동번역 개정판을 따랐다.
4. 본문에 등장하는 가톨릭 성인들의 이름은 국립국어원 표기원칙에 따르되 한국 가톨릭교회 내에서 통용되는 대로 표기하기도 했다.

당신은 런던 내셔널 갤러리가 19세기에 앵거스타인 컬렉션에서 구입해 전시 중인, 세바스티아노 델 피옴보의 거대한 그림 「나사로의 부활」을 알 것이다. 강물과 아치형 다리, 생생한 푸른 하늘을 배경으로 군중—아마도 이웃들—이 부활한 사람 주위에 모여 있다. 나사로는 죽어 있을 때 혈색이 누르스름하게 번했지만 여전히 근육질이며 체격이 건장하다. 그의 수의는 머리에 감은 수건처럼 늘어져 있다. 사람들은 그를 걱정하듯 몸을 앞으로 내밀고 있고 그와 뭔가를 상의하려는 듯하다. 그의 모습은 무엇보다도 자기 코너에 있는 복서를 연상시킨다. 그를 에워싼 사람들은 어리둥절하고 살짝 회의적인 표정이다. 여기 이 부분—뭉쳐진 수의에서 오른쪽 다리를 막 빼내려는—을 보면 그의 고난이 다시 시작되리라 느껴진다. 한 여인—마리아 아니면 마르타—이 입을 가린 채 속삭이고 있다. 그리스도는 한 손으로는 부활한 자를 가리키고 다른 손은 손가락을 활짝 편 채 위로 들고 있다. 많은 라운드를 버텨 냈고 이제 5라운드가 남았다는 뜻이리라.

1장

수요일에 주교가 몸소 찾아왔다. 그는 통통한 체격에 딱딱한 성격으로 테 없는 안경을 쓴 현대적인 고위 성직자였다. 그는 커다란 검은색 승용차를 타고 교구를 돌아보는 일을 무엇보다 좋아했다.

그는 도착하기 두 시간 전에 자신의 방문을 미리 알리는 조치 — 이런 상황에서 바람직한 — 를 취했다. 주임 사제관의 복도에서 울리는 전화벨 소리는 그 부드러운 음색이 기독교적이었다. 미스 템프시는 부엌에서 나오다가 그 소리를 들었다. 그녀는 잠시 전화기를 물끄러미 바라보더니 뒤꿈치를 들고 살금살금 다가갔다. 그러고는 뜨거운 물건을 만지듯 수화기를 들었다. 그녀는 고개를 한쪽으로 기울이고 수화기를 볼에서 멀찍감치든 채 주교의 비서가 전하는 사항을 들었디. "네, 주교님." 그녀는 이렇게 웅얼거리듯 대답했다. 나중에 그 비서가 이런 호칭을 들을 위치가 아니라는 사실이 생각났지만. "주교와 그의 아첨꾼들." 앵윈 신부는 늘 이렇게 말했다. 미스 뎀프시는 그 아첨꾼들이 부제(副祭) 정도 되리라 짐작했다. 그녀는 손끝으로 들고 있던 수화기를 조심스럽게 내려놓았다. 그리고 어둑한 복도에 잠시 서서 생각을 정리했다. 잠시 후 그녀는 마치 '예수님의 거룩한 이름'을 듣기라도 한 것처럼 고개를 까딱 숙였다. 다음 순간 그녀는 계단으로 가더니 위를 보며 힘차게 외쳤다. "신부님, 앵윈 신부님, 어서 일어나서 옷 갈아입으세요. 주교님이 11시 전에 우리를 방문하실 거예요."

미스 뎀프시는 부엌으로 돌아가 전깃불을 켰다. 그날 아침은 빛이 엄청난 차이를 만들어 내는 날씨가 아니었다. 여름이 두툼한 잿빛 담요처럼 창문에 딱 붙어 있었다. 미스 뎀프시는 저 밖의 나뭇가지와 잎사귀에서 끊임없이 똑, 똑, 똑 떨어지는 소리며 좀 더 요란하게 금속을 때리는 팅, 팅 소리를 들었다. 홈통 소리였다. 전깃불을 뒤로한 채 그녀의 그림자가 칙칙한 녹색 벽지 위를 움직였다. 거대한 두 손이 주전자를 향해 둥둥 떠갔다. 짙은 바닷속에 있는 것처럼 그녀의 팔다리가 가스레인지를 향해 헤엄쳐 갔다. 위층에서는 신부가 신발로 바닥을 두드리며 곧 내려올 것처럼 굴었다.

십 분 후 마침내 그가 일어났다. 미스 뎀프시의 귀로 마룻바닥이 삐걱거리는 소리, 세면대에서 물이 쏴 하고 내려가는 소리, 계단을 내려오는 발소리가 연이어 들려왔다. 복도로 내려오자마자 신부가 한숨을 쉬었다. 신부 혼자만의 아침 한숨이었다. 어느새 그는 미스 뎀프시의 뒤에서 서성거리고 있었다. "애그니스,

내 위를 위해 뭘 준비했어요?"

"글쎄요." 그녀가 대꾸했다. 신부는 소금을 어디에 넣어 두는지 잘 안다. 하지만 그의 어머니이기라도 하듯 그녀가 항상 소금을 갖다주어야 한다. "7시 미사에는 많이들 나왔나요?" "그런 질문을 하다니 재밌네요." 신부는 미스 뎀프시에게 아침마다 듣는 질문이 아닌 양 대답했다. "늙은 '마리아의 아이들' 몇 명에 늘 보는 부랑자들뿐이었어요. 그 사람들만의 특별한 축제가 열린 건 아니겠죠? 발푸르기스의 밤[1] 말이에요."

"무슨 말씀을 하시는지 모르겠어요, 신부님. 잘 아시다시피 제가 바로 그 마리아의 아이들 회원인데요. 게다가 축제 이야기는 들은 적도 없어요." 그녀는 발끈한 듯 보였다. "그 사람들이 망토나 그 비슷한 걸 걸치고 있던가요?"

"그럴 리가요, 그 사람들은 평범하게 입고 있었어요. 평소처럼 말 위에 걸치는 담요를 걸치고 있더군요."

미스 뎀프시가 찻주전자를 식탁으로 가져왔다. "교우회 신자들을 놀리시면 안 돼요, 신부님."

"주교님이 왜 오시는지 돌아다니는 말 없어요? 지하에서 떠도는 정보들? 베이컨 먹어도 돼요, 애그니스?"

"현재 신부님의 위장 상태로는 안 돼요."

미스 뎀프시가 주전자의 내용물을 따랐다. 짙은 갈색 액체가 꾸르륵거리며 흘러나오는 소리가 나무에서 물 떨어지는 소

---

1 중북부 유럽에서 4월 30일에서 5월 1일에 이르는 기간에 널리 행하는 봄 축제. 불을 피우면서 축하한다.

리, 굴뚝에서 휘몰아치는 바람 소리 등에 더해졌다.

"미사에 다른 신자도 있었어요." 그가 말했다. "매커보이가 거기 있더군요." 앵원 신부가 식탁 위로 몸을 숙였다. 그는 양손으로 컵을 감싸 손을 녹였다. 그가 매커보이라는 이름을 말하는 순간 그의 얼굴에 그림자가 드리우더니 턱 부근을 맴돌았다. 상상력을 타고난 미스 뎀프시는 그 모습에서 여든 살이 된 신부를 잠시 본 것 같다고 생각했다.

"어머, 그래요?" 그녀가 말했다. "특별히 온 이유가 있었나요?"

"아뇨."

"그럼 왜 그 사람 이야기를 꺼내신 거예요?"

"다정한 애그니스, 내가 약간의 평화를 누리게 내버려 둬요. 뚱보님을 맞을 마음의 준비를 하게 해 줘요. 그 사람은 뭘 원하는 걸까요? 이번에는 또 무슨 꿍꿍이가 있을까요?"

애그니스는 불평불만으로 얼굴이 통통 부은 채 먼지떨이를 들고 밖으로 나갔다. 신부가 무슨 뜻으로 지하 정보 운운했는지 모르겠지만, 혹시 그녀를 비난하는 것일까? 마음 깊은 곳에 이곳을 찾겠다는 뜻을 품은 주교 본인을 제외하면 아무도 그 계획을 몰랐다 — 곁에서 알랑거리는 아첨꾼들은 알았을지 모르지만. 그러므로 그녀, 미스 뎀프시는 알 수 없었고, 그런고로 마리아의 아이들은 물론 교구의 누구에게도 이 일에 대해 넌지시 알리거나, 누설하거나, 폭로할 수 없었다. 알았다면 말했을지도 모른다. 그랬을 수도 있다 — 그녀 생각에 누군가는 알아야 한다면. 그 누군가가 누가 될지 판가름 짓는 판관이 바로 그녀였다.

왜냐면 미스 뎀프시는 성당과 수녀원, 그 외 모두를 중재하는 특별한 위치에 있기 때문이다. 그녀에게 정보를 모으는 일은 바람직한 의무였다. 그런 후에 그 정보로 무엇을 할지는 그녀의 판단과 경험에 달려 있었다. 할 수만 있다면 고해 성사도 엿들을 것이다. 그녀는 종종 어떻게 그 일을 해낼지 머리를 굴렸다.

아침 식탁에 남겨진 앵원 신부는 자신의 찻잔을 물끄러미 바라보다 옆으로 치웠다. 미스 뎀프시는 찻잎 거르개를 제대로 사용하지 못했다. 찻잎에서 특별한 징조는 읽을 수 없었지만, 앵원 신부는 누군가가 그를 뒤따라 부엌으로 들어왔다는 생각이 불쑥 들었다. 그는 대화를 나눌 때처럼 고개를 들었지만 그곳에는 아무도 없었다. "누구든 들어오시오." 그가 말했다. "진하게 내린 차 한잔 드시구려." 앵원 신부는 머리카락과 눈동자가 낙엽색인 여우상이었다. 그는 고개를 비스듬히 들고 바람 냄새를 킁킁 맡더니 자신이 감지한 것을 슬그머니 외면했다. 집 안 어디선가 문이 쾅 닫혔다.

이쯤에서 애그니스 뎀프시를 살펴보자. 그녀는 먼지떨이를 들고 먼지 한 톨 없는 책상 위를 이리저리 터는 중이다. 최근 몇 년 동안 그녀의 얼굴은 접어서 상자를 만드는 얇은 면 조각처럼 힘없이 처졌다. 목도 늘어져서 밀가루처럼 새하얀 가리비 모양 옷깃에 파묻혀 있는데, 옷에 가려 잘 안 보인다. 두 눈은 둥글고 어린아이 같은 느낌의 밝은 푸른색인데, 눈썹은 거의 없다시피 하며 흰머리가 드문드문 섞인 빛 바랜 금발이 정전기라도 일어난 듯 헤어라인에서부터 빳빳이 서 있어서 놀란 듯한 분위기가 풍긴다. 주름치마를 입었고 치맛단 아래로 병 모양의 짤막한 다리가 보인다. 작은 가슴 위로는 파스텔 색조의 카디건 세트를 입고 있다. 그녀의 입술은 작고 핏기가 없고 흐릿하지만 그녀가 좋아하는 음식, 이를테면 에클스 케이크, 바닐라 슬라이스, 붉은색 흰색 포일에 포장한 미니어처 초콜릿 스위스 롤을 꿀꺽 삼키는 데는 문제없다. 스위스 롤을 먹을 때면 포일 포장지를 조심스럽게 벗겨서 연필처럼 가늘게 접고 비틀어서 반지 모양으로 만든 후 약지에 껴 보는 건 그녀의 습관이다. 반지를 끼면 양손을 내밀어서 ─ 손가락은 혈색이 없고 막 시작된 관절염 때문에 굽어 있다 ─ 잠시 감상한다. 그렇게 집중해서 보느라 인상을 쓰면 왼쪽 눈썹 앞부분에 세로로 주름이 잡힌다. 그런 후에 손을 무릎으로 내렸다가 잠시 후 반지를 고이 빼서 불에 집어넣는다. 이런 행동은 미스 뎀프시의 은밀한 습관으로 지금껏 아무도 본 사람이 없다. 그녀의 윗입술 오른쪽에는 입술처럼 흐릿하고 작은 사마귀가 납작하게 나 있다. 그녀는 도저히 참지 못하고 자꾸 사마귀를 만진다. 그녀는 이 사마귀가 암일까 두렵다.

주교가 사제관으로 들어올 즈음 앵윈 신부의 숙취는 해소되었다. 그는 비위를 맞추듯 만면에 미소를 지으며 응접실에 앉아 있었다. "앵윈 신부, 앵윈 신부." 주교가 응접실을 가로질러 들어와 그와 악수를 했는데, 한 손으로 신부의 손을 맞잡고 흔들며 나머지 손으로는 맞잡은 손의 팔뚝을 쥐는 모습이 꽤 흥에 겨운 것처럼 보였지만, 주교가 낀 이중 초점 안경은 의심스러운 기미를 풍기며 번득거렸고 그의 머리는 축제에서 쏘아 떨어뜨리는 태엽 장난감처럼 양쪽으로 도리질을 했다.

"차 한잔 하시겠습니까?" 앵윈 신부가 물었다.

"차 마실 시간은 없다네." 주교가 대답했다. 그는 벽난로 앞 깔개에 떡 버티고 섰다. "바른 생각을 가진 사람들을 하느님의 가족 안에서 하나로 모으는 것에 대해 자네와 이야기를 나눠 볼까 하고 왔다네." 주교가 이렇게 운을 뗐다. "자, 자, 앵윈 신부. 자네가 애써 주기를 기대하고 있다네."

"앉으시겠습니까? 아니면?" 앵윈 신부가 수심하게 물었다.

주교는 분홍빛 손을 앞으로 맞잡았다. 그는 엄한 눈빛으로 신부를 보더니 그 자리에서 몸을 추처럼 살짝 흔들었다. "다음 십 년은 말일세, 앵윈 신부. 통합의 십 년이라네. 화합의 십 년. 교인들이 가족이 되는 십 년. 기독교 공동체 그 자체와 교감하는 십 년." 애그니스 뎀프시가 쟁반을 받쳐 들고 들어왔다. "오, 이왕 이렇게 가져왔으니." 주교가 말했다.

미스 뎀프시가 응접실을 나가자 — 흐린 날씨 탓에 그녀는 무릎이 뻣뻣했기 때문에 서두르지 않고 느긋하게 걸음을 옮겼다 — 앵윈 신부가 말했다. "혹시 손도끼를 땅에 파묻는 십 년이라는 말씀이신지요?"

"화해의 십 년." 주교가 대답했다. "우호의 십 년이자 공존의 십 년, 모두가 하나 되는 십 년이라는 뜻일세."

"제가 그런 것을 한 번도 경험해 보지 못한 사람이라는 듯 말씀하시는군요." 앵윈 신부가 말했다.

"보편 교회 주의 정신." 주교가 말했다. "자네는 바람에 실려 오는 이 정신이 느껴지지 않나? 수많은 기독교도의 기도에서 뿜어져 나오는 그 정신을 못 느끼겠나?"

"그 정신의 숨결이 목덜미에 느껴집니다."

"내가 시대를 앞서 나가는 건가?" 주교가 물었다. "아니면 앵원 신부, 자네가 변화의 바람에 눈과 귀를 막고 있나? 그건 그렇고, 이제 차를 따라 주겠나? 나는 진한 차는 못 마신다네."

앵원 신부가 차를 따라 주자 주교가 잔을 들고 살짝 흔들더니 혀가 델 것 같은 뜨거운 차를 한입 그득 마셨다. 벽난로 앞에 선 주교는 발끝을 좀 더 넓게 벌리고는 토실토실한 두 팔로 뒷짐을 진 채 쌕쌕 소리가 나도록 숨을 쉬었다.

"화가 치미는군." 앵원 신부의 말은 나지막했지만, 혼잣말로는 들리지 않았다. "내게 화가 치밀어. 어떠신가요, 차는 충분히 뜨거웠습니까? 마실 만하셨습니까? 위스키를 타 드릴까요?" 그가 목소리를 높였다. "주교님을 도저히 이해하지 못하겠습니다."

"음." 주교가 말했다. "현지어 미사에 대해서 들은 적이 있나? 생각해 본 적은 있고? 나는 그런 미사에 대해 생각 중이네. 늘 생각하고 있지. 그 생각을 하는 사람들이 로마에도 있다네."[2]

신부가 고개를 가로저었다. "저는 그 의견에 동조할 수 없습니다."

"선택의 여지가 없네, 신부, 선택의 여지가 없어. 오 년이나,

---

2 제2차 바티칸 공의회(1962-1965) 이전에는 가톨릭 전례상 라틴어로 미사를 진행하는 것이 원칙이었다. 1970년 이후 각 지방 언어로 미사가 집전되기 시작했다.

명심하게, 그보다 좀 더 걸리더라도……."

앵원 신부가 고개를 들었다. "그러니까," 그가 말했다. "우리가 무슨 말을 하는지 그 사람들이 이해하게 될 거라는 뜻입니까?"

"바로 그걸세."

"말도 안 됩니다." 신부가 웅얼거리듯 말했다. "터무니없어요." 그러더니 좀 더 큰 소리로 말을 이었다. "라틴어 미사가 사람들에게 지나치게 좋은 거라고 생각하신다면, 그건 이해가 됩니다. 하지만 저는 이곳 사람들이 영어도 제대로 알아듣지 못해서 고생 중입니다."

"나도 그 점에 대해서 생각 중이네." 주교가 말했다. "페더호턴 주민들의 수준은 높지 않아. 나도 수준이 높다고 말할 생각은 없네."

"그러면 저는 어떻게 해야 합니까?"

"만사가 그들의 삶을 개선할 수 있네, 신부. 물론 공영 주택 이야기를 하는 게 아니야. 이 지역에서 주택 문제가 골칫거리라는 걸 알지만……."

"레퀴에스칸트 인 파체."[3] 신부가 중얼거렸다.

"……그렇지만 그 사람들이 공짜 안경이 없나, 공짜 틀니가 없나? 앵원 신부, 우리가 사는 세상에서는 말일세, 물질적 행복을 증진하기 위해 할 수 있는 온갖 일이 이루어지고 있네. 그렇다면 자네는 영적 행복의 관점에서 그들을 개선할 방안을 고민

---

3 Requiescant in pace. 고인은 편히 잠드소서.

해야지. 자, 내가 자네에게 도움이 될 만한 조언을 가져왔으니 그걸 받기만 하면 되네."

"제가 못 할 이유가 없죠." 앵윈 신부는 주교에게도 다 들릴 정도로 큰 소리로 덧붙였다. "이렇게 멍청해도 주교를 하시는데 요. 제가 이 구역에서 교황이 못 될 이유가 어디 있겠습니까." 그가 고개를 들었다. "분부만 내려 주십쇼."

주교가 그를 노려보았다. 조약돌을 던지는 듯한 눈빛이었다. 그는 입을 꾹 닫고 차를 한 잔 다 마실 때까지 아무 말도 하지 않았다. 이윽고 그가 입을 열었다. "성당을 둘러보고 싶네."

이야기가 더 진행되기 전에 일찌감치 이 페더호턴 마을의 위치에 대해 한번 살펴보자. 마을 주민들의 풍습과 관습, 옷차림에 대해서도 살펴볼 것이다.

이 마을은 삼면으로 황무지에 둘러싸여 있다. 마을 거리에서 보면, 주변 구릉 지대는 잠자는 개의 구부정하고 털이 빳빳하게 곤두선 등처럼 보인다. 잠자는 개는 건드리지 마라. 이것이 이 마을 사람들의 신조다. 그들은 자연을 증오하기 때문이다. 그래서 그들은 마을의 네 번째 면으로 눈을 돌려 산업화가 진행된 북부의 검은 심장, 즉 맨체스터와 위건, 리버풀로 그들을 데려다 줄 도로와 철로를 바라보았다. 그들은 도시 사람이 아니었다. 도시 사람의 호기심은 눈곱만큼도 없었다. 그들은 시골 사람도 아니었다. 그들은 소와 양을 구별할 수 있지만, 목축업이 그들의 돈벌이는 아니었다. 그들의 돈벌이는 면(綿)이었고, 그렇게 된 지 백 년이 다 되었다. 그곳에는 방직 공장이 세 곳 있었지만, 나막신과 숄은 없었다. 그림 같은 풍경은 더더욱 없었다.

여름이 되면 마을 주위의 황무지는 새까맣게 보였다. 멀리 크고 작은 언덕 위는 작은 형체들로 우글거렸다. 수자원 위원회, 삼림 위원회 사람들이었다. 구릉 지대의 움푹한 곳에는 사람들의 눈에 띄지 않는, 백랍색 못이 여럿 있었다. 가을의 첫 시작은 강설로, 눈은 황무지를 통과해 요크셔로 가는 길목을 막아 버렸다. 그리고 이런 상황은 대체로 좋은 일로 여겨졌다. 겨우내 눈은 구릉 지대에 쌓여 있었다. 4월이 되어서야 녹아 여기저기 땅이 드러났다. 가장 따뜻한 5월이 되면 눈은 완전히 자취를 감추었다.

페더호턴 사람들은 강력한 의지력을 발휘해 절대 황무지로 시선을 돌리지 않았다. 황무지에 대해 이야기하지 않았다. 그곳의 풍광을 보며 생생한 위엄과 장엄함을 느끼는 사람 — 그런 점이 외지인이라는 표시였다 — 도 있을 것이다. 그러나 페더호턴 사람들은 절대 풍경을 보지 않았다. 그들은 에밀리 브론테가 아니었다. 하물며 에밀리 브론테가 되라고 돈을 주는 사람도 없었다. 브론테 집안 같아지는 상황이 벌어질 기미만 보여도 그들은 마음을 걸어 잠그고 신발 끈만 내려다 보았다. 황무지는 그들의 상상력이 매장된 거대한 묘지였다. 훗날 근방에서 악명 높은 살인 사건들이 일어났고 진짜 시체들이 황무지에 묻혔다.

페더호턴에서는 이곳의 중심가를 '업스트리트'라고 불렀다. "나는 업스트리트에 있는 조합 포목점에 갈 거야." 사람들은 이렇게 말하곤 했다. 그 큰길은 꽤 번창했다. 연어 통조림이 진열된 식료품점 창문 뒤에는 직원들이 손님 맞을 준비를 한 채 베이

컨 써는 기구 곁에 서 있었다. 조합 포목점 외에도 조합 잡화점, 조합 정육점, 조합 신발 가게, 조합 빵집, 양장점인 마담 힐다가 있었다. 미용사도 있었는데, 그 사람은 아가씨가 오면 비닐 커튼으로 공간을 분리한 칸막이 자리로 안내해 파마를 해 주었다. 마을에는 서점은커녕 그 비슷한 것도 없었다. 그렇지만 공립 도서관과 전쟁 기념비는 있었다.

이 업스트리트에서 경사가 25도인 길이 구불구불 갈래지어 나간다. 그리고 이 길에는 현지에서 채굴한 석재로 지은 테라스 하우스[4]가 서 있다. 이 주택들은 지난 세기가 끝나 갈 무렵 방직 공장 주인들이 지어 노동자들에게 세를 주었다. 테라스 하우스의 주택들은 앞문이 포장도로 쪽으로 곧장 나 있었다. 1층은 방이 두 개로, 그중 하나가 응접실인데 이곳에서는 '하우스'라고 불렀다. 그런 연유로 페더호턴 사람들은 있을 법하지 않은 상황에서 어떤 식으로건 자신의 행동을 해명할 때면 이렇게 말하곤 했다. "오늘 아침에는 위층을 청소했고, 오후에는 하우스를 치워야 해."

페더호턴 사람들의 말은 따라 하기 쉽지 않다. 그런 노력은 헛되고 부질없다. 기껏 따라 해 봐야 이곳 사투리가 지닌 엄숙함이랄지 고풍스러운 형식미가 사라져 버리기 때문이다. 그 형식미란 언어 주위를 떠돌며 흘러나오는 화법이라고 앵윈 신부는 믿었다. 사람들은 어떤 물살에 휘말려 알아차리기도 전에 평범한 영어라는 배는 가 닿을 수 없는 곳으로 멀리 휩쓸려 간다. 그

---

4 벽을 공유하며 길게 늘어선 형태의 저층 집합 주택.

들은 가라앉았다 떴다 하며 물 위를 둥둥 떠다니다가 노도 없이 물길을 거슬러 올라왔다.

이건 여담인데, 앞서 설명한 주택들에서는 곁길로 샐 기회가 도통 없었다. 그 집들은 대체로 '하우스'에 설치한 석탄 벽난로를 제외하면 달리 난방 장치가 없었다. 물론 정의가 불분명한 위기 상황을 대비해 열선이 한 줄뿐인 전기난로 한 대 정도는 있을 수 있었지만. 주방에는 찬물 수도꼭지만 달린 깊은 싱크대가 설치되어 있고 매우 가파른 계단을 올라가면 2층이 나왔다. 2층에는 침실 둘 다락방 하나. 밖으로 나가면 여남은 집이 함께 사용하는 자갈 마당이 나왔다. 지붕이 낮은 석탄 창고들이 일렬로 서 있고, 똑같이 지붕이 낮은 옥외 변소들도 일렬로 서 있었다. 석탄 창고는 집마다 하나씩 딸려 있지만, 옥외 변소는 두 집에 하나였다. 이런 풍경이 페더호턴과 그 주변 지역에서 일반적인 거주 환경이었다.

외지인의 시선에 비친 대로 페더호턴의 아낙네들을 살펴보자. 외지인이라면 분명 그럴 기회가 있었을 것이다. 왜냐하면 이 지역 남정네들이 방직 공장에서 일하는 동안 아낙네들은 대문가에 서 있기를 즐기기 때문이다. 이렇게 서 있는 것이 그들의 일이었다. 유흥은 남자들의 몫이었다. 축구부터 당구, 닭 키우기까지. 선행의 보상으로 받는 담배나 애런델 암스에서 마시는 맥주 같은 것도 남자들에게만 주어졌다. 종교와 공공 도서관은 아이들 차지였다. 여자들은 오로지 얘기를 나눴다. 그들은 동기를 분석하고, 진지한 일에 대해 토론하고, 삶을 앞으로 끌고 갔다. 교실과 그들의 현재 상태 사이에는 방직 작업장이 있었다. 직조기 소음에 가는귀가 먹은 탓에 말소리를 크게 내다 보니 그들의 목소리는 쫓겨난 갈매기들의 아우성처럼 자갈이 나뒹구는 거리에 뿔뿔이 흩어졌다.

나무 한 그루 없는 거리들, 그곳으로 바람이 분다.

이제 아낙네들의 (문가용이 아닌) 외출용 옷을 살펴보자. 그들은 외계인 피부처럼 두껍고 끈적끈적한 녹색 방수 비닐 우의를 입었다. 비가 오지 않으면 이 우의는 돌돌 말아서 집 근처에 던져두었는데, 얼핏 몸을 말고 잠을 자고 있는 아마존 태생의 파충류처럼 보였다.

신발을 보면, 그들은 목이 짧고 중앙에 커다란 지퍼가 달린 침실용 실내화를 신었다. 외출을 할 때는 모양은 동일하지만 고동색의 거친 스웨이드 가죽으로 만들어 더 튼튼한 구두를 신었다. 목 짧은 부츠 위로 다리가 통처럼 올라와, 커다란 겨울 외투 아랫단 아래로 3센티미터 남짓 보일 듯 말 듯했다.

이들보다 어린 여자들은 다른 침실용 실내화를 신었다. 매년 크리스마스면 친척들끼리 서로 이 실내화를 선물했다. 그것은 접시 모양으로, 분홍색이나 푸른색 인조 모피가 두툼하게 달려 있었다. 처음 신을 때는 밑창이 단단하고 유리처럼 반짝거렸다. 그렇지만 일주일 정도 신어서 닳기 시작하면, 밑창은 휘고 푹 꺼진다. 여자들은 걸핏하면 이 실내화를 하찮게 여기면서도 이 일주일 동안만큼은 나일론 모피가 발목을 간지럽힐 때면 괜히 으쓱해하며 사치를 누린다는 죄스러운 기분마저 느꼈다. 그러나 시간이 흐를수록 털은 나풀거리지 않고 여기저기 뭉쳤고, 2월이 되면 기름 덩어리와 엉겨 붙었다.

아낙네들은 대문가에 서서 지나가는 사람들을 지켜보며 웃었다. 그들은 자신들을 대상으로 한 농담을 즐겼지만, 이렇게 문가에서 즐기는 시간은 대부분 주위에서 신체적 기형을 찾아내는 일로 채워졌다. 그들은 곱사등이나 안짱다리, 언청이가 지나가는 모습이 보이기를 바라며 살았다. 장애인을 조롱하면서도 그것이 잔인하다고 생각하지 않았다. 오히려 더할 나위 없이 자연스러운 일이라 여겼다. 그들은 감성적이면서도 동정심이라고는 없었고, 그 어떤 일탈이나 편차, 기벽, 일말의 독창성에 대해 조금의 포용심도 보이지 않았으며 몹시 준열했다. 이 마을에서는 허세나 가식을 철저하게 냉대해서 야망이나 심지어 글을 읽고 쓰는 것까지도 멸시하는 풍조가 만연했다.

업스트리트에서는 또 다른 가파른 경사로인 처치 스트리트가 갈라졌다. 이 길은 민가가 없고 양쪽으로 오래된 산울타리가 서 있는데, 잎사귀에는 한 번도 털지 않았을 법한 분진이 쌓여 있었다. 처치 스트리트를 꼭대기까지 오르면 여기저기 진창인 넓은 돌길이 나오는데, 페더호턴에서는 마찻길로 알려져 있었다. 지난 세기에는 마차가 신앙심이 돈독한 사람을 태우고 그 길을 오가던 시기가 있었다. 그 마차의 목적지는 마을 학교와 수녀원, 성 토마스 아퀴나스 성당뿐이었다. 그 마찻길에서 여러 갈래로 갈라져 나온 오솔길들을 따라가면 작은 마을인 네더호턴과 황무지가 나왔다.

마을에 난 좀 더 작은 길들 가운데 하나를 따라 꼭대기까지 오르면 정사각형의 붉은색 건물인 감리교 예배당이 나왔다. 그 곁으로 묘지가 있는데, 신도가 요절을 하면 그곳에 묻혔다. 테라스 주택에는 신교도들도 군데군데 살았다. 마당마다 신교도들이 있었다. 그들의 집에는 응접실 벽장 문에 압정을 꽂아 놓은 알록달록한 교황 달력이 없었다. 그러나 그 점을 제외하면 신교도의 집도 여느 가정집과 다르지 않았다.

그런데도 이웃들의 눈에 신교도들은 남달랐다. 그들은 비난받을 만한 무지의 죄를 지었다. 그들은 '참된 신앙'의 계율을 받아들이길 거부했다. 그들은 성 토마스 아퀴나스 성당이 그곳에 있는 줄 알면서도 그곳에 가려 하지 않았다. 아이들을 페르페투아 원장 수녀에게 보내 훌륭한 가톨릭 교육을 받게 하지 않았다. 대신 아이들을 버스에 태워 다른 마을에 있는 학교에 보내는 편을 선호했다.

페르페투아 원장 수녀라면 위험할 정도로 달콤한, 그 유명한 미소를 지으며 아이들에게 이렇게 말할 것이다. "우리는 신교도들이 그들 방식으로 하느님을 섬긴다고 해도 이의가 없단다. 그렇지만 우리 가톨릭 신자들은 그분의 방식으로 그분을 섬기는 편을 더 좋아하지."

신교도들은 당연하게도 이 비난받을 만한 무지 때문에 저주받은 운명이었다. 그들은 지옥에서 활활 타오를 것이다. 칠십 년 동안 자전거를 타고 가파른 길을 오르내리고, 결혼을 하고, 빵과 고기 요리에서 나온 기름을 먹다가 기관지염, 폐렴, 골반 골절을 겪고, 목사가 찾아오고 꽃집에서 근조 화환을 만들면 마침내 악마들이 그들의 살을 집게발로 찢어발길 것이다.

그들의 이웃들은 으레 그렇게 여겼다.

성 토마스 아퀴나스 성당은 거대했다. 사방 벽은 검댕과 기름이 덕지덕지 끼어 원래 잿빛이었던 것이 검게 변했다. 그것은 좀 더 높은 지대에 뾰루지처럼 서 있었다. 건물로 올라가는 작은 돌계단과 자갈 깔린 경사로는 미끄럽고 이끼가 잔뜩 껴 있었다. 탑의 아랫부분에 난 경사로와 계단은 위험천만하고 지저분한 부랑자의 발치를 향해 냅다 달려가는 가정집 테리어들처럼 보였다.

그 성당은 사실 지은 지 백 년도 되지 않았다. 아일랜드인들이 페더호턴에 있는 세 군데 방직 공장에 취직을 하려고 이주해 왔을 때 세워졌다. 그런데 누군가 건축가에게 성당이 늘 그곳에서 있었던 것처럼 보이게 지어 달라고 주문했다. 가난하고 힘들었던 그 시절을 생각하면 이해가 될 만한 바람이었다. 마침 이 건축가는 역사에 나름의 감각이 있었다. 그것은 셰익스피어 시대를 사는 듯한 감각이라 당연히 연대 오기 같은 실수는 그리 대수롭지 않게 여겼다. 지난 수요일이든 보즈워스 전투[5]든 그게 그거였다. 과거는 그저 과거일 뿐으로, 영겁의 시간이라는 관점에서 보면 지난 수요일에 땅에 묻힌 오툴 부인과 리처드 국왕이 똑같았다. 이것이 그 건축가의 관점이었다 — 분명 그랬을 것이다. 로마 시절부터 하노버 왕가까지 그에게는 다 똑같았다. 그들은 하나같이 가죽조끼를 입고 철로 된 왕관을 썼다. 그들은 마녀를 불태웠다. 그들이 올린 건물은 석조이며 예스럽고 차가웠고,

---

5 잉글랜드의 장미 전쟁 중 1485년 8월에 벌어진 전투. 이 전투에서 국왕 리처드 3세가 전사하고 훗날 튜더 왕가가 들어서게 된다.

그들의 창문은 우리의 창문과 달랐다. 그들은 자신의 허벅지를 찰싹 때리고 플리즈(please)라고 하는 대신 프리디(prithee)라고 했다. 오로지 그러한 관점만이 성 토마스 아퀴나스 성당의 중세풍 음악당을 구현할 수 있었을 것이다.

그 건축가는 처음에는 어렴풋이 고딕 양식으로 짓다가 결국 색슨풍과 야만적인 느낌으로 마무리를 지었다. 서쪽 끝에는 탑을 세우되, 첨탑 대신 총안이 있는 흉벽을 만들었다. 포치에는 돌로 된 벤치들과 단순한 형태의 성수반, 무심히 지나는 발길에 닳은 악취 나는 깔개 — 항상 축축하게 젖어 있었는데, 수분이 필요한 식물성 재료로 만들었을지 몰랐다 — 가 있었다. 입구에는 노르만 양식의 둥근 아치가 만들어져 있었지만, 단층 아치도, 작은 기둥도, 장식물도 없었다. 하물며 마름모꼴이나 지그재그 무늬, V형 무늬 같은 것도 없었다. 입구는 설계 당시에는 엄숙한 분위기였다. 그리고 문은 적에게 포위되어 굶주리느라 쥐까지 잡아먹어야 했던 시절을 느껴 보게 하려는 듯 끈으로 잡아매고 경첩으로 고정해 놓았다.

구덩이처럼 어둑한 성당으로 들어가면 깊은 세례반(洗禮盤)이 있다. 이 세례반은 아무런 장식도 없이 단순한 기둥 하나에 얹혀 있으며 쌍둥이의 세례를 치르거나 양 한 마리를 담가도 비좁지 않을 정도로 컸다. 서쪽으로 오르간을 위한 회랑이 있는데, 그 아래로 더 깊은 어둠이 도사리고 있다. 그 어둠으로 들어가지 않으면 알 리가 없겠지만, 그 회랑에 이르려면 작은 경첩이 달린 야트막하고 자그마한 문을 지나 한 칸 높이가 30센티미터인 위험천만한 나선 계단을 올라야 한다. 부속 예배실과 측랑은 각각 두 군데였다. 한편 건축가의 혼란이 가장 명확하게 드러난 곳이 아케이드였다. 그도 그럴 것이 충동적으로 결정을 한 것처럼 아치의 형태가 둥글거나 뾰족했기 때문이다. 그래서 신도석을 따라 걸어가면 보이는 여러 양식이 뒤죽박죽된 모습에서 사람들은 이곳이 유럽 곳곳의 웅장한 대성당처럼 백 년도 더 전에 몇 차례에 걸쳐 꾸준하게 건축되기라도 한 듯한 영웅적인 분위기를 감지하는 오류에 빠졌다. 기둥은 땅딸막한 원통형으로 회색이 감도는 석재를 섬세하게 짜 맞춘 것으로, 조각하지 않은 기둥머리는 포장 상자처럼 보였다.

예첨창(銳尖窓)은 두 부분으로 나뉜 형태로, 주위는 마지못해 만든 듯한 무늬로 장식해 여기에는 원, 저기에는 네 잎 장식, 또 저기에는 단검의 날처럼 뾰족한 세 잎 장식이 있었다. 창의 스테인드글라스는 펼쳐진 두루마리에 자기 이름을 새기고 있는 성인들로 채워졌다. 그 두루마리에 적힌 글자는 검은색의 독일어라 읽을 수 없었다. 이 유리 성인들의 얼굴은 다 똑같았고 표정도 마찬가지였다. 이 유리는 공장 마을에서 볼 수 있는 종류였다. 두툼한 유리는 빛을 반사했고, 공장에서 대량 생산한 것이었다. 유리의 색상은 신호등의 녹색, 설탕 봉지의 파란색, 싸구려 딸기 잼의 산성 물질 같은 탁하고 진한 붉은색 등으로 뻔하고 조잡했다. 바닥에는 판석이 깔려 있었다. 기다란 벤치들에는 당밀 같은 붉은색 니스를 발랐다. 유일한 고해실로 들어가는 문은 석탄 창고로 통하는 문처럼 낮았고 걸쇠가 달려 있었다.

앵원 신부와 주교는 제구(祭具) 보관실에서 나와 외풍이 심한 아치형 천장의 통로를 통과해 북쪽 측랑에 있는 성모 예배소 옆으로 나왔다. 두 사람은 주위를 둘러보았다. 그런다고 잘 보이는 건 아니었지만. 솔직히 성 토마스 아퀴나스 성당은 노트르담 대성당만큼 어두웠고 또 다른 오금 저리는 특징을 봐도 그곳을 닮았다 ─ 하루 중 어느 때라도 한곳에 서 있으면 다른 곳에서 무슨 일이 벌어지고 있는지 감각이 사라진다는 점에서. 이 성당 안에서는 천장이 보이지 않았다. 다만 ─ 성 토마스 아퀴나스 성당에 들어가면 ─ 천장이 머리 위로 그리 높지 않을지 모르고 때때로 살짝 아래로 내려올 지도 모른다는 느낌에 뭔가가 몸을 스멀스멀 기어가는 듯 불안해졌다. 마치 어느 겨울날 신도들이 있는 상태에서 천장이 바닥의 판석과 한 몸이 되어 천연의 거대한 돌덩이가 되려는 속셈을 숨기지 못해 3센티미터 남짓 내려오기라도 할 것처럼 말이다. 교회 내부의 여러 공간은 더 깊은 어둠을 품은 통로들이 이어져 어둠이 중첩되었다. 교회에는 회반죽으로 만든 성상이 여럿 있었는데 ─ 지금 주교가 최선을 다해 살펴보는 중이다 ─ 그 앞에 놓인 동물원 철창살을 닮은 삭막한 철제 받침대에서 성인에게 바치는 양초가 타오르고 있었다. 그런데 이 양초는 습지 가스처럼 빛도 없이 타올랐고, 느껴지지 않고 숨도 죽은 바람 속에서 펄럭거렸다. 이곳에도 외풍이 들이쳤다. 정말 그랬다. 그 외풍은 오명처럼 신도들 한 사람 한 사람을 따라다녔으며, 싫어하는 사람들에게 고양이가 그러듯이 신도의 발목을 툭툭 치고 옷 속으로 기어들었다. 그렇지만 성당에 인적이 끊기면 외풍은 잦아들어 때때로 바닥 주변에서 휘휘 소리가 날 뿐이었다. 그러면 양초의 불꽃은 재봉사의 시침 핀처럼 가늘고 곧게 천장을 향해 높이 타올랐다.

"이 성상들 말일세." 주교가 말문을 열었다. "자네 지금 손전등 있나?" 앵원 신부는 대꾸하지 않았다. "그러면 성당 견학을 시켜 주게." 주교가 요구했다. "여기서 시작하지. 나는 이 친구가 누구인지 모르겠군. 혹시 검둥이(Negro)인가?"

"아닙니다. 채색이 되었을 뿐이죠. 여기 채색된 성상이 많습니다. 그분은 성 던스탄입니다. 집게 못 보셨습니까?"

"저건 왜 들고 있나?" 주교가 방자한 태도로 물었다. 그는 불룩한 배를 쑥 내밀고 성상을 못마땅한 눈빛으로 바라보았다.

"대장간에서 일을 하고 계시는데 악마가 찾아와 유혹을 하려 들었죠. 그래서 벌겋게 달아오른 집게로 악마의 코를 콱 낚아채셨습니다."

"대장간에서 일하는데 무슨 유혹을 받을 수 있다는 건지 모르겠군." 주교가 어둠 속을 빤히 들여다보았다. "이런 성상이 많이 있군, 신부. 이 교구에서 여기보다 성상이 많은 성당도 없을 걸세." 그러더니 주교는 통로를 따라 걷기 시작했다. "이것들은 어떻게 모았나? 다 어디서 났나?"

"제가 이곳에 부임하기 전부터 있었습니다. 항상 이곳을 지키고 계셨죠."

"말이 안 된다는 걸 알 텐데. 누군가의 결정이 있었겠지. 펜치를 든 이 여인네는 누구인가? 철물점 같은 곳에 있군."

"그분은 성녀 아폴로니아입니다. 로마인들이 그분의 이를 뽑았지요. 그래서 치과 의사들의 수호성인이 되셨습니다." 앵원 신부는 아래로 향한 표정 없는 순교자의 얼굴을 우러러보았다.

그는 몸을 숙이고 성인상의 발치에 있는 나무 상자에서 양초를 하나 꺼내 성 던스탄 앞에서 외로이 타고 있는 촛불로 불을 붙였다. 그는 조심스럽게 초를 들고 가 성녀 아폴로니아의 비어 있는 촛대 하나에 정성스럽게 꽂았다. "아무도 이분을 챙기지 않습니다. 여기는 치과를 가는 사람이 없으니까요. 여기 주민들은 일찌감치 이가 빠지고, 그러면 안도의 한숨을 쉬지요."

"지나가세." 주교가 말했다.

"여기에 저의 네 분의 교부가 계십니다. 교황관을 쓰고 계신 성 그레고리우스가 보이실 겁니다."

"나는 전혀 안 보이는데."

"분명 있으니 저를 믿으세요. 그리고 화살이 꽂힌 심장을 들고 있는 성 아우구스티누스가 보이시죠? 다른 교부들도 여기 계시는데, 이분은 작은 사자를 데리고 있는 성 히에로니무스입니다."

"야수가 정말 작구면." 주교가 몸을 앞으로 내밀고 사자의 코앞까지 코를 들이댔다. "현실성이 몹시 부족해."

앵윈 신부는 사자의 둥근 갈기에 한 손을 얹고 집게손가락으로 돌로 된 사자의 등을 훑었다. "저는 교부들 가운데 성 히에로니무스를 제일 좋아한답니다. 그분이 눈을 이글거리며 은둔자의 무릎을 다 드러낸 채 사막에 계신 모습을 떠올리곤 하죠."

"나머지는 누군가?" 주교가 물었다. "암브로시우스. 벌집을 든 암브로시우스."

"성 벌집, 아이들은 그렇게 부릅니다. 비슷한 오류가 또 있는데, 두 세대 전만 해도 이 교구에서는 아우구스티누스를 하마 주교라고 불렀습니다.[6] 그 후로 아이들이 몹시 헷갈려 했는데, 짐작하시다시피 부모 세대로부터 전해 들은 이야기 탓이겠죠."

주교는 목 깊은 곳에서 작게 끙 소리를 냈다. 앵원 신부는 어쩐지 자신이 주교의 손에 놀아나는 것만 같았다. 한편으로 교구민들이 혼동을 하는 걸 알면 그가 그 문제를 중요하게 생각할 것 같기도 했다.

"그게 대수인가?" 주교가 대뜸 물었다. "가여운 기독교인의 영혼이여, 여기 자신의 가슴이 담긴 접시를 든 성녀 아가타를 보게. 어째서 성녀가 종 만드는 사람들의 수호성인이 되었을까? 모양 때문에 소소한 착오가 빚어졌기 때문일세. 보면 알겠지? 우리가 왜 2월 5일에 접시에 올린 빵을 축복할까? 접시에 올린 가슴이 종처럼 보이는 것처럼 롤빵처럼 보이기도 하기 때문일세. 전혀 해롭지 않은 실수지. 실제 벌어진 일보다 더 온건하고. 덜 잔인해."

두 사람은 어느새 교회의 안쪽에 거의 다다랐다. 맞은편의 북쪽 통로에는 성상이 더 많았다. 성 바로톨로메오가 자신의 가죽을 벗기는 데 사용된 칼을 움켜쥐고 있고, 성녀 체칠리아는 휴대용 풍금을 들고 있었다. 성모 마리아는 병색이 도는 듯한 미소와 살짝 떨어져 나간 코 때문에 얼빠진 것처럼 보이는 표정을 지은 채 치렁거리는 옷감 아래로 푸른 두 팔을 뻣뻣하게 뻗고 있었

---

6 아우구스티누스는 현재 알제리의 안나바인 '히포 레기우스(Hippo Regius)'의 성직자였다. 히포 레기우스를 보통 히포라고 불러서 영어의 하마(hippo)와 헷갈린 것이다.

다. 한편 소화(小花) 테레사는 장미 화환 아래에서 앞을 노려보고 있었다.

주교는 교회를 가로지르더니 고개를 들어 소화 테레사의 얼굴을 보고는 그녀의 발을 톡톡 쳤다. "예외를 둬야겠군, 신부." 그가 말문을 열었다. "플랑드르 참호에서 우리 병사들이 소화 테레사를 통해 기도를 했지. 그런 병사 중 일부는 감히 말하건대 가톨릭 신자도 아니었을 걸세. 신부, 우리 시대에 어울리는 성인들이 있고 이 성녀는 가톨릭을 믿는 여인들 모두에게 빛나는 귀감이네. 이 성상 정도는 남겨 둬도 되겠군. 내가 긍정적으로 고려해 보겠네."

"남겨 둔다고요?" 신부가 물었다. "그러면 나머지는 어떻게 합니까?"

"치워 버리게." 주교가 간단하게 대답했다. "어디로 치우든 그건 상관하지 않겠네. 앵윈 신부, 어떻게든 내가 자네와 자네의 교회, 교구민을 1950년대로 끌어내겠네. 1950년대야말로 우리가 확실히 속한 곳이니까. 나는 이런 가식을 두고 볼 수 없네, 신부. 나는 이런 우상 숭배를 묵과할 수가 없어."

"하지만 저 성상들은 우상이 아닙니다. 그저 조각상입니다. 단순히 재현한 거라고요."

"신부, 내가 지금 길로 나가서 자네의 교구민 중 아무나 한 명을 붙잡고 물어보면, 우리가 성인들에게 보내는 존경과 숭배와 하느님께 바치는 열렬한 사랑을 내가 만족할 정도로 구별할 수 있을 거라고 생각하나?"

"떠버리." 앵윈 신부가 말했다. "기독교 배격자. 살라딘.[7]" 그가 언성을 높였다. "주교님은 오해하시는 겁니다. 이곳 주민들은 기도의 권능에 대한 믿음이 몹시 부족합니다. 그들은 단순한 사람들입니다. 저도 그렇고요."

"그건 나도 잘 아네." 주교가 대답했다.

"성인들은 각자의 특성이 있습니다. 각자의 관심사가 있는 거죠. 신자들은 그런 그들에게 끌리는 겁니다."

"그런 것을 배척해야 하네." 주교가 매몰차게 말했다. "나는 두고 볼 수가 없네. 다 치워 버려야 해."

앵윈 신부가 마침 대천사 미카엘을 지나치면서 고개를 들자 성인이 인간의 영혼을 가늠하고 있는 저울이 눈에 들어왔다. 신부는 이내 시선을 대천사의 발로 떨어뜨렸다. 아무것도 신지 않고 근육이 불거진 집게 같은 발이었다. 그는 가끔 그것이 유인원의 발처럼 보였다. 그는 그곳을 지나 회랑 아래로 걸음을 옮겨 더 깊은, 벨벳처럼 보드라운 어둠 속으로 들어갔다. 그 어둠 속에서 천사 박사[8] 성 토마스 아퀴나스가 대좌에 우뚝 버티고 서 있었다. 돌처럼 차가운 그의 시선은 높은 제단에 고정되어 있었고, 섬세한 손에 든 별은 더 큰 어둠 속으로 빛이 없는 광선을 비추었다.

---

7 십자군 전쟁에서 십자군을 물리치고 예루살렘을 수복한 이슬람 지도자.

8 Doctor Angelicus. 토마스 아퀴나스를 가리키는 경칭.

2장

사제관으로 돌아오자 주교는 단호하고 공격적으로 나왔다. 차와 비스킷도 더 달라고 했다. "그 문제에 대해 입씨름하지 않겠네." 그가 말했다. "더는 입씨름하지 않을 걸세. 자네 신자들은 시칠리아의 무지렁이도 수치스러워할 미신을 믿고 있네."

"하지만 만약에," 앵윈 신부가 말했다. "정말 성상을 치워 버린다면, 다음은 라틴어, 다음은 축일, 단식일, 제의 —."

"그런 이야기는 일절 하지 않았는데?"

"무슨 일이 벌어질지 눈앞에 선합니다. 신자들이 성당에 발길을 끊을 겁니다. 왜 그러겠습니까? 왜 성당에 와야 합니까? 차라리 길바닥에 있는 편이 낫죠."

"우리는 허례허식을 위해 성당을 찾는 게 아닐세, 신부." 주교가 말했다. "사치를 즐기려고 오는 게 아니란 말일세. 우리는 그리스도의 증인이 되기 위해 모이네."

"헛소리." 신부가 말했다. "이 사람들은 기독교인이 아닙니다. 이 사람들은 이교도이자 가톨릭교도입니다."

마침 애그니스 뎀프시가 니스 비스킷을 가지고 왔다가, 벌 벌 떨고 땀을 뻘뻘 흘리고 한 손으로 이마를 짚는 등 측은하기 짝이 없어 보이는 앵원 신부를 보고 말았다. 그녀는 흘러나오는 말을 들어 보려고 복도를 서성거렸다.

"이런, 진정하게." 주교가 말했다. 그녀는 주교의 목소리에서 불안한 기색이 느껴졌다. "흥분하지 말게. 성화를 없애라는 말이 아닐세. 그 성상을 모두 다 치워 버려야 한다는 말도 한 적 없고. 우리의 거처를 우리가 사는 시대에 맞춰 조정해야 한다는 걸세."

"저는 이유를 모르겠습니다." 신부는 들으라는 듯 한마디를 더했다. "이 어리석은 돼지야."

"자네 괜찮나?" 주교가 말했다. "연신 여러 목소리로 말을 하는군. 내게 모욕을 퍼부으면서."

"진실이 주교님에게 모욕이라면야."

"신경 쓰지 말게." 주교가 말했다. "나는 심지 굳은 사람이니까. 그렇지만 내 생각에 자네는 조수가 필요한 것 같아. 좀 더 젊고, 나만큼 강인한 사람으로 말일세. 내가 보기에 자네는 시대의 물결에 대해 눈곱만큼도 몰라. 자네, 텔레비전은 보나?" 앵원 신부가 고개를 가로저었다. "자네는 수신기도 없군." 주교가 말했다. "그 정도는 있어야 해. 방송은 현명하게 사용한다면 우리의 가장 큰 자산이야. 럼블과 가디의 「라디오 리플라이」[9]가 교파 긴

---

9 럼블 신부와 카티 신부가 진행한 라디오 문답 프로그램.

의 이해를 도우며 아일랜드에서 행한 선행에 대해 이루 다 헤아릴 수가 없네. 방송의 힘에 의지해야 해, 신부. 그것이 우리 미래라네." 주교는 바위산을 두드리는 모세처럼 벽난로 선반을 세게 쳤다.

앵윈 신부는 주교를 요모조모 뜯어보았다. 그는 아일랜드인일 텐데, 어디서 장밋빛과 청색이 번갈아 나타나는 앵글로 색슨의 안색이 되었을까? 사립 학교, 그것도 이류인 영국 사립 학교에서였겠지. 앵윈 신부가 결정할 수 있었다면, 주교를 아예 교육하지 않거나 적어도 사립 학교에 보내지 않았을 것이다. 그는 갈릴레오가 누구인지 알아야 했고, 한 번에 몇 시간씩 성가대에서 노래를 불러야 했다. 그에게는 성인들의 삶이면 충분했을 것이다. 천체의 운동과 낙농업에 대한 실용적인 지식 같은 것을 가르쳤을 것이다. 그런 것들이 가축을 치는 데 쓸모가 있으니까.

이것이 그가 주교에게 한 이야기들이었다. 주교는 그를 노려보았다. 문밖에서는 미스 템프시가 스토브에 손가락을 덴 아이처럼 손가락을 빨면서 푸른 눈을 반짝이며 듣고 있었다. 그때 머리 위 복도, 침실에서 발소리가 들렸다. 그녀는 자신이 걸레질하는 바닥 위를 유령들이 걸어 다닌다고 생각했다. 천사 박사들, 동정(童貞)인 순교자들. 머리 위에서 문이 쾅 닫혔다.

어느새 비가 멎었다. 정적이 사제관을 스멀스멀 기어다녔다. 주교는 현대적인 사람이라 자신의 생각에 조금도 망설임이 없으며 믿음의 낡은 샛길에 할애할 시간도 없었다. 그런 현대적인 사람을 어떻게 당해 낼 수 있으리? 앵윈 신부가 다시 말문을 열었을 때, 그의 목소리에서 맞서 보겠다는 결의는 사라지고 없었다. 대신 피로감이 들어섰다. "이 성상들은 키가 사람만 합니다." 그가 말했다.

"손을 빌리게." 주교가 말했다. "도와줄 일손이 잔뜩 있지 않나. 교구민들에게 도와 달라고 하게. 성당 청년회에 연락하고."

"그 성상들을 어디에 둡니까? 부술 수도 없는데."

"그건 그렇군. 썩 양호한 방법은 아니겠어. 그럼 자네 차고에 쌓아 두게. 그렇게 하면 어떻겠나?"

"제 차는 어쩌고요?"

"뭐라고? 저기 있는 그 물건?"

"제 자동차죠." 신부가 대답했다.

"그 고물 더미가? 그냥 밖에 내놓으면 되지 않나."

"그건 그렇습니다." 앵원 신부가 공손하게 대답했다. "아무 쓸모도 없는 차죠. 달릴 때 바닥을 보면 땅도 보일 정도거든요."

"기억나는군." 주교가 불쾌한 듯 말했다. "사내 녀석들이 자전거로 여기저기 다니던 때."

'사내 녀석들이란 말이지.' 신부가 생각했다. '사내 녀석들이라니.' "주교님은 자전거로 네더호턴에 가시면 안 됩니다." 그가 말했다. "그 사람들에게 얻어터질 테니까요."

"맙소사." 주교가 말했다. 그는 가장 북쪽 외딴곳에 있는 교구의 위치를 잘 몰라서 그저 어깨너머를 힐끔 보았다. "오렌지당원들[10]이 그곳에 있나?"

"거기에는 오렌지단이 있습니다. 주민들이 전부 들이가 있

---

10 북아일랜드가 영국에 남아야 한다고 주장하는 사람들.

죠, 가톨릭교도도요. 그 사람들은 네더호턴에서 불꽃놀이 파티를 엽니다. 황소 구이도 해 먹고요. 사람 머리로 축구를 하죠."

"어느 정도 과장이겠지." 주교가 말했다. "그렇지만 어디서부터 과장인지 잘 모르겠군."

"사목 방문을 하시겠습니까?"

"이만 됐네." 주교가 말했다. "내가 현안이 많아. 돌아가 봐야 하네. 토마스 아퀴나스와 소화 테레사 성상은 남겨 둬도 되네. 성모상은 코를 수리할 수 있다면 그냥 두게."

미스 뎀프시가 문에서 얼른 비켜났다. 복도로 나온 주교가 그녀를 매섭게 바라보았다. 미스 뎀프시는 긴장한 듯 양손을 옷에 문지르더니 바닥에 무릎을 꿇었다. "반지에 입을 맞춰도 될까요, 주교님?"

"이런, 비키시오. 부엌으로 가요. 도움이 되는 일을 하란 말이오."

"주교님은 무지한 자의 경건함을 못 견디시지요." 앵윈 신부가 말했다.

미스 뎀프시는 힘겹게 다시 일어섰다. 주교는 단 두 걸음 만에 통로를 지나간 후 양팔을 휘둘러 망토를 걸쳤다. 그리고 문을 열고 습하고 바람 부는 밖으로 요란하게 나섰다. "여름도 다 갔군." 그가 말했다. "이 교구에서도 끄트머리에 있는 이 지역에서는 여름을 제대로 보지도 못했겠지만."

"주교님의 으리으리한 자동차까지 같이 가 드릴까요?" 앵윈 신부가 물었다. 그는 어깨를 움츠린 채 굽실거리는 어조로 말했다.

"됐네." 주교가 답했다. 그는 작게 끙 소리를 내며 운전석에 올랐다. 그는 앵윈이 미쳤다는 사실을 알았지만, 이곳에서 추문이 일어나는 건 싫었다. "다시 찾아옴세." 주교가 말했다. "자네가 전혀 생각지도 못할 때를 노려서. 지시한 일이 다 처리되었는지 확인해 봐야 하니까."

"여부가 있겠습니까." 앵윈 신부가 답했다. "주교님을 위해서 끓는 기름을 준비해 놓겠습니다."

주교는 기어를 요란하게 조작해 부르릉거리며 떠나갔다. 그러다가 다음 굽잇길에서 학생들 때문에 급정거를 했다. 아이들은 점심을 먹으려고 다용도 건물로 가던 중이었다. 주교가 주먹으로 두 번이나 경적을 쳐서 길게 빵빵거리는 통에 아이들은 혼비백산해 배수로로 피했다. 그곳에서 기어 나온 아이들은 맨무릎에 낙엽을 붙인 채 멀어지는 주교의 차를 바라보았다.

앵윈 신부의 사제관에서는 자그마한 벽난로 시계가 12시를 알렸다. "너무 늦었네." 애그니스 뎀프시가 기가 팍 죽은 목소리로 말했다. "신부님, 저는 어떻게 하면 신부님이 기운이 날지 생각하고 있었어요. 신부님이 수요일 정오 전에 성 안나께 기도를 드리면 이번 주가 가기 전에 생각지도 못한 좋은 일이 생길 거예요."

앵윈 신부가 고개를 가로저었다. "화요일이에요, 애그니스. 수요일이 아니라. 이런 문제에는 정확해야죠."

미스 뎀프시의 보이지 않는 눈썹이 살짝 올라갔다. "그래서 기도가 한 번도 듣지 않았군요. 그나저나 말씀드릴 게 또 있어요, 신부님 — 이 이야기는 꼭 해야 해요. 누가 위층을 돌아다니는 소리가 들려요. 아무도 없는데도요."

그녀는 신경질적으로 손을 들어 입을 가리고 흐릿하고 납작한 사마귀를 만졌다.

"그래요, 그럴 때가 있죠." 앵윈 신부가 대답했다. 그는 식탁의 딱딱한 의자에 앉아 몸을 웅크린 채 붉은색 머리를 숙였다. "가끔 그게 나인 것 같아요."

"하지만 신부님은 여기에 계시잖아요."

"지금은 그렇죠. 전조일지도 몰라요. 곧 누군가 오리라는."

"주님이요?" 미스 뎀프시가 화들짝 놀라 물었다.

"보좌신부요. 보좌신부를 보낼 거라는 협박을 받았거든요. 얼마나 잘난 보좌신부가 올지……. 발 없이 걸어 다니고 벽을 통과하는 사람인가 봐요. 하지만 아니겠죠. 아닐 거예요." 그는 억지로 몸을 곧게 폈다. "주교님은 평범한 스파이를 보내실 거예요. 평범한 힘을 가진 사람으로."

"아첨꾼."

"그럴 거예요."

"그 성상들은 어쩌실 거예요, 신부님? 차고는 말 그대로 지붕이 없잖아요. 성상들이 습기에 노출될 거예요. 그럼 곰팡이가 피겠죠. 전혀 옳은 결정 같지 않아요."

"애그니스, 당신은 우리가 그 성상들을 경건하게 다뤄야 한다고 생각하는군요. 그것들이 단지 페인트와 회반죽 덩어리가 아니라고 말이에요."

"평생," 미스 뎀프시가 힘주어 말했다. "신부님, 저는 평생 그성상들을 봐 왔어요. 그 성상들이 없다면 우리가 어떻게 교회에서 길을 찾겠어요. 그 성상 없이는 교회는 커다랗고 지저분한 헛간일 뿐이에요."

"혹시 좋은 생각 있어요?"

"마을 사람들이 성상들을 보관할 수 없을까요? 여러 명이서요. 마리아의 아이들은 성 아가타를 맡아 줄 거고. 돌아가며 맡으면 돼요. 그러려면 밴이 필요하겠네. 신부님 차에는 안 들어갈 거예요."

"하지만 애그니스, 그 성상이 버거워질 수도 있어요. 그들 중 누가 남편을 얻는다고 생각해 봐요. 그는 집에 성상을 모셔 두는 걸 싫어할 수도 있어요. 게다가 당신도 알겠지만, 페더호턴 사람들의 집은 다 좁잖아요. 영구적인 해결책 같지 않아요."

미스 뎀프시의 눈빛은 조금도 흔들리지 않았다. "성상은 전부 보관해 둬야 해요. 새 주교님이 오실 경우를 대비해서."

"아니에요. 앞으로는 그 성상들을 보고 싶어 할 사람들이 없을 것 같아요. 우리 행동은 이 시대를 역행하라고 부탁하는 거나 다름없어요. 많은 부분에서 주교님의 생각이 옳지만, 나는 그분이 자신의 정치만 신경 쓰고 종교에는 관여하지 않으면 좋겠어요."

"그러면 이제 어떻게 해야 하죠?" 미스 뎀프시는 한 손을 들고 머뭇거리더니 사마귀를 만졌다. "저는 그 성상들이 사람처럼 느껴져요. 꼭 제 친척들 같다고요. 친척들을 차고에서 지내게 하지 않을 거예요."

"신앙은 죽었어요." 앵윈 신부가 말했다. "신앙의 시대는 끝났다고요. 신앙이 죽었으니, 우리가 자동 로봇이 되지 않으려면 있는 힘껏 미신에 매달려야 할 거예요." 신부가 고개를 들었다. "당신 말대로예요, 애그니스. 그것들을 낡은 잡동사니처럼 차고에 두는 건 온당치 않아요. 교구 여기저기에 나눠 줘서 길모퉁이에 방치되도록 하지도 않을 거예요. 그것들을 한곳에 모아 두는 거예요. 어디인지 우리가 모를 수가 없는 곳에. 땅에 묻읍시다. 우리가 할 일은 바로 그거예요. 그 성상들을 성당의 땅에 묻어 버리는 거예요."

"오, 하느님 맙소사." 공포와 분노의 눈물이 애그니스의 눈에서 샘솟았다. "저를 용서하세요, 신부님. 하지만 그 계획은 말은 잘 못 하겠지만 어딘지 무시무시해요."

"나는 미사도 올리지 않을 거예요." 앵윈 신부가 말했다. "그저 매장하기만 할 거예요."

이곳 페더호턴에는 소문을 옮기기로 유명한 발 없는 말은 없다. 그도 그럴 것이 시베리아에서 불어온 바람이 질주하는 이곳에 발 없는 말이 있다면 벌써 날아가 버렸을 테니 말이다. 그런데도 이튿날 학생들이 오전 쉬는 시간에 학교를 나설 즈음, 마을에서 전날 벌어진 일에 대해 못 들은 사람이 없었다.

지금 학생들의 조부모 세대가 학교를 다녔던 시절에 성 토마스 아퀴나스 학교는 기다란 교실 하나밖에 없었다. 그러나 뒤세대의 소란 행위와 각종 비행으로 이런 식의 조잡한 교육은 불가능해져 요즘은 허술한 칸막이를 설치해 연령별로 학생들을 분리했다. 물론 학교가 처음 세워졌을 때만 해도 다 큰 열두 살 소녀, 소년 들은 산수와 수준 높은 시가 더는 필요하지 않다고 인정되어 세상에 나가 방직기 사이에서 성인으로서의 경력을 시작했다. 그러나 요즘 문명은 십오 세의 학생들이 최고 학년을 차지하고 페르페투아 원장 수녀를 굽어보는 수준으로까지 발전했다. 원장 수녀는 학교의 교장으로, 불만이 팽배한 젊음의 객기로부터 최고 학년 학생들을 책임감 있게 지키고 있었다.

그러나 이것은 우리가 익히 아는 젊음이 아니었다. 그도 그럴 것이 '젊음'은 다른 곳에서 발명되는 중이기 때문이었다. 새로운 젊음의 도래가 미미하게나마 페더호턴에도 당도했다. 십오 세의 남학생들은 여드름이 울퉁불퉁 난 이마 위로 머리를 느끼하게 내렸다. 가끔은 신경증을 앓고 통제할 수 없는 틱 증세로 고생하는 사람들처럼 양손을 집게처럼 말아서 자신의 배를 연신 치기도 했다. 페르페투아 수녀원장은 그런 모습을 '스키플[11] 그룹 흉내 내기'라고 했다. 그런 행동을 하면 교칙 위반으로 벌을 받을 수 있었다.

남학생들은 아직 덜 자란 청춘들로, 그들의 얼굴은 황무지 바람을 맞으며 축구공을 차 댄 탓에 발갛게 터 있었다. 그들은 멍청하고 경박했으며 아직 아동기에서 완전히 벗어나지 못했다. 좁은 뒷덜미가 그 사실을 보여 줬다. 그들의 만화 잡지며 느닷없이 꼴사납게 터져 나오는 진취적인 기상도 마찬가지였다 — 왜 꼴사납냐면, 결혼과 공장이라는 사슬에 묶인 신세가 될 그들에게 진취적 기상은 어리석은 인생의 낭비일 뿐이기 때문이다.

11 1950년대에 유행한, 재즈와 포크가 혼합된 형태의 음악.

그러나 '빅 걸'들에게는 흔적 기관처럼 남은 아동기 따위는 없었다. 그들은 카디건을 입었다. 쉬는 시간이면 벽 주위에 따닥 따닥 붙어서 침울한 표정으로 소문을 퍼 날랐다. 그들은 가슴 위로 팔짱을 껴 모직 상의 속의 위팔을 감싸 안았다. 그들의 할머니들처럼 통통한 손과 처진 가슴. 입고 있는 저렴한 옷은 그들에게 작을 때가 많았는데, 이 덕분에 음전하지 않은 여성성이 돋보였다. 바깥세상에서는 이 나이쯤 되면 소녀들이 성장을 멈추는 것이 규칙이었다. 하지만 당신이 페더호턴의 빅 걸들을 봤다면 그들은 성장을 멈추지 않는다고, 세상을 집어삼킬 거라고 말했을 것이다. 그들의 엉덩이에 깔린 교실의 걸상은 삐거덕거렸다. 때때로 그들은 고개를 앞으로 끄덕이고 좌우로 몸을 흔들며 요란하고 리드미컬하고 끔찍하게 웃었다. 허허허.

이 여학생들은 아무것도 배우지 않았다. 설령 뭔가를 배웠다고 해도 잊어버렸다. 배우자마자 그리고 일부러 잊었다. 그들에게 학교는 '유치장'이었다. 그들 다수는 시력이 나빴는데, 어릴 때부터 그랬다. 그래서 보건 교사가 와 글자가 적힌 카드로 그들의 시력을 검사했고 정부는 안경을 지급했다. 그렇지만 그들은 그 안경을 쓰려고 하지 않았다. "안경 쓴 여자에게 수작을 거는 남자가 어디 있어요." 어차피 안경이 아니어도 수작을 거는 남자는 없었다. 그들이 결국 짝을 만나 재생산을 하는 데 이르는 과정은 눈에 보이지 않으며 계속 그러는 편이 더 낫다. 차라리 난시를 교정하는 편이 좋을 텐데, 교정된 시력이야말로 성적 결실을 가져올 것이기 때문이다.

고학년 여학생들이 담벼락에 옹기종기 모여 있고, 남학생들이 축구공을 차며 아스팔트를 깐 빈터를 주름잡고 있을 때 페더호턴의 저학년 아이들은 술래잡기와 사방치기, 줄넘기 놀이에 치열하게 열중했다. 이 아이들의 놀이에는 관용이 끼어들 자리가 없었기에, 폴짝거리고 깡충깡충 뛸 수 없는 아이들에게 그것은 큰 고통이었다. 술래잡기를 예로 들어보자. 아이들은 가여운 아이를 괴롭히는 버릇이 있었는데, 남들보다 더 아둔하거나, 멍청하거나, 몸이 좋지 않은 아이를 골라 큰 소리로 이름을 부르고 내가 너를 잡았으니 이제부터 네가 술래를 하라고 소리쳤다. 이런 놀이에 붙잡히지 않은 아이들은 가끔 운동장 위쪽과 아래쪽을 구별하기 위해 세워 놓은 야트막한 담에서 훌쩍 뛰어내리며 놀았다. 그마저도 하지 않는 아이들은 싸움을 시작했다. 혼란의 정도, 다시 말해 부상 발생률이 너무 높아서 페르페투아 수녀원장은 유아반은 운동장의 다른 학생들과 분리해 건물 뒤편 자갈 마당으로 보내야만 했다. 그곳은 냄새가 고약했는데, 높이가 6미터 남짓한 이끼 덮인 담벼락 그늘 아래에 학교의 변소가 있었기 때문이다. 화장실이라고는 차마 못 부르는데, 수도가 갖춰져 있지 않았기 때문이다. 씻는 행위는 잘난 척하는 짓으로 여겨졌다.

학교 위로 가파르게 경사진 땅은 수녀원과 교회로 이어졌다. 아래쪽은 마을로 향했다. 마찻길의 측면에 조성된 음울한 비탈 숲을 마을 주민들은 '테라스'라고 불렀다. 운동장의 낮은 쪽 가장자리에 세워 놓은 담벼락에 붙어 서면 우듬지들이 내려다보였다. 한편 학교 뒤로 유아들을 모아 두는 높은 담벼락 위로는 비탈길을 뚫고 나와 허공으로 자라는 다른 나무들의 구부러지고 튀어나온 뿌리가 보였다. 이 테라스는 볕이 들지 않았고 발을 디딜 곳도 없었다. 꼭대기에만 녹색 잎이 무성한 것이 이곳에서 자라는 나무들의 특성이었다. 그래서 숲의 녹색 지붕 아래로는 시커먼 나뭇가지들이 마녀의 편물처럼 배배 꼬인 채 1.5킬로미터 넘게 이어져 있었다. 가을은 일찍 찾아왔다. 그리고 일 년 내내 발밑으로 볕도 들지 않은 숲의 바닥에는 낙엽이 수북하게 깔려 있었다.

이 특별한 날, 운동장은 어느 때보다 활기에 차 있었다. 아이들은 한데 모였다가 흩어졌다. 고래고래 소리를 지르며 콘크리트 바닥을 줄지어 뛰어다니거나 운동장을 가르는 야트막한 벽에 붙어 서 있기도 했다. 아이들은 "성 하마"와 "성 벌집"이라고 외쳤다. 양팔을 날개처럼 뻗어 폭격기 흉내를 내며 이리저리 달리고 앞으로 고꾸라졌다. 또 으르렁거리는 비행기 엔진 소리와 충돌로 불길이 휙 치솟는 소리도 흉내 냈다.

페르페투아 수녀원장은 문가에 서서 그런 아이들을 지켜보았다. 일이 분가량 지켜보더니 그녀는 옷감이 사각사각 스치는 소리를 내며 그림자 속으로 사라졌다가 지팡이를 들고 다시 모습을 드러냈다. 그러더니 수도복을 10센티미터쯤 들어 올려 검은색 편상화를 드러낸 채 성큼성큼 걷기 시작했다. 어느새 아이들 사이에 선 수녀가 팔을 들자 헐렁한 소매가 내려가 안에 입은 검은색 모직 내의가 드러났다. "들어가, 들어가, 들어가라고." 그녀가 소리쳤다. "어서 들어가거라. 들어가." 그녀의 지팡이가 위로 올라가더니 아이들의 해진 셔츠를 내리쳤다. 아이들은 고함을 치며 흩어졌다. 그때 종이 울렸다. 아이들은 입을 딱 벌리고는 얼른 짧게 줄을 서서 교실로 서둘러 들어갔다. 페르페투아 수녀원장은 아이들이 교실로 들어가 운동장이 텅 빌 때까지 지켜보았다. 눅눅한 바람이 치맛단을 잡아당겼다. 그녀는 지팡이를 겨드랑이에 끼고는 씩씩하게 교문을 나서 앵원 신부를 만나기위해 길을 오르기 시작했다. 수녀원을 지나치면서 누가 없는지 창문을 훑어보았지만 아무도 보이지 않았다. 그녀의 기분을 망칠 만한 것은 아무것도.

　마을 주민들은 교장의 이름을 제대로 알아듣지 못해서 언제나 푸르피투레 수녀원장님이라고 불렀다. 더 불경한 학생들은 그녀를 노처녀 퍼핏이라고 불렀다. 몇 해 전부터는 앵원 신부도 수녀원장의 이름을 다른 식으로 생각하게 되었다. 퍼핏은 땅딸막한 체형의 중년 여성이었다 — 수녀의 정확한 나이를 추측하는 건 부적절한 행위이다. 그녀의 피부는 창백하다 못해 스펀지같았으며 코는 살집이 두툼했다. 그녀가 웃을 때는 교태를 부리는 것처럼 쉰 소리가 났다. 이런 소리로 웃을 때면 베일의 한쪽 모서리가 왼쪽 어깨 위로 휙 움직였다. 그리고 이가 큼직했다.
　미스 뎀시가 가정부의 소임을 다해 카디건 세트의 아랫단 부근에서 양손을 맞잡은 채 수녀원장을 안으로 안내했다. "페르페투아 원장님이 오셨어요." 그녀가 존경의 마음으로 엄숙하게 전했다. 앵원 신부는 성무일도서[12]를 읽고 있지 않았지만, 그 순간 옆 테이블에 놓인 그것을 방어적으로 집었다. 애그니스는 수

12　매일 정해진 시간에 하느님을 찬미하는 기도가 적혀 있는 책.

녀원장이 들어가도록 살짝 뒤로 물러났다. 그러더니 불편한 듯 인조 진주 목걸이를 만지작거리며 입꼬리를 축 늘어뜨렸다. "차 한잔 드시겠어요?" 그녀가 마침내 말문을 열었다. 그녀의 시선이 이쪽에서 저쪽으로 덧없이 떠돌았다. 대답이 없자 그녀는 물러나 수녀원장의 뒤로 가더니 뒷걸음질로 방을 나섰다.

페르페투아는 편상화 안의 발을 동그랗게 말았다가 경쾌하게 살짝 한 걸음 내디뎠다. "어머나, 제가 방해가 되었군요." 그녀가 말했다.

애그니스가 차를 가져오지 않으면 좋겠는데. 그 순간 앵윈 신부는 이런 생각을 했다. 굳이 그런 일까지 하지 않으면 좋겠어. 차라도 내오면 퍼핏을 더 부추기는 셈이 될 테니까. "앉으시겠습니까?" 그가 권했다. 그렇지만 퍼핏은 스텝을 밟듯 서성거리기만 했다.

"제 귀에 들어온 이야기를 믿어도 될까요?" 그녀가 물었다. "주교님께서 성상을 모두 치우라고 하셨다던데, 사실인가요?"

"사실입니다."

"성당이 어수선하다는 생각은 늘 했어요. 제가 할 말은 아니지만."

"원장님께서 하실 말씀은 아니지요." 앵윈 신부가 웅얼거렸다.

퍼핏이 어깨 너머로 베일을 휙 움직였다. "이런 이야기도 들었는데요? 성상을 전부 파묻으실 작정이라면서요? 대체 무슨 생각이시죠, 신부님? 마을 사람들이 화환을 들고 이곳으로 올라오도록 하실 작정이세요? 아니면 신도들이 평소와 다름없이 지내면서 성상을 매장하지 않은 척 무덤 주위에 초를 밝히기를 원하세요?”

“무덤이라니, 무슨 말씀을! 저는 ‘구덩이’라고 했을 뿐입니다. 의식이 아닙니다. 의례 같은 것도 아니고요. 일종의 조치일 뿐이죠.” 앵원 신부는 이런 말을 늘어놓으며 약간의 위로를 받았다. ‘조치’라는 말이 거리감을 유발했으며, 위엄을 부여했고, 계산된 분위기마저 불어넣었다.

“그러면 그 조치를 언제 취할 생각이신가요?”

“토요일로 생각하고 있습니다. 기독교 청년회의 도움을 받아서요.”

“그렇다면, 필로메나 수녀를 보내 드리겠습니다. 힘이 좋은 수녀지요. 땅을 잘 파요. 진정, 아일랜드 땅이 낳은 딸이랍니다.”

“오이리시.”[13] 그녀가 말했다. 이건 그녀의 시시한 말장난이었다. 수녀들에게 유머 감각을 기대해서는 안 된다. 퍼핏이 목이 쉰 듯한 거친 웃음을 내뱉었다. 그러자 다시 베일이 휙 움직였다. “보좌신부를 보내겠다는 위협을 받으셨다더군요.” 그녀가 말했다.

앵원 신부는 수녀원장의 단어 선택에 귀가 쫑긋했다. 그가 고개를 들었다. 페르페투아 수녀원장의 거대한 두 앞니는 벌어져 있었다. 그리 특별할 것이 없었지만, 그 순간 신부는 그 잇새가 눈에 들어왔다. 그는 수녀원장을 보며 식인종을 떠올렸다. 그의 상상 속에서 수녀원장은 그 잇새로 피해자들의 부드러운 살

---

13 ‘아이리시(아일랜드인)’의 사투리.

점을 잡아당기고 쪽쪽 빨았다. "음, 이 맛은 절대 모르실 거예요." 수녀원장이 말했다. "피가 어찌나 신선한지."

다음 토요일은 신부가 매장 일로 정한 날이었다. 신부는 해 질 녘을 거사의 시간으로 골랐다. 어스름이 이 사건의 남부끄러운 면을 베일처럼 덮어 줄 시간으로 말이다. 날은 화창했고 지는 해는 금빛으로 하늘을 밝히며 지평선에 걸려 있었다. 눅눅한 공기에서 이끼 냄새가 났고 흰털발제비들은 급강하했다가 사제관 위로 다시 치솟으며 곡예를 부렸다.

기독교 청년회 회원들이 낡은 청록색 양복을 입고 모이자 장례식 분위기가 났다. "내가 뭘 알겠냐마는," 앵원 신부가 말했다. "코르덴 바지가 작업에 더 편하지 않겠나?" 이 교구에서 그 오랜 세월을 지냈지만 신부는 여전히 이곳의 기묘하고도 뭔가가 뒤죽박죽인 면을 도무지 받아들일 수 없었다. 그는 마을 주민들이 사무원, 직공 들이고 그들에게 코르덴 바지도, 모직 셔츠도, 작업용 부츠도 없다는 사실을 잘 알았다.

유부남들은 대체로 청년회를 피했다. 그들도 성당을 찾았지만 일 년에 한 번뿐이었다. 부활절 같은 날 정도가 다였다. 교회 일은 아내들에게 다 떠넘겼다. 이 교구에는 총각이 많았는데, 대부분 중년이었으며 금욕 생활로 생기가 없고 오랜 신앙 생활로 누렇게 떠 있었다. 되다 만 성직자들로, 그들은 너무 겸손하거나 멍청해서 사제 서품을 위해 나서지 못했다. 그들이 입은 얼룩덜룩한 상의의 어깨에서는 쿰쿰한 곰팡내가 피어올랐으며 목에 건 메달은 걸을 때마다 달그락거렸다. 신부가 고해를 들어 알게 되었는데, 일부는 금욕적인 내핍 생활을 했다. 쥐꼬리만큼 먹고 담배를 거부하는 식이었다. 신부는 그 외에도 있을 거라 짐작했다. 헤어 셔츠[14]와 중간중간 매듭을 맨 채찍 같은 것 말이다. 필요 이상의 헌신만이 그들의 탁한 눈에 불꽃을 피웠다. 그들은 제각기 연로한 수녀가 길을 건너도록 도와주거나 몬시뇰[15]의 눈길을 한번 받을 수 있을까 하며 하루하루 살았다.

매장지는 전문가들에 의해 미리 준비되어 있었다. 앵윈 신부가 일손을 보태러 온 사람들을 혹사시키거나 과대평가할 생각이 없었기 때문이다. 묘 파는 인부와 그의 조수가 성 토마스 아퀴나스 성당과 이웃 교구가 함께 쓰는 묘지에서 불려 왔다. 페더호턴은 따로 묘 파는 인부를 두는 행운을 누리지 못했다. 사제관의 현관에서 (열띤) 토론을 벌인 끝에 돈이 이 손에서 저 손으로 건너간 후에야 일꾼들은 신부의 논리를 이해했다. 사실, 구덩이를 파게 하려고 그들을 부른 것은 아니었다. 구덩이를 파는 것은 그들의 소명이 아니며 그들도 이런 요청을 받아들이지 않았다. 그들 중 한 명이 지적했듯이, 구덩이를 파는 일이라면 정원사를 쓰는 편이 더 나았을 수도 있다. 그렇지만 구덩이가 무덤처럼 생겨야 한다는 점을 감안하면, 그 일을 다른 직업인이 하면 월권행위처럼 보일 수도 있었다. 그리고 무덤만큼 깊이 팔 필요는 없으니 일은 그리 힘들지 않을 터였다. 일꾼들은 그 논리를 인정했고 차고 뒤쪽 땅을 팠다.

14 털이 섞인 거친 천으로 만든 셔츠로, 종교적인 고행을 하던 사람들이 입었다.
15 고위 성직자에 대한 경칭.

마침내 완성된 구덩이를 확인하는 순간, 신부는 양팔을 교차해서 가슴을 감싸, 수단[16] 뒤에 나타나 부유하는 이름 없는 불안감을 안았다. 그도 그럴 것이 그의 눈앞에는 임박한 대학살이나 잔혹 행위를 위해 준비해 놓은 구덩이가 있었기 때문이다. 그 모습을 보며 신부는 영리한 아이들이 그러듯이 이렇게 되물었다. 주님이 우리의 목적을 아신다면 왜 우리를 막을 수 없으셨으며, 왜 세상은 악의와 잔인함으로 가득 차 있을까. 우리 중 일부가 자유 의지를 발휘해 자신을 파괴하리라는 사실을 주님이 이미 아신다면 왜 주님은 이 세상을 만들어 우리에게 자유 의지를 주셨을까. 그러다 그는 문득 자신이 신을 믿지 않는다는 사실을 기억하고는 성상을 좌대에서 끌어 내리는 작업을 감독하러 성당으로 돌아갔다.

앵원 신부는 지렛대와 도르래의 원리에 대해 상당한 지식을 갖추었지만, 정작 시범을 보여 청년회 회원들의 작업을 지휘하는 사람은 필로메나 수녀였다. 성상들이 모두 문밖으로 나오고 남자들이 밧줄을 감고 삽을 집어 들 즈음 필로메나 수녀의 피부가 뿜어내는 냄새가 그녀의 두껍고 검은 수도복을 뚫고 나와 그들에게 스며들었다. 그러자 그들은 슬그머니 그녀에게서 떨어졌으며 금욕 생활을 하는 그들의 몸은 그들이 이해할 수 없는 뭔가에 충격을 받았다. 양모 스타킹을 신은 필로메나 수녀는 체격이 크고 건강한 여성이었다. 가까이에 있으니 피부에서 풍겨 나오는 비누 냄새와 눈썹과 발, 그리고 보통 수녀를 볼 때 눈여겨

---

16 가톨릭 신부의 평상복.

보지 않는 신체 부위들도 알아차리게 되었다. 그녀에게 양 무릎이 있는 모습을 떠올릴 수도 있었다.

필로메나 수녀는 축축한 땅바닥에 무릎을 꿇기 위해 치맛단을 살짝 들어 올린 채 성상을 땅속으로 내리는 모습을 유심히 지켜보았다. 마지막 순간 그녀는 앞으로 몸을 숙이더니 거친 주부의 손으로 성 히에로니무스의 사자 갈기를 훑듯이 쓰다듬었다. 그러더니 몸을 뒤로 빼고 털썩 주저앉아 손등으로 눈을 비볐다.

"저는 저 사자를 좋아했어요, 신부님." 그녀가 고개를 들며 말했다. 신부는 손을 내밀어 그녀를 일으켜 세웠다. 그녀는 부드러운 동작으로 일어서서 신부 옆에 서면서 베일이 어깨 너머로 제대로 접히며 떨어지도록 고개를 살짝 뒤로 젖혔다. 그녀의 손은 따스하고 힘이 있었다. 신부는 피부를 통해 묵직한 그녀의 맥박을 느꼈다.

"수녀님은 좋은 분이에요." 신부가 말했다. "잘하셨어요. 나는 도저히 못 하겠더군요. 너무 슬퍼서요."

필로메나는 청년회 회원들에게 큰 소리로 말했다. 그들은 시커먼 플라밍고들처럼 한 다리로 불안정하게 선 채 구두의 흙을 털어 내는 중이었다. "신사분들은 지금 다용도 건물로 가세요. 안토니오 수녀님이 차 탕관을 준비해 놓고 여러분에게 드릴 과일 빵을 굽고 계세요."

이 소식에 남자들의 표정이 갑자기 어두워졌다. 통통하고 늘 흰히게 웃으며 밀가루가 묻은 앞치마를 두른 안도니오 수녀는 이 교구에서 공포의 대상이었다.

"가여운 영혼." 앵원 신부가 말했다. "수녀님은 좋은 뜻에서 빵을 구우시는 걸세. 선량한 수녀님들을 생각해 보게. 그분들은 매일 아침과 저녁, 차를 마실 때마다 견뎌야 한다고. 이보게들, 나를 위해서 마지막으로 부탁을 들어주게. 도저히 입에 안 맞으면 기도를 드려 보게."

"빵에 건포도보다 모래가 더 많이 들었을 수는 있지만," 필로메나가 말했다. "한 줌 이상은 들어 있지 않아요. 신부님이 말씀하신 대로 기도를 드리고 은총을 받을 기회로 삼으세요. 이렇게 해 보세요. 거룩하신 예수 성심이여, 이 과일 빵을 먹을 수 있도록 도와주소서."

"수녀님은 그렇게 기도하시나요?" 앵윈 신부가 물었다. "그러니까, 무타티스 무탄디스(mutatis mutandis), 필요한 부분을 상황에 맞게 수정해서? 예를 들어서 저는 그분이 포리지[17]를 태운다고 믿거든요?"

"천주의 성모 마리아님, 이 포리지를 삼키도록 도와주소서. 폴리카르포 수녀님은 식료품 잡화상의 수호성인인 성 미카엘께 구 일 기도[18]를 드려 보면 어떻겠냐고 하세요. 음식을 잘 만들도록 안토니오 수녀님에게 약간의 지도 편달을 부탁드려 보자고요. 우리는 기도를 드릴 거면 요리사의 수호성인께 드려야 하는 게 아닌가 싶었죠. 그러자 폴리카르포 수녀님은 안토니오 수녀님의 문제는 그보다 더 근본적인 것으로, 자꾸 주님만이 아실 주재료로 음식을 만드는 것이라고 하셨어요."

17 우유나 물에 귀리를 걸쭉하게 끓인 음식으로 아침 식사로 많이 먹는다.
18 특별한 청원을 할 때 구 일간 하는 기도.

"그러면 여러분은 모두 정해진 경건한 기도가 있습니까?"

"오, 그럼요. 그렇지만 살짝 말해요. 수녀님의 기분이 상하지 않도록요. 물론 페르페투아 원장님은 예외죠. 그분은 경건한 질책을 하신답니다."

"그러실 것 같군요."

"그렇지만 안토니오 수녀님은 무척 겸손하세요. 절대 말대꾸를 하지 않으시죠."

"왜 그러시겠습니까? 복수할 방법이 있는데."

어느새 달이 두둥실 떠올라 시커먼 테라스를 은빛으로 환히 밝혔다. 편물 조끼를 입은 범상치 않은 인물인 저드 매커보이가 성 아가타가 묻힌 땅을 톡톡 두드렸다. "저드?" 앵윈 신부가 불렀다. "거기 있는 줄 몰랐군."

"오, 여기서 줄곧 열심히 일했습니다." 저드 매커보이가 대꾸했다. "튀지 않게 열심히 일했죠. 그런데 신부님, 어째서 다른 사람들은 제쳐 놓고 제가 있는지 없는지부터 신경을 쓰시는지 모르겠네요."

"별일 아닐세. 나는 원래 그러니까." 앵윈 신부가 돌아섰다. 필로메나 수녀는 신부의 얼굴에 스친 당혹감을 보았다. "자네가 어디에 있는지 알고 싶어서 그래, 저드." 신부가 혼잣말을 했다. 그러더니 더 큰 소리로 물었다. "자네도 다른 사람들과 함께 가서 과일 빵을 먹을 건가?"

"곧장 갈 겁니다." 저드가 대답했다. "어떤 식으로건 튀는 건 싫으니까요." 그는 삽에서 흙을 털어 내더니 몸을 세웠다. "신부님, 성인들께서는 다 안전하게 묻혔습니다. 성상들을 묻어 놓은 곳마다 이름을 표시한 지도를 만들어야 할까요? 주교님께서 변심해서 일부를 원래대로 해 놓으라고 하실 경우를 대비해서요?"

"그럴 필요는 없을 걸세." 앵윈 신부가 체중을 양발에 번갈아 실으며 말했다. "내가 잘 기억해 두겠네. 꼭 그럴 거야."

"좋으실 대로 하십쇼." 매커보이가 대꾸했다. 그는 차가운 미소를 지은 후 모자를 썼다. "그럼 다른 사람들에게 가 보겠습니다."

훌륭한 젊은 수녀의 말에 고양된 청년회 회원들은 신부를 향해 정중하게 인사를 건넨 후 삼삼오오 무리를 지어 학교로 난 진입로를 내려가기 시작했다. 그들이 웅성웅성하는 소리가 음식 냄새가 감도는 저녁 하늘로 날아올랐다. "거룩하신 예수 성심이여, 이 과일 빵을 먹을 수 있도록 도와주소서." 앵윈 신부는 그들이 멀어지는 뒷모습을 지켜보았다. 매커보이는 동료들을 따라가며 뒤를 힐끔 돌아보았다. 그가 수녀원 옆의 구부러진 길을 돌아 보이지 않게 되었을 때 필로메나 수녀는 신부가 나지막이 한숨을 쉬는 소리를 들었고 얼굴에 안도하는 기색이 역력해지는 모습을 보았다.

"잠시 안으로 들어가시지요." 앵윈이 수녀에게 말했다.

그녀는 고개를 끄덕이며 신부를 뒤따랐다. 그들은 포치에 점점 더 짙어져 가는 어두운 그림자를 지나 함께 안으로 들어섰다. 돌바닥에서 올라온 한기가 두 사람의 발을 파고들었다. 측랑에는 흙이 떨어져 있었다. "여기는 내일 정리하겠습니다." 이렇게 말하는 필로메나 수녀의 어조는 낮고 가라앉아 있었다. 두 사람은 주위를 돌아보았다. 성상들이 없으니 성당은 전보다 더 작고 초라해 보였고 귀퉁이들은 더 은총 없는 세상에 노출된 것 같았다.

"신부님은 그 반대로 보일 거라고 생각하셨겠군요." 필로메나 수녀는 신부의 생각을 읽으며 말했다. "더 넓어 보일 거라고요 — 눈에 확연히 차이가 보일 정도는 아니라고 해도요. 저는 어린 시절 딤프나 이모님이 돌아가셨을 때를 기억해요. 이모님이 돌아가시고 나서 우리는 짐을 죄다 마당으로 꺼내 놓았거든요. 침대며 옷장이며 이모님의 세간을 전부 다요. 이모님의 방을 마지막으로 보려고 갔는데 방이 닭장만 한 거예요. 그걸 보시고는 제 어머니가 이렇게 말씀하셨어요. 맙소사, 딤프나와 예쁜 드레스들이 이렇게 협소한 곳에서 지냈던 거야?"

"이모님은 어떻게 돌아가셨습니까?"

"딤프나 이모님요? 오, 폐가 안 좋으셨어요. 이모님은 내내 습한 곳에서 지내셨죠. 농장에서요."

두 사람은 소곤거리는 소리로 망자에 대한 이야기를 나눴다. 필로메나 수녀가 고개를 숙이자 신부의 머릿속에 선명한 그림이 사진처럼 떠올랐다. 그 사진에는 수녀의 이모가 살았던 농가의 억새 지붕이 썩어 가는 모습이며 비를 가득 머금고 부풀어 오른 구름 사이로 조각조각 드러난 푸른 하늘 아래 신성한 아일랜드의 흙을 긁어 대며 비교적 자유를 누렸던 닭들의 모습이 담겨 있었다. 이제 그가 보는 장면은 딤프나의 장례식으로 관을 수레에 싣는 모습이었다. "평화롭게 쉬고 계시리라 믿습니다." 그가 말했다.

"그럴까요. 생전에 이모님은 말하자면 노는 여자였어요. 가

축 박람회 같은 곳을 다니면서 남자들과 노닥거리셨죠. 주님께서 안식을 주시기를."

"수녀님은 별난 여성이시군요." 앵원 신부가 그녀를 보며 말했다. "머릿속에 사진을 잔뜩 담아 두셨어요."

"신부님께서 이 일의 결말을 아신다면 좋겠어요." 필로메나가 말했다. "저는 슬퍼요, 신부님. 마음이 무겁다고 할까요. 그 작은 사자를 좋아했거든요. 보좌신부님이 오신다는 말이 사실인가요?"

"주교님이 그렇게 말씀하시더군요. 그 이상은 저도 못 들었습니다. 홀쩍 나타나겠죠."

"보좌신부님이 오시면 신부님이 지시를 잘 이행하신 걸 알 수 있겠네요. 성상들을 치우고 난 뒤의 모습을 보니 좀 초라해요." 그녀가 신부에게서 떨어져 제단으로 가더니 생각에 잠긴 표정으로 천천히 무릎을 꿇었다. "초를 밝혀도 될까요, 신부님?"

"성냥을 가지고 계신다면요. 그 외에는 불을 붙일 만한 게 없군요."

어둑한 중앙 통로에서 형체만 알아볼 수 있는 수녀가 수도복의 깊은 주머니에 손을 넣어 성냥 한 갑을 꺼내 성냥에 불을 붙인 후 성모상 아래에 놓인 나무 상자에서 새 양초를 집어 들었다. 심지가 타오르자 수녀는 손으로 불꽃을 보호하며 머리 위로 들었다. 불꽃의 끄트머리가 펄럭거리면서 점점 커지더니 성상의 얼굴을 환하게 비추었다. "코가 깨졌네요."

"네." 앵원 신부가 그녀 뒤 어둠 속에서 대답했다. "혹시 이 코끝을 어떻게든 손볼 방법을 아시나요? 저는 예술적 소질은 없어서요."

"공작용 점토를 쓰면 될 거예요." 필로메나 수녀가 말했다.
"아이들에게 얼마간 얻을 수 있어요. 그런 후에 페인트를 칠하면
되겠죠."

"어서 나가시죠." 앵윈 신부가 말했다. "애그니스가 제 저녁
으로 고기 요리를 준비해 뒀어요. 게다가 이 광경이 너무 쓸쓸하
군요."

"저를 기다리고 있는 저녁보다 쓸쓸하지는 않을 걸요. 과일
빵이 나올까 겁이 나요."

"오늘 저녁 함께 작업을 한 동지애를 기리며 같이 드시자고
권하고 싶지만," 앵윈 신부가 말했다. "주교님께 전화로 특별 허
가를 요청해야 할 거고, 그러면 주교님은 분명히 로마에 문의를
하셔야 할 거예요."

"저는 당당히 과일 빵을 받아들이겠어요." 필로메나가 평온
하게 말했다.

그들이 성당을 나서는데 신부는 그의 팔을 스치는 손길을
떠올렸다. 딤프나가 응접실에서 웃는 소리가 테라스에서 희미
하게 들려왔다. 지난 십일 년 동안 이 땅에 사로잡혀 있었던, 기
네스에 흠뻑 젖은 그녀의 숨결이 여름밤을 가득 채웠다.

3장

얼마 후 학교는 방학을 맞았다. 공장은 철야제 주간 동안 문을 닫았고 휴가를 보낼 여유가 되는 사람들은 블랙풀의 민박에서 일주일을 보냈다.

그해 여름은 수많은 인명 피해가 발생하며 전반적으로 우울했다. 7월 27일의 뇌우와 강풍이 이틀 후 되돌아왔다. 그 결과 나무가 쓰러지고 지붕이 날아갔다. 8월 5일에는 뇌우가 더 심하게 쏟아졌고 강물이 차올랐다. 8월 15일에는 블랙번 역에서 기차끼리 충돌해 오십 명이 다쳤다. 8월 26일에는 극심한 뇌우로 더 많은 사상자가 발생했다.

9월 초 개학으로 아이들이 학교로 돌아왔다. 새로 입학한 어린아이들이 이끼 낀 담벼락 아래에 모였다. 그리고 그 담벼락의 그늘로 들어가 페르페투아 수녀원장의 까마귀 같은 팔로부터 몸을 숨겼다.

9월의 유난히 습한 밤, 9시가 넘은 시각에 미스 뎀프시는 사제관의 앞문을 두드리는 소리를 들었다. 그녀는 방문객의 이 행동에 기분이 상했다. 그도 그럴 것이 교구민들은 신부의 도움이 필요할 때는 늘 사제관 옆쪽으로 난 부엌문으로 왔기 때문이다. 수녀들도 자신의 위치를 잘 알았다. 그녀는 아직 앵윈 신부에게 저녁을 차려 주지 않았다. 저녁에 마리아의 아이들 모임이 있었고 신부님도 그 모임의 회원들에게 유익한 강론을 해야 했다.

모임은 언제나 그렇듯이 과열되었다. 기도가 이어졌고 앵윈 신부님의 강론은 평소보다 더 횡설수설이었다고 그녀는 생각했다. 다음으로 이 모임의 수호성인인 성 아네스를 기리는 성가를 불렀다. 이런 성가가 몇 곡 있었는데, 모두 터무니없을 정도로 성 아네스에게 아첨을 떨었다. 미스 뎀프시는 이 성인과 이름이 같아서 성가를 부르는 동안 경멸과 무시를 담은 날카로운 시선을 견뎌야 했다. 다른 '아이들'은 그녀를 그토록 찬양하는 소리를 견딜 수 없어 했다.

로마의 순교자―아이,
성 아네스를 찬송하세.
바다의 포말보다 더 순수한
예수님의 순결한 배우자.

미스 뎀프시는 주례 모임에서 겸손해 보이려고, 이목을 끌지 않으려고 노력했다 ― 사실, 늘 노력하자고 생각했다. 교구에서 자신의 지위를 과시하지 않도록 각별히 유의하자고 말이다. 그렇지만 자신에게 쏟아지는 따가운 눈총을 보니 아무래도 헛된 노력을 기울인 것 같았다.

> 오, 우리를 도와주소서, 성스러운 아녜스.
> 기쁨의 노래를 소리 높여 불러
> 당신의 영광을 널리 알리고
> 당신의 찬양을 멀리 전하리.

앵윈 신부님은 특히 이 성가가 마음에 든다고 하셨는데. 신부는 마리아의 아이들이 트럼펫 부는 모습이 떠오르는 게 좋다고 했다.[19] 그럼에도 그의 입에서 작은 한숨이 새어 나왔다.

마침 기도까지 마치자 다른 '아이들'은 자유롭게 학교의 홀로 가서 이 모임의 또 다른 목적인 사교 활동을 시작했다. 그러니까 진한 차를 마시며 실내 게임도 하고 중상 비방에 몰두했다는 뜻이다. 미스 뎀프시는 자신의 의무를 잊지 않았기에 성당 안쪽에서 망토를 벗어 회장에게 넘겨준 후 띠와 메달을 벗고 서둘러 제구 보관실을 지나 부엌으로 들어갔다. 먼저 자리를 뜨는 게 '아이들'에게 험담을 할 기회를 주는 것이나 다름없다는 사실을 잘 알지만 어쩔 수 없었다. 이렇게 운 나쁜 저녁에는 신부 몫으로 샌드위치 하나도 남지 않았다.

이런 연유로, 지금 찾아올 사람이 누가 있을지 그녀는 의아

---

19 성가의 가사에서 '널리 알리다'에 해당하는 단어 'trumpet' 때문에 신부가 이런 연상을 한 것이다.

했다. 그녀는 얼른 앞치마를 벗어서 걸었다. 어쩌면 누군가 죽음에 임박했을지 몰랐다. 그래서 슬픔에 잠긴 가족이 신부님에게 병자 성사를 청하기 위해 왔을 것이다. 설마 마리아의 아이들 가운데 누가 사고를 당했나. 차 탕관에 심하게 데는 사고는 언제 일어나도 이상하지 않으니까. 그것도 아니라면 제 손에 피를 묻힌 가여운 죄인이 신부에게 용서를 구하려고 황무지를 지나온 걸까? 하지만 문득 고개를 들어 시계를 본 순간 그럴 리는 없다는 사실을 깨달았다. 글로솝에서 오는 마지막 버스는 이십 분 전에 지나갔기 때문이다.

미스 뎀프시가 문을 살짝 열었다. 밖은 푸르스름한 어둠으로 덮여 있었고 빗물이 그녀를 지나 홀에 후드득 떨어졌다. 다음 순간 그녀 앞에 키가 크고 어둑한 형체가 나타났다. 망토로 몸을 감쌌으며 입과 눈 자리에 구멍이 있고 모자를 푹 눌러쓴 남자였다. 마침내 눈이 어둠에 적응하자 왼손에 의사의 검은색 왕진 가방 같은 것을 들고 있는 젊은 남자의 모습이 눈에 들어왔다.

"플러드입니다." 그 유령이 말했다.

"정말 그래요. 물난리가 지독하겠어요."[20]

"아뇨." 그가 반박했다. "F-L-U-D-D입니다."

거센 바람 한 줄기가 그의 뒤로 보이는 나무들을 후려쳤다. 마침맞게 네더호턴의 상공에서 번쩍하는 번개에 환히 밝혀진 나뭇가지들이 방문객의 비스듬한 볼 위로 손가락이나 레이스의 장식무늬 같은 그림자를 드리웠다. "지금 철자법 대회 시간인가

---

20 남자의 이름은 Fludd고 물난리를 의미하는 단어는 flood로 둘은 발음이 같다.

요?" 미스 뎀프시가 문을 홱 열었다. "정말 그렇게 생각해요?"

젊은 남자가 안으로 들어왔다. 그의 옷에서 개울처럼 흘러내린 물이 폭포수처럼 떨어져 홀 바닥에 웅덩이를 이루었다. 그는 미스 뎀프시를 빤히 바라보며 겉옷을 벗었다. 그러자 검은 양복과 성직자용 칼라가 드러났다. "제 이름입니다." 그가 말했다. "F-L-U-D-D. 저는 플러드라고 합니다."

아하, 당신이 보좌신부구먼. 그녀가 생각했다. 그녀는 느닷없이 M-U-D-D[21]라고 말하고 싶었다. 신부님, 저는 머드라고 합니다. 바로 그때 플러드의 시선이 그녀의 얼굴에 못 박혔다.

머드라고 말하고 싶은 충동이 입술까지 올라왔다가 흔적도 없이 사라졌다. 한밤의 한기가 열린 문으로 들어와 그녀의 몸을 기어올랐다. 문으로 다가가는데 몸이 떨리기 시작했다. 이가 부딪혀 딱딱 소리가 나지 않도록 턱에 힘을 꽉 주었다. 유난스럽게 벌벌 떠는 건 보기 흉하다는 생각이 들었다. 게다가 상대가 나쁜 인상을 받을 것이다. "실례합니다." 그녀가 말했다. "문을 잠글게요. 그럴 시간이에요. 꽤 늦었잖아요. 오늘 같은 밤에 다시 밖으로 나가고 싶지 않으시겠죠?"

그녀는 문을 잠갔다. 미스 뎀프시는 열쇠를 열쇠 구멍에 넣고 돌리는 내내 자신의 등에 못 박힌 플러드의 시선이 느껴졌다. "그럼요." 그가 대꾸했다. "다시 나가고 싶을 일은 없겠죠. 여기에서 지내려고 왔으니까요." 바로 그때 미스 뎀프시는 카디건과 블라우스와 가장자리에 까끌거리는 나일론 레이스가 달린 페티

21 진창을 의미하는 'mud'와 발음이 같다.

코트 너머, 속옷과 피부 너머, 그녀 안 깊은 곳에서 느린 움직임을 느꼈다. 물질이 작은 나선을 그리는 느낌이랄까. 마치 보좌신부가 말을 하는 순간, 어떤 변화가 발생한 것처럼 말이다. 그 변화는 설명할 방법이 없을 정도로 너무 미세했지만, 그 효과가 동심원처럼 영원을 향해 퍼져 나갔다. 훗날 미스 뎀프시는 이 순간에 대해 이야기할 때면 늘 이렇게 말하곤 했다. 쌓아 놓은 동전이 밀려서 넘어가는 모습을 본 적 있어요? 혹시 카드로 지은 집이 와르르 무너지는 모습을 본 적 있나요? 그러면 그녀와 이야기하는 사람은 누구든 무슨 말인지 모르겠다는 표정으로 그녀를 보곤 했다. 미스 뎀프시는 온몸으로 느꼈던, 떨어지고 미끄러지고 넘어지는 감각을 설명할 말이 떠오르지 않았다. 자신의 유한함을 느낌과 동시에 자신의 불멸성도 느꼈던 그 순간을.

그 순간 앵윈 신부도 응접실 문에 얼굴을 딱 붙이고 있었다. 보좌신부가 도착한 것이 틀림없었다. 그도 그럴 것이 손님은 젖은 모자를 벗어서 현관 외투걸이에 내려놓고 망토를 벗으며 이곳의 주인이라도 된 듯한 분위기를 풍겼기 때문이다. 신부의 얼굴에는 불안감과 불쾌감이 스쳤다. 그리고 더 강렬한 감정이 드러났다. 다음 날 미스 뎀프시는 교구민들에게 분명히 이렇게 말할 것이었기 때문이다. "순간 신부님이 보좌신부를 향해 몸을 날리는 줄 알았지 뭐예요." 그녀는 문턱을 밟고 서 있는 신부를 보았다. 노쇠한 몸이 부들부들 떨리고 눈에는 위험천만한 황금색 불빛이 지펴져 있었다. 문득 어떤 노랫가락이 떠올랐다. 성가가 아니었다. 그녀는 자신도 모르게 그 가락을 흥얼거리더니 다음 순간 자신이 대놓고 노래를 부르고 있는 걸 깨닫고 화들짝 놀랐

다. 존 필의 모습에 죽은 자도 깨어나네/아니면 아침에 굴에서 여우를 불러내리.[22]

"이 사람은 여기 가정부인 미스 뎀프시입니다." 앵윈 신부가 말했다. "제정신이 아니지요."

미스 뎀프시는 자신이 사과를 하기도 전에 플러드 신부가 검은 양복의 주머니로 손을 넣는 모습을 보았다. 그녀는 긴장한 듯 손가락으로 입술을 누른 채 보좌신부가 서류 같은 것을 꺼낼 줄 알고 기다렸다. 교황의 인장이 양각으로 처리된 두루마리를 기대했으리라. 음주 문제와 기행을 이유로 앵윈 신부를 파문하고 그 자리에 이 젊은이를 임명한다는 내용일 것이다. 그러나 보좌신부는 작고 납작한 주석 상자를 꺼냈다. 그러고는 그 상자를 앵윈 신부에게 내밀며 이렇게 물었다. "궐련 한 대 피우시겠습니까?"

그날 밤 미스 뎀프시는 계단을 오르내리며 보좌신부가 편히 지낼 수 있도록 최선을 다해 준비했다. 플러드 신부는 샤워를 하겠다고 했는데, 그런 짓은 결코 주중 밤에 평범하게 할 만한 일이 아니었다. 그 무렵 페더호턴에서 보기 드문 것 중 하나였던 욕실은 시체 안치소만큼 냉골이었고, 뜨거운 물은 녹물이 섞여 똑똑 떨어지는 정도였다. 미스 뎀프시는 올이 다 드러난 타월을 팔에 걸친 채 싸늘한 위층으로 올라갔다. 그리고 아이리시 리넨으로 만든 침대보를 챙겨서 나왔다. 그것은 얇고 까칠까칠했고,

---

22   영국 민요 「D'ye ken John Peel」의 가사.

손을 대자 얼음장처럼 차가웠다.

그녀는 탕파(湯婆)[23]를 찾은 후 보좌신부가 쓸 방으로 가 커튼을 치고, 침대 옆 작은 탁자의 먼지를 훔치고, 매트리스를 뒤집었다. 자신도 모르게 천사를 대접한 사람들이 있다고 한다. 하지만 미스 뎀프시는 자신이 천사를 대접한다면 그 사실을 알고 싶었다. 매주 이 방을 청소했지만 당연히 매트리스 통기까지는 하지 않았다. 그곳에 석탄 한 양동이를 가져와 불을 피우지 않으면 미스 뎀프시는 도저히 아늑한 느낌을 낼 수 없었다. 그런데 이 방에서 불을 피운 기억이 없었다. 그렇다면 보좌신부가 불 이야기를 꺼낼 빌미를 만들지 않는 게 좋았다. 그녀는 처음 만나 나눈 대화 몇 마디와 그녀의 노래에 그가 군이 관심을 두지 않은 것만으로 그가 사제일 뿐만 아니라 신사인 듯한 인상을 받았다. 그런 인상은 그의 태도에서 기인했을 뿐 외모와는 상관이 없었다. 그도 그럴 것이 홀이 너무 어둑해서 그녀는 그가 어떻게 생겼는지 제대로 못 보았기 때문이다.

위층의 벽도 아래층의 부엌과 홀처럼 진한 녹색으로 칠해져 있었다. 양판문에 바른 니스는 누르스름하게 얼룩이 져 있었다. 방의 중앙에 달린 등에는 전등갓 없이 전구만 달려 있어서 이 방의 그림자는 삭막했다. 복도의 바닥에서 삐걱삐걱 소리가 났다. 미스 뎀프시는 서서 발로 바닥을 슬쩍슬쩍 눌러 가며 어느 지점이 가장 시끄러운지 확인했다. 아래층 바닥은 돌이었다. 방마다 십자가가 걸려 있었다. 그 십자가마다 죽어 가는 히느님의 헐벗

23 뜨거운 물을 넣어 그 열기로 몸을 따뜻하게 하는 기구.

은 몸이 정도의 차이는 있으나 비틀려 있거나, 근육이 다소 뒤틀린 모습으로 다양한 수준의 고통을 드러냈다. 이 사제관은 이렇게 죽어 가는 그리스도들의 감옥이자 영묘였다.

반면 미스 뎀프시는 주교의 거처를 생각할 때면, 실크 갓을 씌운 탁자 등, 근사한 외기둥 식탁, 전기 온풍기의 화려함이 그려졌다. 아첨꾼들을 떠올릴 때면, 그들이 푹신한 쿠션에 둘러싸여 브라질너트를 먹는 모습이 상상되었다. 그들은 음식을 소스에 푹 찍어 먹고, 아주 평범한 날에도 포트와인을 마시며, 자그마한 대리석 수반에 담긴 성수에 손가락을 씻겠지. 아첨꾼들이 라틴어로 주절거리며 걸어 다니는 주교관의 부지에는 분수들과 조각상, 비둘기장이 있을 것만 같았다. 그녀는 홀을 가로지르다가 응접실 문 앞에서 잠시 머물렀다. 그리고 안에서 들리는 대화를 잠시 엿들었다. 앵윈 신부가 위스키를 마시고 있다는 건 보지 않아도 알 수 있었다. 보좌신부가 가볍고 건조한 말투로 말했다. "그리스도의 삶을 생각해 보면 문득 이런 궁금증이 듭니다. 가다라의 돼지 주인이었던 그 남자는 보상을 받았을까요?"[24]

미스 뎀프시는 살금살금 그 자리를 떴다.

보좌신부는 테이블보 위를 쓸어 내듯 손을 휘저으며 그 주제를 치워 버렸다. 그의 손가락들이 ─ 핏기 없고 뾰족한 손가

─────────────────

24 마태오의 복음서 8장 28∼34절. 가다라 지방에서 마귀에 씐 자들이 예수에게 자신들을 간섭하지 말라고 하고는 자신들을 길가 돼지 떼의 몸으로 옮겨 달라고 하자 그렇게 되었고, 돼지들은 스스로 물속에 빠져 죽었다.

72

락들이 ─ 우유 호수에 떠 있는 백조들처럼 테이블보 위를 떠돌았다.

"보좌신부님도 현대적인 친구들 가운데 한 명이겠지요?"앵윈 신부가 물었다. "신부님은 학문적 소양은 없을지도 모르겠군요. 나는 그 생각만 하면 속이 울렁거릴 정도예요."

플러드 신부는 몰래 슬며시 미소를 지으며 고개를 숙였다. 마치 허세는 부리지 않겠다는 듯이. 그도 술을 마셨지만, 확실히 취하지는 않았다 이런 시간에두 ─ 지금은 11시였다 ─ 그는 티타임을 즐기는 것처럼 유쾌하고, 온화하고, 선선했다. 앵윈 신부가 고개를 들어 보좌신부를 볼 때마다 위스키 잔을 입으로 가져가는 것 같았은데 위스키는 줄어드는 것 같지 않았다. 그렇지만 플러드는 때때로 술병으로 손을 뻗어 직접 잔을 채웠다. 그들의 늦은 저녁도 마찬가지였다. 플러드 신부의 접시에는 저녁으로 (협동조합 푸주한으로부터 받은) 소시지 세 개가 놓여 있었다. 그는 끊임없이 소시지를 자르고 포크로 한 조각을 찍었다. 그는 입을 꼭 다문 채 요란하지 않고 예의 바르게 우물거렸다. 그런데도 그의 접시에 놓인 소시지는 여전히 세 개였는데, 급기야, 갑자기, 접시에 아무것도 없는 게 아닌가. 그 모습에 앵윈 신부는 플러드가 자그마한 개 한 마리를 몸 어딘가에 숨기고 있다는 생각이 불쑥 들었다. 신인 여배우가 자신의 개를 세관 검사원 눈에 안 띄게 숨기는 식으로 말이다. 신부는 신문에서 그런 이야기를 읽은 적이 있었다. 그런데 플러드는 신인 여배우와 달리 목을 모피 코트에 푹 파묻고 있지 않았다. 그게 아니어도 개가 그렇게 위스키를 들이켤 것 같지도 않았다.

간간이 보좌신부는 몸을 숙이고 불이 꺼지지 않도록 키웠다. 앵윈 신부가 보기에 신임 보좌신부는 부젓가락을 솜씨 좋게 사용했다. 플러드가 애쓴 덕분에 응접실은 내내 상당히 따뜻했다. 그래서 석탄 한 양동이를 가져온 애그니스는 깜짝 놀라며 이렇게 말했다. "이건 필요 없겠네요."

이제 앵윈 신부는 일어나서 창문을 살짝 열었다. "이렇게 창문만 살짝 열어도 이 집은 추워지죠." 그가 덧붙였다. "그런데 지금은 지옥만큼 뜨겁네요."

"그래도 통풍은 훨씬 더 잘되는군요." 플러드가 위스키를 홀짝이며 말했다.

두 분이 코코아를 드실 시간이네. 미스 뎀프시가 떠올렸다. 지금쯤이면 둘 다 테이블 아래에 널브러져 있을지도 모르지. 주교는 불쌍한 앵윈 신부를 꼬드기도록 이 술고래를 선택했을 것이다. 확실히 신부는 술이라면 사족을 못 썼다. 그러니 신부가 술에 곯아떨어지면, 보좌신부는 살금살금 홀로 나와 그 뚱보와 연결된 특별한 전화의 수화기를 들 것이 분명했다.

그렇지만 미스 뎀프시는 보좌신부를 어떻게 생각하면 좋을지 여전히 고민스러웠다. 홀에서 그녀를 바라보던 시선 때문이었다. 성격은 쌀쌀맞지만, 그 눈빛만큼은 깊은 연민이 배어 있지 않았나? 혹시 플러드는 애송이 아첨꾼이 아니라 주교가 파멸시키고 싶은 순수한 영혼 아닐까? 그녀는 여전히 그 눈빛이 느껴졌다. 마치 자신의 살이 유리로 변하기라도 한 듯.

노래를 또 불러야겠어. 미스 뎀프시가 생각했다. 내가 나도 모르게 노래를 흥얼거린다면 그 노래는 대개 경건한 것이라는 인상을 그에게 줘야지. 이 쟁반을 가지고 들어가면서 흥얼거려야지. 그녀는 하얀 천을 쟁반에 깔았다. 가장자리에 물결무늬 천이 덧대어져 있고 새틴 스티치[25]로 팬지를 수놓은 천으로 지난 6월 교구의 자선 바자회에서 구입한 것이었다. 그녀 생각에는 이 천이 바다의 포말보다 더 순수했다. 그녀는 쟁반에 코코아 두 잔을 올렸다. 그리고 접시 두 개를 놓고 리치 티 비스킷을 접시마다 세 개씩 놓았다. 그리스도에게 당신의 마음을 바쳤네,/ 세상이 헛되이 쫓아와도……

그녀는 노크를 했다. 당연히 두 신부는 대꾸도 하지 않고 다시 얘기를 시작했다. 그 약속에도 당신의 마음은 결코 움직이지 않았지……. 그녀는 발로 문을 열어 안으로 몸을 들이밀었다. 그리고 그녀를 확 덮친 방 안의 열기에 깜짝 놀랐다. 벽난로의 불길이 굴뚝을 향해 활활 타오르는 중이었다. 그녀는 부르던 노래 가사를 깜박 잊어버리고 말았다. 그녀가 쟁반을 테이블에 내려놓자 보좌신부가 고개를 들고 미소를 지었다. 그녀도 보좌신부와 눈을 맞추며 얼굴을 제대로 확인했다. 이번에야말로 얼굴을 확실하게 잘 봐야겠다 싶었다. 그래서 빤히 노려보는 인상을 주지 않으려고 신경을 쓰며 최대한 오랫동안 눈을 맞췄다. 그리고 벽난로로 가 벽난로 청소 통에서 자그마한 금도금 솔을 꺼내 괜히 타일을 조금 쓸었다. 그녀는 자신의 행동에 깜짝 놀랐다. 그도 그럴 것이 평소에 그녀는 지저분하고 뻣뻣한 부엌용 솔을 가

25   도안의 면을 수로 메우는 자수법.

져와 타일을 청소하는 데다가 누가 벽난로 청소 도구를 망가뜨린다는 생각만 해도 화를 내며 침을 뱉었을 것이기 때문이다.

그녀는 앵윈 신부가 평소처럼 비스킷에 불평을 늘어놓으리라 생각했다. 나는 무화과가 좋아요. 커스터드 크림이 좋다고요. 그렇지만 그는 보좌신부와의 대화에 푹 빠져서 테이블에 양손을 올리고 깍지를 꼈다 풀었다 했으며, 목소리는 흥분한 기색이 역력했다. "나는 늘 어떤 악이 행해지건 페르메티오 데이(permettio dei), 즉 하느님의 허락을 받아 행해진다고 되새기려 하며 ——"

"이해합니다." 보좌신부가 엄숙하게 대꾸했다.

"—— 아우구스티누스가 『신국론』에서 설득력 있게 주장했듯이, 선은 악이 없으면 존재할 수 없지만, 악도 선 없이 존재할 수 없죠. 그렇지만 나는 악마가 이 세상에 독자적으로 존재한다는 느낌에 줄곧 사로잡혀 있어요. 칼자루를 쥐고 있는 자는 악마라는 거죠."

플러드 신부가 신중하게 코코아를 저었다. 그는 눈을 아래로 내리깔았다.

"쟁반은 나중에 가지러 올게요." 애그니스가 말했다. "잠자리에 들기 전에 설거지를 해 두고 싶어서요. 제가 못 견디는 걸하나 꼽으라면 아침부터 지저분한 냄비를 보는 거예요, 신부님. 그렇게 집착하는 버릇은 아니에요."

"하느님께서 어디에 계시는지 모르겠어요." 앵윈 신부가 말했다. "그분이 정말 존재하시는지 모르겠어요."

"식기 전에 드세요." 애그니스가 앵윈 신부에게 당부했다.

"주무시기 전에 너무 흥분하시면 안 돼요."

그러나 앵원 신부의 귀에는 이 말이 들어오지 않았다. 그는 애그니스가 보이지 않는 것처럼 그녀 너머를 멍하니 바라보았다. 그 순간 애그니스는 두려움에 목덜미에 찬물이 쏟아진 것처럼 한기가 돌았다. 정말 내가 남들 눈에 보이지 않게 되었으면 어쩌지? 플러드 신부가 무슨 재주를 발휘해서 나를 사라지게 만들었나? 그러나 다음 순간 그녀는 분별력을 되찾았다. 그녀는 다시 흥얼거리며 홀로 나갔다. 헛되도다 구혼자의 읍소/ 헛되도다 판관의 분노/ 오로지 사랑만이 당신의 가슴에/ 순결의 불길을 일으키네. '가슴'이라니 무례한 표현 아닐까? 하지만 이 노래는 언제나 이렇게 불렀는걸. 미스 뎀프시는 자신의 특정 신체 부위에 대해 이렇다 할 의견이 없었다. 아예 관심을 두지 않았다. 남자들이 무도회로 가면……. 그녀는 플러드 신부의 얼굴을 떠올리려 해 보았지만 어떤 얼굴이었는지 기억이 말끔히 지워지고 없었다.

"그래서 어느 아침," 앵원 신부가 말을 이었다. "눈을 떠 보니 말입니다. 이십 년 전 일이지요. 밤새 그것이 사라진 겁니다."

"그렇군요." 플러드 신부가 대꾸했다.

"그 상황을 어떻게 설명하시겠습니까? 지난밤까지만 해도 있었는데, 아침이 되니 없어진 겁니다. 한 십오 분 동안은 어떻게 된 일인지 금세 알게 될 줄 알았습니다. 그런 적 있지 않습니까. 무심코 찬 슬리퍼가 침대 밑으로 들어간다든가 양치를 했는지 기억이 가물가물한다든가."

플러드 신부가 몸을 내밀었다. 이제 두 사람은 안락의자로 자리를 옮겨 벽난로 양쪽에 앉아 있었다. "성 안토니오께 기도해 보셨습니까? 그분은 분실물을 찾는 재주가 용하십니다."

"하지만 제가 어떻게 그러겠습니까?" 앵윈 신부가 과장된 몸짓으로 양팔을 던지듯 벌리며 자신의 절망감을 드러냈다. "제가 무엇을 잃어버렸는지 생각하면 성 안토니오께든 다른 성인께든 어떻게 기도를 드리겠어요."

"안 되겠군요." 플러드가 대답했다. "그런 상실이 있죠 — 예를 들면, 동정(童貞) 같은 거요. 그런 거라면 성 안토니오라도 손 쓸 도리가 없을 겁니다 — 그래도 상황을 낙관적으로 보셨다면, 부탁을 굳이 단념하지 않으셨겠죠. 신부님의 상황은 동정을 잃는 것보다 더 심각했겠군요. 그래서 어떻게 하셨습니까?"

"옷장을 찾아봤습니다. 잠자리에서 나와 — 새벽 5시였고 아직 어둑어둑했죠 — 제구 보관실을 보러 갔죠. 제구 보관함을 열어서 제의를 더듬었습니다. 그곳에 있을 리 없다는 건 알고 있었습니다만, 어떤 심정이었을지 짐작이 가시겠지요. 미래에 대한 두려움에 정신이 반쯤 나간 상태였죠."

"그래서요?"

"다음으로 제대를 살펴봤습니다. 없더군요. 내가 자는 동안 감쪽같이 사라졌고 끝내 그 사실을 받아들여야만 했죠." 앵윈 신부의 머리가 툭 떨어졌다. "저는 그렇게 신앙을 잃었어요. 더는 신을 믿지 않게 되었죠."

"그 순간이 신부님에게 생생히 살아 있군요." 플러드가 말했다. "마치 어제 일처럼요. 그래서 어떻게 하셨나요?"

앵윈 신부는 양손을 모아 손끝을 마주 대었다. 그는 잠시 생각을 했다. "아마도 시급하게 생존 계획을 마련해야 한다고 생각했던 것 같습니다. 일종의 전략 같은 것이요. 내 경우에 사제들을 대상으로 하는 교구 주교의 구치소가 있을지 궁금했답니다. 어디가 됐건 주위의 이목이 미치지 않는 곳에 가둬 둘 것 아닙니까. 어쨌든 사제가 아닌 사람이 될 수는 없으니까요? 아무리 신앙을 잃었거나 추문을 일으켰다 한들 한번 사제가 된 사람은 영원히 사제입니다. 나는 무단이탈을 할 수 없었어요. 어떻게 야반도주 같은 걸 하겠습니까?"

"그렇다면 신부님의 해결 방식은 간단했겠군요." 플러드가 대꾸했다. "내면의 은총이 부족하더라도, 겉으로 드러난 형태를 유지할 수는 있죠."

"그래요. 그래서 나는 신앙을 잃었지만, 겉으로는 아닌 척하자고 생각했습니다."

"제가 추측을 해 볼까요? 신부님에게는 교구가 있었습니다. 이곳에서 봉직하셔야 하죠. 그렇지만 신부님은 계속 신경이 쓰이셨죠 — 무엇에? 반석 같았던 땅이 흔들린다는 사실에. 실언을 하셨을 테고요. 본심을 드러내셨을 거예요."

"나는 돌팔이였어요." 앵윈 신부가 말했다. "가장하는 자. 전부 가짜였어요. 내가 뭘 걱정했는지 아십니까? 더는 사제처럼 생각하지 않는 것. 더는 사제처럼 말하지 않는 것. 언젠가 교구민이 나를 찾아와 이런 질문을 하는 날이 올 터였죠 — 이것이나 저것이 죄악입니까? 이렇게 아니면 저렇게 행동해야 하나요? — 그러면 내가 이러는 겁니다. 당신 생각은 어때요? 어떻게 하고 싶어요? 상식적으로 어떻게 하면 될까요?"

"상식이 신앙심과 무슨 상관입니까." 플러드 신부가 비난하 듯 말했다. "그리고 개인적인 의견은 죄악과 상관없어요."

"바로 그겁니다. 내 말이 그거예요. 나는 내 본분을 잊고 평범한 사람처럼 반응할까 두려웠습니다 — 말하자면 신성이 아닌 인간성에 호소하는 거죠. 나는 자신을 지켜야 했습니다. 통탄할 파국으로부터요."

"그래서 규칙에서 한발도 물러나지 않게 되셨나요? 한 치 오차도 없이?" 플러드가 눈을 형형하게 빛내며 몸을 앞으로 내밀었다. "이 지역에서 엄정한 의견으로, 구태의연한 입장으로, 완고한 관점으로 유명해지시기로 결심하셨나요? 그 어떤 혁신에도, 일탈에도 귀를 막으시겠죠. 사순절 금식의 규칙을 살짝 어긴다면 어떻게 될까요? 신부님은 조금도, 약간도 죄를 사해 주지 않으시겠죠?"

"문제가 얼마나 심각한지에 달려 있죠." 앵윈 신부가 시무룩한 표정으로 말했다. 어깨도 살짝 늘어뜨렸다. "그 병에 더 없습니까?"

플러드는 술병을 의자 옆으로 감춘 것처럼 보였다. 그는 몸을 숙이고 신부에게 넉넉히 술을 따랐다. "훌륭해요." 앵윈 신부가 웅얼거렸다. "이제 계속해 보세요, 플러드 신부님. 신부님도 이제 나를 이해하시는 것 같으니."

"예를 들어 고해실에서 신부님은 조금도 융통성이 없으시지요? 가령, 아이가 여섯인 아낙네가 고해실을 찾아왔습니다. 뭐라고 조언을 하시겠습니까?"

"오, 부부가 금욕해야 한다고 말하겠죠."

"부부는 뭐라고 할까요?"

"고맙습니다, 신부님. 이렇게 말하겠죠."

"그러면 두 사람은 후련해할까요?"

"그런 표현으로는 그들이 느낀 환희가 충분히 전달되지 않는군요. 페더호턴의 남정네들은 낭만과는 인연이 없으니까요."

"그렇다면 신부님, 야만적인 남편이 쾌락을 포기할 수 없어서, 도저히 금욕하지 못하겠습니다, 이렇게 말했다면요?"

"이렇게 말하겠죠. 그럼 어쩔 수 없군. 자네에게 아이가 여섯 더 생길 걸세."

"알겠습니다." 플러드가 말했다. "선한 가톨릭교도로서 신부님은 아주 특별한 곤경을, 작은 불합리를 겪고 계시지만, 그런 상황이 이 교회의 가여운 형제나 자매의 삶을 매우 힘겹게 만들고 있다고 생각해 보십시오. 지금 신부님은 그것이 무슨 문제가 되냐고 생각하시겠죠? 영원히 이어질 세상에서 그런 불편이 뭐 그리 대수냐고요. 이 사소한 상황에서 내 판단과 교회의 전통을 분리해 생각했을 뿐이라고요. 그렇지만 앵윈 신부님, 신앙이란 커다랗고 겉이 비어 있는 벽돌 벽과 같습니다. 어느 날 한 어리석은 자가 머리핀을 가지고 와 벽 몇 센티미터쯤 모르타르를 긁는다고 생각해 보세요. 첫 번째 먼지가 피어오를 즈음 그 벽은 와르르 무너질 겁니다."

앵윈 신부는 위스키를 한 모금 들이켰다. 플러드의 말은 다 이해할 만했다. 문득 주교가 주머니 깊은 곳에서 먼지투성이의 훔친 머리핀을 꺼내는 광경이 그려졌다. "나는 내심," 그가 말했다. "사제는 신을 믿어야 한다고 생각했습니다. 적어도 믿는 척이라도 해야 한다고요. 그렇게 삼십 년, 사십 년을 보내면 신앙심이 되살아날지, 가면이 진짜 살이 될지 모르지 않습니까. 살아계시는 하느님께서 땅에 떨어지는 참새 한 마리 한 마리에 신경쓴다는 터무니없는 개념을 받아들일 수 있다면,[26] 왜 다른 일에 호들갑을 떠는 거죠? 묵주며 성물이며 금식이며 금욕에는 왜 그리 유난을 떱니까? 어째서 사소한 것에 법석이면서 정작 큰일은 아무렇지도 않게 지나가는 겁니까? 이런 식으로 상황을 바라보니, 계속 이대로 지낼 수 있어 보였습니다. 안전하게 집의 보호를 받는다고 하듯이 종교적 의례에 둘러싸여서요. 어느새 핵심적인 사상은 사라졌지만, 그게 그리 중요하지 않다는 걸 이제 아시겠죠? 물론 동의하지 않으시겠죠? 신부님은 신앙을 잃어버리면 이 삶을 지속할 수 없다고 생각하실 겁니다. 하지만 장담합니다 — 이런 식으로라면 신앙이 없어도 계속해 나갈 수 있어요."

"타협을 하셨군요." 플러드가 말했다. "자연스러운 일입니다. 한 여자가 대단한 연애를 해 남자와 결혼을 한다고 가정해 보죠. 어느 아침, 여자는 그 남자 옆에서 눈을 떴죠. 그런데 그 남자가 아무것도 아닌 시시한 인간이라는 걸 깨달았어요. 그녀의 인생이라는 풍경에 찍힌 오점인 거죠. 그렇다면 그 여자는 잠자리에서 빠져나와 거리를 돌아다니며 자신의 실수를 사방에 외

---

26 마태오의 복음서 10장 29절. "참새 두 마리가 단돈 한 닢에 팔리지 않느냐? 그러나 그런 참새 한 마리도 너희의 아버지께서 허락하지 않으시면 땅에 떨어지지 않는다."

칠까요? 아뇨, 그러지 않습니다. 다시 이불 속을 파고들 겁니다. 그리고 남은 하루 그 남자에게 평소보다 더 살갑게 굴 겁니다."

"아마 신부님 말이 맞을 겁니다." 앵윈 신부가 말했다. "제 상황과 유사점이 있군요. 그런데 나는 결혼 생활에 대해서 별로 생각한 적이 없어요. 그러니 달리 표현해 보죠. 당신의 몸에서 심장을 꺼냈다고 하면 어떨까요? 심장이 없는데도 당신은 여전히 걷고 말하고 아침도 먹습니다. 그렇다면 심장이 없어도 섭섭하지 않겠죠, 그렇죠?"

"그렇죠." 플러드 신부가 맞장구를 쳤다. "신부님은 심장도 없이 교구를 돌아다니고 계속 고해를 듣고 미사를 올리셨죠. 신부님이 하셔야 하는 일과 그 이상의 일을 계속해 오셨습니다. 이 퀴퀴한 냄새 나는 신랑, 바로 교회에 속박되어, 이 삶에서 걸어야 하는 길을 따라 여행을 하셨죠. 신부님은 강론대에 서서 당신이 더는 신을 믿지 않는다고 외치지 않았습니다."

"내가 왜 그러겠어요? 이교도가 무지몽매함에 빠져 나무와 돌에 절을 한다면 페더호턴의 주민들이 그러지 못할 이유가 어디에 있습니까? 주교님이 그래야 한다고 하신다면, 나는 기꺼이 마을 주민들을 미혹에서 끌어낼 것입니다. 하지만 그곳에서 끌어낸 주민들을 어디로 데려가야 합니까?"

"그것이 문제죠." 플러드가 대답했다. "그렇다면 이제 말씀해 보십시오. 악마에 대한 믿음은 어떻게 된 겁니까? 어떻게 그 믿음은 그대로일 수 있습니까?"

"음, 내 눈으로 봤습니다." 앵윈 신부가 다소 퉁명스럽게 대답했다. "악마는 이 교구를 떠돌고 있죠." 그는 잠시 말문을 닫고 마음을 가라앉혔다. "신부님, 어서 코코아를 드세요. 아까 신부님이 코코아를 젓는 모습은 봤는데 더는 신경을 안 쓰시더군요. 신부님이 첫날 밤부터 애그니스의 심기를 건드리지 않기를 바랍니다. 그녀는 코코아가 사제에게 좋다고 믿고 있거든요."

플러드가 컵을 들었다. "어떻게 생겼던가요?"

"악마요? 체크무늬 캡을 쓴 자그마한 남자였습니다. 얼굴은 둥그스름하고 볼이 사과처럼 불그레한 남자들 있지 않습니까."

"전에는 한 번도 못 보셨습니까?"

"웬걸요. 수도 없이 봤죠. 그 사람은 네더호턴에 살아요. 가게를 운영하죠. 담배 가게요. 어떤 대상을 평생 보고 또 보는데 본성을 눈치채지 못할 수 있을까요? 어느 날 빛이 새벽을 밝히듯 '아하' 하고 깨닫는 날이 오지 않겠습니까?"

"이 경우에는 빛이 아니겠죠. 저라면 어둠이라고 할 겁니다."

"그날 오후," 앵윈 신부는 자신의 컵을 들고 내용물을 찬찬히 살폈다. "그날 오후 나는 성당 주변을 산책하던 중이었습니다. 수녀원과 학교를 빙 돌면서 이런저런 생각에 잠겨 있었죠. 그런데 그 친구가 내 앞에 모습을 드러냈습니다. 느닷없이 불쑥 말이죠. 그리고 캡을 들어 인사를 건네더군요. 나를 보고 미소를 지으면서요 ── 하느님께 맹세코 나는 그자를 한눈에 알아보았습니다."

"어떻게 말입니까?"

"그 남자의 미소…… 그의 가증스러운 유쾌한 태도…… 나지막한 휘파람 선율."

"그 밖에는요?"

"유황 냄새도 났던 것 같아요. 그날 오후 내내 코를 찔렀으니까요."

"유황이라." 플러드가 말했다. "그 정도면 확정적이군요."

그때 애그니스가 문안으로 머리를 들이밀었다. 그리고 목청을 가다듬었다. "다 드셨어요?" 그녀가 완전히 안으로 들어왔다. "주무실 시간이에요." 그녀가 알렸다. "우리는 일찍 자고 일찍 일어난답니다, 플러드 신부님."

"애그니스." 앵원 신부가 말했다. "당신이 자러 가야 한다고 해서 플러드 신부님까지 그래야 하는 건 아니에요."

"반드시 해야 하느냐의 문제가 아니에요." 애그니스가 말했다. "품위의 문제죠. 문단속도 마쳤어요, 몇 시간 전에."

"알았어요." 앵원 신부가 말했다. "필요한 게 있으면 우리가 알아서 할게요. 플러드 신부님도 주전자 물 정도는 끓이실 수 있을 거예요."

미스 뎀프시는 곧 나갔다. 그리고 앞문의 빗장을 흔들어서 문제가 없는지 두 번이나 확인했다. 방에서 쫓겨난 일에 대한 항의의 표시가 아니라 사방에 내려앉은 깊은 침묵을 깨기 위한 것이었다. 폭풍우는 지나갔다. 부엌 창문으로 밖을 보자 나무들은 여전히 바람에 흔들리고 있었다. 그러나 사람이 복작거리는 댄스 플로어에서 점잖게 춤을 추는 사람들처럼 조금씩 흔들릴 뿐이었다. 나무가 내는 소리는 두꺼운 서조 벽과 그날 저녁의 사건에 에워싸인 그녀의 귀에는 가 닿지 않았다. 그녀는 손을 입술로 가져가 작고 납작한 사마귀를 만지작거렸다. 그리고 불을 끄고는 지저분한 코코아 컵들을 싱크대에 남겨 둔 채 잠자리로 향했다. 평생을 지켜 온 습관을 깨자 어딘지 삶이 변한 것 같았다. 분명히 보좌신부는 그녀가 소시지를 가져다줄 때 건넨 인사치레 몇 마디를 제외하면 그녀에게 별말 하지 않았다. 그런데도 마음 안쪽에서 속삭이는 소리가 들렸고 오로지 그만이 그곳에 소리를 심을 수 있었다. 나는 당신을 변화시키려고 왔어요. 변화가 내 일이지요.

두 남자는 밤이 새도록 앉아서 이야기를 나누었다. 어느새 새벽이 고집스럽게 찾아왔다. 자신을 다 태운 불길은 재가 되었다. 앵원 신부는 한 손으로 벽을 짚으며 어둠 속에서 위층으로 더듬더듬 올라갔다. 한두 시간 후면 그는 일어나 미사를 올려야 했다. 그는 신만 벗은 채 침대에 쓰러지듯 누워 이내 깊은 잠에 빠져들었다.

잠에서 깼을 때 그는 몇 시인지 짐작도 되지 않았다. 입안이 바짝 마르고 창밖으로 익숙하지 않은 해가 떠 있었다. 그는 특별히 뭔가에 골몰하지도 않은 채 가만히 누워서 생각이 떠돌게 내버려 두었다. 기억을 더듬어 보니 플러드 신부라는 사람에 대한 꿈을 꾼 것 같았다 — 분명 그랬을 것이다. 두 사람이 나눈 대화는 세세한 부분까지 또렷이 기억하지만, 어째서인지 젊은 신부의 이목구비가 기억나지 않는 것을 보면 말이다. 그의 얼굴은 조각조각 기억이 났다. 그의 눈, 코. 그렇지만 그 조각들을 끼워 맞춰 얼굴로 완성할 수는 없었다. 플러드는 그가 자신의 상상 속에서 끄집어내어 요리조리 조합한 인물일지도 몰랐다. 아마도 그는 벽난로 앞에서 까무룩 잠이 들었던 모양이었다.

그는 일어나 앉아서 손바닥으로 얼굴을 문질렀다. 손바닥의 아랫부분을 눈두덩이에 대고 문지른 후 턱을 톡톡 치면서 면도를 떠올리다가 속으로 텅 빈 위장과 이야기를 나눈 후 소화가 잘되는 삶은 달걀을 주겠다고 약속했다. 그런 후에 신발을 한 손에 들고 양말 차림으로 복도를 지나 보좌신부의 방문을 열었다.

그곳은 빈방이 아니었다. 플러드가 침대에서 자고 있었다. 그는 얼굴을 천장으로 향한 채 등을 대고 누워 있었다. 무자비할 정도로 다가가기 힘든 표정을 짓고 있어서 차마 얼굴을 요모조모 뜯어볼 수는 없었다. 방에서는 향냄새가 났다. 플러드 신부는 구식 잠옷을 입고 있었는데, 풀을 빳빳하게 먹였고 너풀거리는 옷깃이 달려 있었다. 평생 한 번도 못 본 모양이었기에 보자마자 앵윈 신부는 질투가 샘솟았다.

그는 돌아서서 발끝으로 방을 나서며 문을 살며시 닫았다. 훗날 말했듯이 사실 보좌신부는 지진이 일어나도 깨지 않을 것 같았지만 말이다. 그는 흡사 관대(棺臺)에 누운 주교 같았다. 문득 이런 이미지가 떠오르더니 지난밤 보좌신부와 주교에 대해서는 아무 이야기도 하지 않았다는 사실이 생각났다. 그의 이름조차 거론되지 않았다. 플러드가 첩자라면 나는 망했구나. 그런데 어느 첩자가 저렇게 깊이 잠들지? 아니야, 첩자든 아니든 나는 끝장났어.

그리고 아래층에서는 가정부가 아침 일과를 하며 그의 등 뒤에서 미동도 없이 잠에 곯아떨어진 창백한 이미지에게 잘 보이기 위해 또 노래를 부르고 있었다 — 그가 생각하기에 미스 뎀프시는 자기 목소리에 우쭐해 하는 것 같았다. 문득 방금 나온 방으로 되돌아가 보좌신부의 맥박을 짚어 보아야 할지 망설여졌다. 아니다. 플러드 신부가 잠을 자는 동안에는 목숨이 끊어지는 습관이 있다면 그것은 그의 문제였다. 지난밤 나눈 대화의 한 조각이 불쑥 떠올랐다. 보좌신부가 볼테르를 인용하지 않았나? "한 번 태어나는 것보다 두 번 태어나는 일이 더 놀라운 건 아닙니다."

앵윈 신부는 비틀거리지 않으려고 한 손을 내밀었다. 배가 고파 쓰러질 지경이었다. 머리가 아찔하고 기절할 것 같았다. 그는 애그니스에게 그녀 소관의 일에 간섭해서 미안하지만 달걀을 두 개 달라고 구슬려 봐야겠다고 생각했다. 그녀는 이제 부엌에서 음정이 불안정한 소프라노 목소리로 성 아네스의 순교 노래를 부르는 중이었다.

남자들이 연회에 갈 때,
신부가 신랑을 만날 때
당신은 환희에 찬 발걸음으로
당신 운명을 만나기 위해 서둘렀네.
병사들이 가여워 눈물을 흘렸고
사형 집행인은 수치심에 볼을 붉히네.
오로지 하나의 증표만이 당신을 달아나게 했네.
가장 달콤한 이름 '그것은 예수'.

4장

그날 오후 플러드 신부는 교구를 둘러보았다. 앵윈 신부가 문까지 보좌신부를 배웅했다. "교구민들이 집으로 초대를 할지 몰라요." 그가 말했다. "절대로 아무것도 먹지 말아요. 어두워지기 전에 돌아오고요." 그는 불안한 표정으로 서성거렸다. "누가 같이 가는 편이 좋을까요?"

"진정하세요, 신부님." 플러드가 말했다.

앵윈 신부는 책임감의 무게를 느꼈다. 그는 플러드가 마음에 들었다. 둘 사이에는 주교라는 주제가 아슬아슬하게 걸려 있었다. 그렇지만 지금껏 주교 쪽에서는 아무 연락도 없었다. 앵윈 신부는 플러드에 대한 평가가 그리 좋지 않을지도 모른다는 생각이 들었다. 그는 주교가 플러드로 인해 불안감에 휩싸이는 모습을 상상했다. 플러드의 학식에 위협감을 느끼고 그가 문제의 핵심으로 치고 들어가는 모습에서 모욕을 느끼지 않을까. 그렇다면 분명 이 교구는 폐기물 하치장이 될 것이다. 플러드는 앵윈 신부처럼 버리는 패일 것이다.

"여기요." 앵윈 신부가 말했다. "이 우산을 챙겨 가요. 기압이 떨어졌어요. 달무리도 떠 있더군요. 저녁 전에 비가 올 겁니다."

플러드는 우산을 건네받았다. 그리고 앵윈 신부와 정중하게 악수를 나눈 후 경사로를 성큼성큼 내려가기 시작했다.

그는 마찻길을 내려가다 천둥벌거숭이 같은 아이들 한 무리와 마주쳤다. 아이들은 무릎에 딱지가 앉아 있고 머리는 이가 끓지 않도록 박박 밀려 있었다. 아이들은 각자 입고 있는 잘못 만든 티셔츠의 목 부분을 잡고 당겼다.

"신부님, 우리가 응급차를 봤어요." 아이들이 알렸다. "내 어깨를 만지고, 내 무릎을 만지고, 내가 아니기를 하느님에게 기도해요. 그리고 흰 개를 볼 때까지 이렇게 옷깃을 잡고 있는 거예요."

"하지만 너희 옷에는 옷깃이 없잖니." 플러드가 지적했다.

"옷깃이 달리는 부분이 있으면 거길 잡으면 돼요." 아이들이 설명했다. 그때 자그마한 여자아이가 말했다. "있는 척하는 거예요."

"그렇구나." 플러드가 말했다. "음, 빨리 흰 개를 만나면 좋겠구나. 이 지역에서는 다 그렇게 하니?"

"네더호턴에서는 안 해요." 아이들이 잠시 생각해 보더니 대답했다. "구급차가 거기까지 올라가지 않거든요."

플러드는 문득 호기심이 동했다. "이렇게 해야 한다고 누구에게 들었니?"

아이들은 멀뚱멀뚱 서로의 얼굴만 쳐다보았다. 누구에게 들었는지 기억나지 않았다. 언제부터인가 그냥 알고 있었을 뿐이다. 개중 몇 명이 말했다. "퍼핏 수녀님." 어린 여자아이가 말했다. "하느님."

플러드 신부가 교문을 지나쳤다. 이내 마찻길이 끝나고 거친 길은 처치 스트리트로 이어졌다. 발에 조약돌이 밟히고, 잿빛으로 칙칙한 산울타리가 잎을 축 늘어뜨린 채 높이 서 있었다. 울타리 틈새로 들판이 얼핏 보이는데, 거친 잡초들이 바람에 납작 엎드린 언덕이 이어져 있었다. 그는 잎사귀 하나를 살펴보려고 멈췄다. 손가락에 침을 발라 잎의 표면을 쓸어 보니 고운 모래로 뒤덮여 있고 기름기가 느껴졌다. 손가락을 빨았다. 그러자 흙과 연기 맛이 났다. 저 아래로 성자들이 위에 올라가 고행을 하는 기둥이나 이교도들이 망자를 뉘는 탑처럼 높이 솟은 페더호턴의 공장 굴뚝들이 보였다.

업스트리트에서는 바구니를 든 부인네들이 팔짱을 끼고 서서 이야기를 나누다가 플러드가 지나가자 이야기를 멈추고 그를 빤히 바라보았다. 그는 한 손을 들었다. 인사도 건네고 은총도 내리기 위해서였다. 채플 스트리트로 돌아 들어가자 가파른 오르막길이 다시 시작되었다. 그는 이 거리에서 집집마다 문을 두드리고 자신을 소개하는 모습을 떠올렸다. 30번지에서 한 여자가 열어 놓은 문 가에 꿇어앉아 당나귀 돌[27]로 계단을 하얗게

---

27 시멘트와 표백제, 물을 굳혀 만든 계단 청소 도구. 당나귀 돌은 에드워드 리드 앤드 선 사에서 나온 상품의 이름에서 유래한 것으로, 이런 종류의 청소 도구를 지칭하게 되었다.

닦는 중이었다. 그는 말을 걸지 망설이며 가만히 서서 지켜보았다. 그렇지만 자신이 무례하게 굴고 있다는 생각에 금방 발걸음을 옮겼다. 그가 가는 길 앞으로 몇 집의 문이 열렸다. 주부들이 나왔고 양동이를 팔꿈치 위로 홀쩍 들어 올려 포장도로로 비눗물을 쏟아 버렸다. 그녀들은 그의 시야로 머리부터 집어넣고 웅크리고 앉아 개집에서 나오는 개처럼 시야를 침범하더니 청소솔을 들고 청소를 시작했다. 그들이 두른 꽃무늬 앞치마는 끈으로 허리에 두 번 감겨 몸에 단단히 묶여 있었다. 모두 한 손에 당나귀 돌을 들고 있었다. 아주 연한 크림색부터 버섯 색, 진한 버터스카치 색까지 있었다. 어떤 것은 최상의 버터처럼 샛노란 색이었다. 바닥을 솔로 닦을 때마다 팔꿈치가 튀어나오고 소매는 관절 위까지 말려 올라갔다. 그녀들의 피부는 희고 발그스레했으며 출산으로 불어난 뱃살은 축 늘어졌고 정수리의 머리숱은 줄어드는 중이었다.

플러드는 이 여자들이 가여웠다. 앵원 신부에게 전해 듣기로 그들 일부는 전해에 일어난 공공 주택 폭동 때 남편을 잃었다. 폭동의 현장은 — 지금은 완전히 파괴되었는데 — 오후의 공기 속에서 연기 냄새를 풍기는 듯했다. 남자들이 잘 먹고 잘 살 권리를 주장하며 스러져 간 자리마다 자갈투성이의 땅에 급조한 십자가가 꽂혀 있었다. "그들 모두에게 집을 지어 줘야 했어요." 앵원 신부가 말했다. "아니면 아예 손도 대지 말거나." 지난밤 그는 페더호턴에서 보낸 최악의 시기였다며 그 시절을 회상했다. 불만을 토로하는 무리들, 시위에 가담한 여자들, 식칼과 화염병으로 가득 찬 가방들, 성당 문에 걸린 철자 틀린 현수막들. 그러던 여름 오후 마침내 경찰에 진입하라는 명령이 내려졌고 사상자가 발생했고 소방대가 출동했다.

폭동의 현장 맞은편에는 감리교 예배당이 있었는데, 입구가 낮은 붉은 벽돌 건물이었다. 봉기한 군중이 가톨릭과의 전쟁을 외치며 처음으로 터져 나온 곳이 바로 그 예배당이었다. 플러드 신부는 탐색하는 시선으로 그곳을 둘러보더니 감리교 묘지를 가로질렀다. 그 묘지에서는 개신교 신자들이 영면을 취하고 있었다. 그는 야트막한 담을 훌쩍 뛰어넘었다. 그러자 백 레인이 나왔다. 그는 오른쪽으로 돌아서서 네더호턴을 향해 오르막길을 오르기 시작했다.

백 레인의 주민들이 그의 등장을 막 알아차렸다. 여자 두 명이 밖으로 나와 문가에 기대서서 무표정한 얼굴로 그를 지켜보았다. 그들 중 한 명이 차를 대접할 테니 집으로 오라고 소리쳤다. 앵원 신부의 경고를 잊지 않은 그는 예의 바르게 모자를 들어 인사를 건넨 후 급하게 가 봐야 한다는 몸짓을 했다. "돌아가요." 여자는 이렇게 말하며 조소를 보내고는 문을 쾅 닫고 들어갔다.

얼마쯤 더 가자 민가가 없어지고 도로는 좁아져서 시골길이 되었다. 앵원 신부는 고리처럼 생겨서 작은 촌락과 황무지로 이어지는 외진 길을 따라 걸으면 족히 5킬로미터는 될 것이라고 알려 주었다. 그곳에는 쉼터도 집도 나무 한 그루도 없었다. 걷는 방향으로 오른쪽에는 황무지뿐이었고, 왼쪽에는 한때 시민 농장이 있었던 들판이 울타리도 없이 뻗어 있었다. 그 땅을 빌린 사람들은 철도 노동자들이었다. 이곳에서 직선거리로 그리 멀지 않은 곳에 페더호턴의 작은 지선 철도역이 있었던 것이다. 노동자들은 그 땅에 채소를 길렀는데, 닭을 키우거나 심지어 돼지를 치는 사람도 있었다. 그러나 닭장과 돼지우리는 이제 텅 빈 채 습기에 썩어 가고 있었다. 당시 네더호턴 주민들이 채소를 자꾸 서리해 가자 결국 남자들은 울타리를 메우고 수리하는 데 지쳐 버렸고 서리당한 농작물을 다시 심는 것도 진절머리가 났다. 그들은 그곳을 버렸고 아내들에게 협동조합 상점에 가라고 말했다. 들판은 원래의 황무지 상태로 금세 되돌아갔다. 이제 철도 노동자들이 한때 그곳에 있었다는 유일한 표식은 허물어져 가는 울타리 기둥에 묶인 채 미풍에 반항하듯 휘날리는 붉은색 물방울무늬 손수건뿐이었다.

플러드 신부는 발걸음을 멈추고 눈앞의 텅 빈 길을 바라보았다. 으슬으슬 춥고 피곤했다. 주머니를 뒤져 앵윈 신부가 그려 준 지도를 꺼내 확인해 보니, 온 길을 되돌아가면, 다시 말해 백 레인으로 돌아가 업스트리트로 나가면 짧은 오르막길이 나오고 그 길을 올라가면 기차역 앞마당이 나오고 그곳에서 들판을 곧장 가로지르는 오솔길을 따라가면 네더호턴의 큰길이 나올 터였다. 그는 지도를 주머니에 구겨 넣고 뱅그르르 돌아섰다. 여자가 차를 대접하겠다고 했던 집을 지나치는데, 위층 창문의 커튼이 살짝 움직인 것 같았다.

업스트리트는 이제 인적이 거의 끊어졌다. 장을 다 보면 발길을 잡을 만한 것이 아무것도 없는 것 같았다. 그는 시간을 확인했다. 어느새 5시가 코앞이었다. 공기 중에는 야박한 가을 저녁의 한기가 떠돌았다. 그 한기와 함께 부엽토와 석탄으로 피운 불, 눅눅한 모직물, 감기 시럽 등이 뒤섞인 냄새가 났다.

역에 가까워지자 이번에도 아이들 한 무리가 플러드 앞에 나타났다. 이번에는 나이가 더 많고 좀 더 질서 정연한, 바짝 붙어서 걸어오는 열 명 남짓한 청소년들이었다. 이 어린 페더호턴 주민들은 가장 가까운 도시의 공립 중등학교에 다니는 학생들이었다. 아이들은 얼마 되지 않아도 눈에 확 뜨였다. 금방 자랄까 큰 치수로 산 밤색 교복이 십자군의 검은 망토처럼 아이들의 몸에 걸쳐져 있었다. 호느적거리는 듯한 열여덟 청춘들은 기민한 눈빛에 잔뜩 경계하는 표정을 짓고 있었고, 머리에는 작은 캡을 쓰고, 떡 벌어진 앙상한 어깨에 우표처럼 보이는 책가방을 메고 있었다. 여학생 몇 명은 케이크 틀을 방패처럼 꼭 끌어안았고 어떤 여학생들은 편물 가방을 메었는데, 가방에서 금속 바늘이 비죽 튀어나와 있었다. 남학생들은 목공 도구를 굳이 숨기려고 하지도 않은 채 들고 있었다. 호위하듯 앞에 선 열두세 살가량의 소녀들이 침울한 표정을 하고 하키 채를 바짝 경계하는 태도로 공격 각도로 들고 있었다.

"만나서 반갑구나." 플러드가 말문을 열었다. "나는 새로 부임한 보좌신부란다. 플러드라고 해. 개학하니 학교는 재밌니?"

깜짝 놀라고 감정이 상한 듯한 눈빛들이 그를 훑고 지나갔다. 플러드는 그들이 걸어오는 길을 막아섰고 현 상황을 깰 생각이 없었기에 아이들이 멈춰 서야 했다.

"우리 지니기도 돼요?" 하키 채를 휘두르는 여학생 한 명이 물었다.

"나는 그저 궁금할 뿐이야." 플러드가 말했다. "너희 같은 청소년들이 이런 곳에 무슨 볼일이 있는지."

"숙제예요." 무리의 중앙에서 목소리가 들렸다.

"혹시 주말에 자유 시간이 있니?"

"우리는 외출을 하지 않아요." 그 소녀가 확고한 어조로 대답했다. "날라리 남자애들과 싸우고 싶지 않거든요."

"어디 안 나가고 집에 있어요." 다른 목소리가 들리더니, 부연이 이어졌다. "그래야 성공한대요. 우리는 맨체스터 대학에 들어가야 하거든요."

"너희는 미사에 나오니?" 플러드가 물었다. "미사 끝나고 다 같이 모여도 좋겠는데. 게임을 해도 되고. 탁구 같은 거."

아이들이 서로 얼굴을 바라보았다. 그들의 표정이 한결 부드러워졌다. 어린 소년 중 한 명이 애석한 표정으로 말했다. "우리는 무신론자예요."

"좋은 생각이 아닌 것 같아요." 그 소녀가 말했다. "있죠, 신부님. 우리가 교복을 입지 않으면 부모님은 외출을 허락해 주지 않으실 거예요. 그런데 교복을 입고 나가면 말썽에 휘말려요."

어린 소년이 말했다. "토마스 아퀴나스 애들이 우리를 때려요."

"그 애들이 우리를 귀찮게 할 거예요." 그 소녀가 말했다. "신부님이 우리를 양해해 주시지 않으면요."

그 소녀 뒤에서 여학생 세 명이 일제히 케이크 틀을 쑥 내밀고 요란하게 흔들었다. 오디, 오다스, 오다트.[28]

---

28 odi, odas, odat. '싫다'는 뜻의 라틴어.

"나는 싫다." 그 소녀가 불길한 분위기를 풍기며 해석해 주었다. "당신은 싫다. 그 혹은 그녀, 그것은 싫다."

"더 하지 않아도 된다." 플러드가 웅얼거렸다. "나도 아니까."

"개인적인 감정은 없어요." 덩치 큰 소년이 말했다. 그러자 케이크 틀을 높이 들고 요란하게 흔들던 아이들이 말했다. "우리는 그 애들에게 가정 수업에서 만든 걸 던져요."

플리드는 옆으로 비켜서서 이이들이 지나가는 모습을 지켜보았다. 그들은 머리를 갸웃거려 가게 입구를 확인하며 계속 걸어갔다. 역 마당에 도착해 담을 넘도록 만들어 놓은 계단을 올라 넘어가자 오솔길이 나왔다. 그는 앵원 신부가 준 우산을 휘둘러 잡초를 헤치며 그 길을 따라 들판을 가로질렀다. 처음에는 완만한 오르막이었지만, 점점 가팔라졌다. 급기야 멈춰서 잠시 숨을 고른 후에야 또 나타난 담을 담에 설치된 계단으로 넘었다. 담을 넘어가니 네더호턴의 큰길이 나왔다.

그곳은 한눈에 봐도 낙후된 촌락이었다. 다 허물어져 가는 여인숙 두 곳인 올드 오크와 램이 보였고, 셔터를 내린 담배 가게는 앵원 신부가 말한 그곳 같았다. 창가에 홍차 봉지를 피라미드처럼 쌓아 둔 식료품점과 진열대의 잠자는 커다란 검은 고양이 장식을 제외하면 텅 빈 것이나 다름없는 빵집도 있었다. 여기 민가의 구조는 페더호턴과 달랐는데, 일부는 안으로 깊이 들어가는 방 하나뿐이었다. 낮고 구부러진 지붕이 그 집의 나이를 말해 주었다. 그는 네더호턴 사람들이 창문 따위 필요 없다는 듯 그것을 벽돌로 막아 버린 모습을 눈여겨보았다. 사방에 생생하게 살아 숨 쉬는 연금술의 징표들이 보였다. 좁은 뒷마당에서 땅을 긁고 있는 검은 암탉들, 벽에 무심하게 기대어져 있는 아홉 칸짜리 사다리인 스칼라 필로소포룸.[29] 그는 민가가 점점 줄어들 때까지 계속 걸었다. 걷다 보니 황무지에 길게 난 길의 입구에 서 있는 녹슨 철문이 나왔다. 그는 잠시 서서 눈앞의 풍경과 구름이 급하게 몰려가는 하늘을 바라보다가 돌아섰는데 얼굴에 빗방울이 뚝뚝 떨어졌다.

그는 마침 잘 챙겨 온 우산을 펴 들고 온 길을 되돌아가기 시작했다. 그가 망토의 옷깃을 세울 틈도 없이 진하고 끈적거릴 것 같은 짙은 안개가 그의 주위를 감싸며 올라왔다. 희미해지는 낮의 빛 속에서 지저분한 유리창은 표면에 납을 엷게 입힌 것처럼 불투명해 보였다. 그는 몸을 부들부들 떨면서 웅크린 채 벽에 기대서 약도를 다시 확인했다. 그를 이곳으로 데려온 길에서 갈라진 또 다른 오솔길을 따라가면 아까 들른 시민 농장 부지를 지나 십 분이면 수녀원의 뒤편에 당도할 것 같았다.

그는 조만간 수녀원을 예방해야 했다. 분명 오늘이어야 할 것이다. 안 그러면 그들의 마음이 상할 테니까. 기독교인의 자비심에서 그들은 그에게 핫초코를 대접할 것이 분명했다. 버터 바른 비스킷도 대접해 줄지 몰랐다. 티케이크와 잼까지 내줄지도 몰랐다. 그들은 방문객을 반갑게 맞을 것이다. 다시 계단으로 담을 넘으며 그는 혼자 미소를 지었다. 그리고 한결 밝아진 마음으

---

29 scala philosophorum. '철학의 계단'이라는 뜻으로, 15세기 연금술사 귀도 디 몬타노르가 쓴 책의 제목이기도 하다.

로 질척한 진창에 한 발을 내디뎠다.

수녀원의 응접실은 답답한 느낌에 춥기까지 했다. 게다가 그레이비소스가 엉겨 붙은 정체 모를 냄새가 났다. 이 응접실은 좀처럼 사용하지 않는 곳이었다. 플러드는 텅 빈 난롯가에 놓인 딱딱한 의자에 앉아 퍼핏 수녀원장을 기다렸다. 그의 발 아래에서는 쪽모이 세공 무늬의 짙은 색 리놀륨이 반짝반짝 빛났는데, 그 과한 느낌이 벽난로 앞 붉은색 깔개 때문에 희석되었다. 벽난로 선반 위에는 육중한 금박 액자에 표구한 그리스도의 그림이 걸려 있었는데, 그리스도의 머리에서 가늘고 노란 빛줄기가 흘러나왔다. 그의 흉곽이 로마 병사의 창에 깔끔하게 절개되어 열려 있었으며, 그는 창백하고 뾰족한 손가락으로 겉으로 드러난 완벽한 하트 모양의 심장을 가리키고 있었다.

맞은편 벽에는 육중하고 커다란 궤가 있었는데, 묵직해 보이는 쇠 자물쇠가 달려 있었다. 원래 오크로 만든 것 같았고, 오랜 세월 니스를 겹겹이 발라서 표면이 끈적거리고 빛을 반사하는 것처럼 보였다. 저 안에 뭐가 들었을까? 플러드는 궁금했다. 수녀들의 필수품이겠지. 요즘은 그 필수품에 무엇이 있을까?

기다리다 지친 플러드는 의자에서 뒤척였다. 저 앞의 궤가 그를 유혹했다. 그의 시선은 몇 번이고 다시 그쪽으로 향했다. 그는 일어서다가 의자가 삐걱거리는 소리에 그대로 얼어붙었다. 이내 미음을 디잡고 살금살금 맞은편으로 걸어갔다. 그는 시험 삼아 살며시 뚜껑을 들어 보았다. 꿈쩍도 하지 않았다. 그는 궤가 얼마나 무거운지 보려고 살짝 밀었다. 아주 무거웠다.

그때 뒤에서 발소리가 들렸다. 그가 활짝 웃으며 일어섰다. 페르페투아 수녀원장이 목청을 가다듬었다 — 민망하지 않게 경고를 하기에는 너무 늦었지만, 어쨌든 늦지 않게 경고를 한 셈이었다. 그녀는 높고 폭이 좁은 창문으로 다가가 커튼을 쳤다. "밤이 오네요." 그녀가 말했다.

"음." 플러드가 말했다.

"우리 옷가지들이죠." 퍼핏이 알려 주었다. 그녀가 궤를 가리켰다. "우리가 세속을 떠나올 때 입고 온 옷가지들 말입니다. 자물쇠를 채워 두죠."

"수도원 안의 수녀님들이 손대지 못하도록요?"

퍼핏이 대답을 회피했다. "수많은 영혼의 안녕을 감독하는 것이 책임이니까요." 그녀가 이렇게 말했다.

"그러니까 수녀님은 교장 선생님이자 수녀원의 책임자이시 군요?"

그 질문에 퍼핏은 달리 누가 할 수 있겠냐는 듯 베일을 뒤로 넘겼다. 플러드 신부가 궤를 꼼꼼히 뜯어보았다. "안을 봐도 될까요?" 그가 물었다.

"오, 안 될 것 같은데요."

"안을 보지 못한다는 규칙이라도 있습니까?"

"당연히 있을 겁니다."

"그렇게 가정하는 것이 수녀님의 천성인가요?"

"그래야 하니까요. 주교님이 알게 되시면요?" 페르페투아 수녀원장이 그의 뒤로 다가와 주인처럼 궤를 굽어보았다. 그러더니 곁눈질로, 툭 튀어나온 베일의 가장자리 밖으로 그를 바라보았다. 흡사 눈가리개를 한 경주마가 윙크를 하는 것 같았다. "그렇지만 신부님, 예외를 둘 수도 있겠군요. 내가 설득당한 것 같아요."

"어쨌든," 플러드가 말했다. "아무도 입지 않는 옷가지를 살펴본다고 해가 될 건 없지 않습니까. 저 상자에는 유행하는 신기한 옷들이 있을 겁니다."

수녀원장이 궤의 뚜껑을 손으로 탁탁 쳤다. 몹시 크고 관절이 툭 튀어나온 손이었다. "그거 하나는 인정해야겠군요." 그녀가 말했다. "신부님의 호기심 말인데, 아무래도……." 그녀는 다시 꼿꼿하게 몸을 펴고는 그를 훑어보았다. "주교님은 이런 이야기를 듣고 싶어 하지 않으실 것 같군요. 신부님이 그분께 말씀드리지 않고 나도 하지 않는다면." 그녀는 한 손을 허리 아래쪽 가운의 주름들 속으로 집어넣어 커다란 구식 열쇠를 꺼냈다.

"가지고 다니시려면 꽤 무겁겠습니다." 플러드가 말했다.

"장담하지만, 신부님, 이 열쇠는 제가 짊어진 짐 중에서 가장 가볍답니다." 페르페투아 수녀가 열쇠를 열쇠 구멍에 끼웠다. "제가 하지요." 플러드가 말했다.

그는 자물쇠와 씨름을 했다. 첫 번째 시도는 허사였다. "자주 열지 않다 보니." 페르페투아가 말했다. "십 년에 한 번 정도죠. 요즘은 소명을 받은 사람이 많지 않아요." 플러드는 무릎을 꿇고 힘을 주어 열쇠를 돌렸다. 뭔가가 갈리고 긁히는 소리에 이어 찰칵하더니 마침내 자물쇠가 열렸다. 그는 그 안에 사람의 유해가 안치되어 있기라도 하듯 경건한 태도로 천천히 뚜껑을 들었다. 속으로 플러드는 이렇게 생각했다. 당신은 세속의 허영들의 잔

재가 이 궤 안에 있으니 당연히 이렇게 해야 한다고 말씀하시겠죠. 안디옥의 이그나티우스도 신앙인들에게 각자 자기만의 페르페투아 수녀원장에게 순종하라고 말하며 그들을 망자에 비유하지 않았던가? "우리는," 성인이 말했다. "자신을 종교 공동체의 장에게 맡겨야 한다. 마치 망자가 자신의 시신이 어떤 식으로 다루어지건 상관하지 않듯이."

뚜껑을 여는 순간 좀약 냄새가 올라와 코를 찔렀다. "왜 이 옷들을 온전히 보관해야 하는지 모르겠어요." 페르페투아가 말했다. "누가 이걸 입고 외출을 할 것도 아닌데."

플러드는 궤 안으로 손을 뻗어서 제일 위에 있는 옷을 들어 개어 놓은 부분이 펼쳐지게 늘어뜨렸다. 세일러 칼라가 달린 자그마한 흰색 모슬린 원피스로 넉넉한 치마폭으로 보아 발목이 드러나는 길이일 것이라고 플러드는 생각했다. "이 원피스는 누구 옷입니까?"

"아마 폴리카르포 수녀님 옷일 거예요. 그 수녀님은 늘 해군에 호감을 보이셨거든요."

수녀원장이 궤로 손을 넣어 끈이 두 개 달려 있고 굽이 허리 모양으로 잘록한 군청색 구두 한 켤레를 꺼냈다. 다음은 군청색 서지 정장이었다. 먼저 나온 옷과 비슷한 시기의 낡은 옷으로 허리 부분은 몸에 맞췄고 치마는 종 모양이었다. "이것들이 누구누구 옷인지 누가 알겠어요. 세 사람이 거의 비슷한 시기에 왔어요. 또래였고요. 어디 보자 — 이 모자 한번 보실래요?"

플러드 신부가 수녀원장의 손에서 모자를 건네받아 펠트 천을 톡톡 쳤다. 뭉툭하고 거칠어 보이는 회색 깃털 한 움큼으로 만든 장식에 손끝이 따끔거렸다.

"치릴로 수녀님이 그 모자를 쓴 모습이 그려져요. 아니면 이 그나티우스 로욜라 수녀님. 둘 중 누군가가 썼을 거예요. 어머, 맙소사." 퍼핏이 웃음을 터뜨렸다. "그 세 분의 속옷이 잘 들어 있네요. 이게 그분들 코르셋이에요."

그곳에는 하나로 합쳐서 돌돌 만 코르셋 세 장이 있었다. 하나는 트윌핏이고 나머지 두 개는 엑셀시어였다.[30] 플러드가 그것들을 세계 지도처럼 들어 올리자 달가닥거리며 스르르 펼쳐졌다. 퍼핏이 피식 웃었다. "오, 신부님." 그녀가 말했다. "이건 신부님이 보실 만한 물건이 아니랍니다, 암요."

그녀가 궤로 손을 쑥 집어넣더니 바닥을 막 뒤지기 시작했다. "하느님 맙소사." 그녀가 말했다. "호블 스커트[31]라니. 이걸 입으려면 저것들이 필요하겠군요."

플러드 신부는 밀짚모자를 하나 꺼내 이리저리 돌려 보았다. 모자에는 군청색 리본이 달려 있었다.

"그 모자는 분명히 안토니오 수녀님 거예요. 그분이 최연장자죠. 그분의 트위드 정장에 잘 어울릴 거예요. 여름용 트위드 정장요." 그녀는 모자를 자신의 몸 쪽으로 들었다. "자, 그때 안토니오 수녀님의 키가 어땠는지 보실래요. 지금은 이만하답니다."

그는 안토니오 수녀의 모습을 그려 보았다. 상상 속에서 두

---

30   트윌핏, 엑셀시어 모두 상표명이다.
31   무릎 아래에서 발목까지의 폭이 매우 좁은 치마.

볼이 발그레한 건강한 안토니오 수녀는 마찻길을 달려온 마차에서 훌쩍 뛰어내렸다. 때는 1900년이었다. 페르페투아는 다리 부분에 레이스가 달린 실크 콤비네이션[32]의 먼지를 털고 앞쪽의 단추를 풀었다. "이걸 입었을 때 무척 예쁘셨을 거예요."

"그런데," 플러드가 물었다. "다른 수녀원으로 가시면 어떻게 하나요? 수녀님의 물건도 함께 따라가나요? 짐을 싸십니까?"

"오, 소지품을 직접 들고 가지 않아요. 가령 우리가 차에 치여서 병원으로 옮겨졌다고 해 보죠. 병원에서 내 짐 가방을 열어 보겠죠? 그러면 우리가 수녀라는 사실을 절대 믿지 않을 거예요. 연주단의 단원이라고 생각할 거예요."

"그러면 이어서 보내겠군요, 나중에."

"짐꾼이 가지고 오죠. 그런데," 그녀는 나머지 옷가지를 뒤적거리며 말을 이었다. "필로메나 수녀님의 물건이 하나도 없네요. 없어진 건 아닐 거예요. 필로메나 수녀님 같은 여성이 자선 바자회에서 사서 수녀원에 입회하려고 올 때 입었을 싸구려 옷이니까. 그건 그렇고 전형적인 아일랜드 아닌가요? 옷도 챙겨 주지 않고 수녀를 보내면서 그냥 다 잊어버리고 — " 퍼핏 수녀는 멍하니 입을 벌리고는 흐리멍덩한 눈빛을 했다. "될 대로 되라는 거죠. 필로메나 수녀가 어떤 꼴을 하고 왔는지 신부님이 보셨어야 했는데. 짐이라고는 끈으로 묶은 낡은 여행 가방 하나가 다였어요. 그마저도 텅 비다시피 했고요. 저도 청빈을 알지만, 그건 심해도 너무 심하더군요. 스타킹 한 켤레, 그마저도 구멍이

32 위아래가 이어져 하나로 된 속옷.

숭숭 뚫렸고 투박한 구두는 발가락이 삐져나왔지 뭐예요. 그분의 손수건에 언제 마지막으로 풀을 먹였을지 따져 보고 싶지도 않아요."

"말씀을 들어 보니 그 수녀님은 난민이나 다름없었던 것 같군요." 플러드가 말했다.

"내 식대로 할 수 있었다면 다시 돌려보냈을 거예요. 하지만 불행히도 그럴 수가 없었죠. 필로메나 수녀를 보낼 수 있는 사람은 관구를 총괄하는 수녀님이니까요." 페르페투아 수녀는 분노에 휩싸였다. 자신이 무슨 말을 하는지 플러드 신부가 전혀 모른다는 사실을 잊을 정도였다. "그래도 관구 책임 수녀님에게 말씀을 드렸어요. 단도직입적으로. 그 사람이 그런 이유로 수녀가 되고 싶어 한다면 관상 수도회[33]에 갔어야 한다고 똑똑히 말씀을 드렸죠. 우리 '성스러운 순교자 수녀회'는 현실적인 태도를 견지해야 해요. 우리에게는 해야 할 현실적인 일들이 있으니까요. 그래서 관구 책임 수녀님에게 말씀을 드렸어요. 내 수녀원이 수도회를 난처하게 만드는 사람들의 집합소가 되는 상황을 두고 보지 않을 거라고요. 나는 그런 상황을 원하지 않으니까요. 주교님께 말씀을 드리겠다고 했어요."

"맙소사." 플러드가 말했다. "필로메나 수녀님이 무슨 짓이라도 했나요?"

"어떤 주장을 했죠."

---

[33] 활동 수도회에 대응하는 개념으로 관상(觀想) 생활을 주로 하면서 침묵과 인내 속에서 기도하는 생활을 한다.

"어떤 주장을요?"

"자신의 몸에 성흔이 나타난다고 했답니다. 금요일마다 손바닥에서 피가 흐른다더군요."

"목격자가 있습니까?"

페르페투아가 코웃음을 쳤다. "아일랜드 사람들은 봤죠." 그녀가 대답했다. "망령이 난 늙은 당나귀 같은 한 교구 신부가 있는데 — 죄송합니다, 신부님. 그렇지만 저는 속으로 그렇게 부르고 있어요 — 필로메나 수녀의 헛소리를 덮어놓고 믿을 정도로 어리석었죠. 그 때문에 소란스러웠어요. 교구 전체가 흥분에 휩싸였거든요. 그 신부가 일을 더 크게 만들려고 했을 때 필로메나 수녀와 함께 금방 저지를 당했다는 사실을 말씀드릴 수 있어 기쁘군요. 일이 더 커지지 않고 주교님 선에서 끝났어요. 제 경험으로 주교님은 믿을 만한 분이세요."

"그래서 그분을 잉글랜드로 보냈군요?"

"그럼요. 과열된, 불건전한 분위기에서 헤어 나올 수 있도록요. 음, 어떻게 말하면 좋을까. 신부님, 혹시 이런 일에 대해 들어보신 적이 있나요? 요즘 같은 세상에 성흔이라뇨. 이런 끔찍한 이야기를 들어 보셨나요?"

"그 수녀님을 의사에게 보인 적은 있습니까?"

"오, 그럼요. 하지만 아일랜드 의사가 뭘 알겠어요. 내가 분별력 있는 훌륭한 의사에게 증세를 제대로 살펴보게 하기 전에는 말 그대로 공중에 둥둥 떠다닌 것이나 다름이 없었답니다." 그녀는 다시 코를 훌쩍였다. "그 의사가 증세를 뭐라고 진단했는지 아세요? 피부염이었대요."

"그 수녀님은 요즘 어떻게 지내시나요?"

"오, 이제 그런 건 다 끝났어요. 내가 그렇게 만들었죠." 그녀가 말을 끊었다. "그런데 왜 우리는 어리석은 사람에게 시간을 허비하고 있죠? 차를 드시고 싶겠군요."

페르페투아가 서둘러 나갔다. 그녀의 수녀복은 탁탁거리고 박박거리며 유난히 시끄러운 소리를 냈다. 발꿈치는 또 얼마나 리놀륨 바닥을 쿵쿵대는지. 그녀를 에워싼 공기는 자기주장으로 요란했다. 플러드는 기도의 삶에 이보다 더 도움이 되는 것은 떠오르지 않았다.

그는 난롯가 의자에 다시 앉았다. 어느새 수녀원장이 돌아오는 소리가 들렸다 — 복도를 걸어오는 소리가 귀에 쏙 들어왔는데, 그가 그녀에게 신경을 곤두세우고 있었기 때문이다. 그녀 뒤로 통통하고 자그마한 수녀가 얼굴을 환히 빛내며 차 쟁반을 들고 아장아장 따라왔다. "이분은 안토니오 수녀님이십니다." 퍼핏이 말했다.

"안녕하십니까, 안토니오 수녀님."

"그리스도 예수님 안에서 만나서 반갑습니다, 신부님. 신부님의 젊음과 모든 것을 동원해 늙고 가여운 앵윈 신부님께 큰 도움을 주시길 바라요."

"수녀님, 이상한 소리 하지 마세요." 퍼핏이 말했다. "내가 있는 곳에서는."

안토니오 수녀가 한숨을 푹 쉬며 접이식 테이블 위에 쟁반을 내려놓았다. "샌드위치도 있어요." 그녀가 말했다. "어육 페이스트를 바른 거에요. 그런데 수녀님들이 그 페이스트가 상했대요. 먹을 수가 없다나요. 폴리카르포 수녀님 말로는 광야에서 사십 일 밤, 사십 일 낮을 보낸 것 같다나요. 저는 모르겠어요. 저는 그런 맛을 못 느꼈거든요. 제 몫을 다 먹었어요."

"수녀님의 소화력은 출중하지요." 페르페투아 수녀가 말했다.

"젊은이들이란." 안토니오 수녀가 말했다. "요즘 수녀들 말이에요. 응석받이들이에요. 지나치게 까다롭고요."

"플러드 신부님, 신부님도 응석을 부리고 싶으세요?" 퍼핏이 물었다. 악의는 느껴지지 않는, 그저 명랑한 어조였다.

플러드가 수녀원장을 힐끔 보았다. 명랑한 그녀의 모습은 지독했다. "걱정하지 마세요, 안토니오 수녀님." 그가 말했다. "돌아가면 미스 뎀프시가 뭘 좀 챙겨 줄 겁니다. 차만으로도 더 없는 환대를 받았습니다."

"그럼 비스킷 하나 맛보셔요. 제가 지난 이 주 동안 직접 구웠답니다."

안토니오 수녀는 육중한 몸임에도 공기처럼 사뿐사뿐 응접실을 나갔다. 페르페투아 수녀가 찻주전자를 들고 차를 준비하는 동안 다시 문밖에서 작게 들리는 사각거리는 소리, 흐릿하게 쿵쿵거리는 소리가 플러드의 관심을 끌었다.

"밖에 누가 있습니까?" 그가 물었다.

"오, 폴리카르포 수녀와 치릴로 수녀, 이그나티우스 로욜라 수녀예요. 신부님과 인사를 나누고 싶어 해요."

플러드가 엉거주춤 일어섰다. "수녀님들에게 들어오시라고 하지 않으실 겁니까?"

페르페투아가 미소를 지으며 우유를 높이 들고 가늘게 졸졸 따랐다. "때가 되면요." 그녀가 말했다. 그리고 억지웃음이나 다름없는 미소를 띠고 그에게 잔을 건넸다. "이렇게 드시는 걸 좋아하시나요, 신부님?"

플러드가 찻잔을 보았다. "모르겠습니다. 주시는 대로 마시니까요."

"아하, 그러실 줄 알았어요. 신부님 같은 젊은 사제들 말이에요. 아주 금욕적이죠. 세상을 초월한 느낌이고요." 페르페투아가 한숨을 쉬더니 자신의 차에 설탕을 듬뿍 탔다. "주교님이 신부님을 자랑스러워하시겠어요."

플러드는 용기를 내어 차를 살짝 마셨다. "그렇게 생각하시나요?"

"신부님을 절대적으로 신뢰하지 않으신다면 왜 이 난장판을 정리하는 일에 신부님을 보내셨겠어요? 물론 앵윈 신부처럼 교활한 늙은 여우를 상대하기에 신부님이 젊기는 해요 — 아시다시피 그 신부님은 음주 문제도 있고 네더호턴에서 담배 가게 주인과 어울리는 모습이 목격되기도 했어요 — 그렇지만 신부님을 한 번이라도 본다면 아무도 신부님의 능력을 절대 의심하지 않을 거예요."

계속해 보시죠. 플러드는 속으로 도발했다. 나를 봐요. 그는 수녀원장의 거친 두 볼과 살집이 있는 코를 잠시 바라보았다. 그녀는 고개를 잠시 들었지만 갑자기 검은 베일이 친근만근이리도 되는 듯 고개를 숙였다. 그리고 찻주전자를 들어 자신의 잔에 차를 따랐다.

"난장판이라뇨?" 그가 되물었다. "무슨 말씀이신가요?"

페르페투아가 화들짝 놀랐다. 그녀는 주전자를 내려놓았다. "이런, 주교님이 이곳 상황에 대해서 아무 말씀도 안 하셨다는 건 아니죠? 앵원을 현대화하고, 그의 방식을 바꾸게 만드는 일 말이에요. 다 아시는 줄 알았는데. 어쩌면 — 저야 모르지만 — 주교님은 어쩌면 신부님이 직접 보시고 판단하는 편이 더 낫다고 생각하셨을 수도 있죠. 주교님은 공평하신 분이에요. 공정하신 분이죠. 나는 늘 그분에 대해 이렇게 말한답니다. 물론 제가 자꾸만 좋은 면만 보는 것일 수도 있다고는 생각하지만요." 그녀는 잠시 생각에 잠기나 싶더니 느닷없이 허리를 꼿꼿하게 펴고는 옷매무새를 가다듬었다. "물론 주교님은 이곳에 믿을 만한 지지자가 있다는 걸 알고 계세요. 신부님이 상황을 바로잡으려면 나를 믿으면 된다는 걸 아시죠."

플러드 신부는 안토니오 수녀의 비스킷을 하나 집었다. 그는 비스킷을 깨물자마자 고통에 비명을 질렀고 그 바람에 비스킷을 무릎으로 떨어뜨렸다. 비스킷은 바닥으로 떨어져 탁자 밑으로 들어갔다. "동정녀 마리아님이시여." 그가 말했다. "하마터면 이가 부러질 뻔했습니다."

"오, 주여, 미리 경고를 해 드렸어야 했는데. 우리는 그런 비스킷이 익숙하거든요. 이런 음식을 먹을 때 함께 주는 작은 토피 망치[34]도 있죠."

---

34 캐러멜화한 설탕과 당밀, 버터, 밀가루 등을 섞어 만든 과자인 토피를 깨 먹는 망치.

플러드가 손을 들어 입을 가렸다.

"입안을 살펴봐 드릴까요?" 페르페투아가 상냥하게 말했다. "혹시 상처가 없는지 봐 드릴 수 있는데."

"감사하지만 괜찮습니다, 원장님. 하시던 이야기를 계속해 주십시오."

"그 사람은 자신만의 세상에 빠져 살아요." 수녀원장이 말했다. "차를 더 드릴까요? 그 사람은 교리에 너무 충실하죠. 충실하다 못해 강고한 정도라는 걸 우리 모두 알아요. 주교님은 그 사람이 교부들에 대해서 너무 완고하고 늘 사람들이 알아먹지도 못할 이야기를 한다고 말씀하세요. 강론은 또 어떻게요. 그저 횡설수설. 요전 주일에는 강론 중에 교황님이 나치라고 했답니다. 교황님이 마피아의 두목이라는 거예요."

"그러면 신자들의 반응은 어떻습니까?" 플러드가 손수건을 꺼내 입술에 대었다. "그런 이야기를 어떻게 받아들이나요?"

"조용하죠." 수녀원장은 경솔한 분위기를 숨기지 않으며 말했다. "그 사람들은 늘 그래요. 배움이 아주 많이 부족해요."

그게 누구의 잘못이지? 플러드는 손수건으로 입을 가린 채 웅얼거렸다.

"그 사람의 터무니없는 강론이 그리 모욕적이지 않다 해도, 주교님의 의견에 늘 맞서는 걸요! 성상을 둘러싼 우스꽝스러운 이야기는 들으셨겠죠?"

"오, 그럼요." 플러드가 대답했다. 그는 이야기의 바람이 어느 방향으로 불고 있는지 슬슬 눈치채기 시작했다. "차를 한잔 더 해야 할 것 같군요."

문밖의 인기척이 점점 소란스러워졌고 조바심이 묻어나는 규칙적인 숨소리가 또렷하게 들렸다. 여섯 개의 폐가 박자를 맞추듯 들숨과 날숨을 뱉는 소리였다.

"오, 들어와요." 인내심이 바닥난 퍼핏이 소리쳤다. "늙은 개 떼처럼 거기서 어슬렁거리지 말고 들어와서 우리 교구의 큰 희망이신 플러드 신부님과 인사 나누세요."

일렬로 응접실로 들어온 세 수녀는 퍼핏이 신부에게 말한 것처럼 또래였다. 키도 비슷해서 150센티미터를 조금 넘을 것 같았다. 플러드는 주름지고, 침울하고, 백지장처럼 하얀 얼굴부터 차례로 보면서 세 사람을 절대 구별하지 못하리라 직감했다. 그들은 철 테 안경 뒤의 눈을 아래로 내리깐 채 발을 끌며 걸었다. 그들의 수녀복은 한 번도 문밖을 나가지 않은 것처럼 퀴퀴한 냄새가 났다. 물론 그들도 수녀원 밖을 나설 때가 있고 마찻길을 오르락내리락했다. 그러나 그들이 시커면 경사지와 흠뻑 젖은 나무들 사이에서 경험한 것은 신선한 공기라 할 수 없었다. 그들은 아이들에게 막대기를 휘두를 때를 제외하면 — 이들은 경쟁의식에 사로잡혀 체벌에 열성적이었다 — 운동이라고는 하지 않았다. 그들의 얼굴에는 악의 그리고 일종의 탐욕이 서려 있었다.

"우리 차 안 마실 건가요?" 그들 중 한 명이 말했다. "주전자가 이렇게 큰데."

"잔을 가져오면 돼요." 다른 수녀가 말했다.

"여러분은 차를 마셨잖아요." 퍼핏이 제압하듯 말했다.

세 수녀는 풀을 먹인 베일 아래로 힐끔 플러드를 응시했다.

"수녀님들은 요즘 태피스트리를 짜고 있어요." 페르페투아 수녀가 말했다. "그렇죠, 폴리카르포 수녀님?"

"커다란 태피스트리죠." 폴리카르포 수녀가 말했다.

"아드 마조렘 데이 글로리암."[35] 치릴로 수녀가 말했다.

"바이외 태피스트리[36] 같은 거죠."

"그렇지만 주제는 종교적이에요."

플러드는 찻잔을 내려놓았다. 그는 그곳에 있기가 불편했다. 수녀 중 한 명이 살짝 쌔쌔거렸다. 그 소리를 듣자 플러드는 숨이 잘 안 쉬어지는 듯했으며 복장뼈에 통증마저 느껴졌다.

"숨소리가 좋지 않으시군요, 수녀님." 그가 말했다. 그 순간 노여움으로 나머지 두 수녀가 입술에 힘을 꽉 주는 모습이 보였다.

"수녀님은 아주 건강하세요." 한 명이 말했다.

다른 수녀가 덧붙였다. "기침약을 드시고 계세요."

처음 말한 수녀가 또 덧붙였다. "수녀님은 통증이 있을 이유가 없어요."

"여러분의 태피스트리는……" 플러드가 말했다. "주제가 뭔가요?"

"열 가지 재앙[37]이에요." 치릴로 수녀가 대답했다. "이런 건

---

35   ad majorem Dei gloriam. 하느님의 더 큰 영광을 위하여.

36   11세기에 있었던 노르만이 잉글랜드 정복을 태피스트리로 형상화한 작품으로 폭 50센티미터, 길이 70미터의 대작이다.

37   이집트를 탈출하려는 히브리인들을 파라오가 방해하자 야훼가 내린 열 가지 재앙.

전에 없었어요."

"감정을 고양하죠." 폴리카르포 수녀가 말했다.

"힘든 작업이겠군요." 플러드가 존경심을 담아 말했다.

"우리는 개구리의 재앙을 완성했어요." 폴리카르포 수녀가 말했다. "그리고 가축의 돌림병과 통탄할 파리 떼도요."

아그나티우스 로욜라 수녀가 마른기침을 한참이나 하더니 처음으로 말을 했다. "이제 악성 종기 차례예요."

페르페투아가 그를 수녀원 정문까지 배웅했다. 어느새 밖은 꽤 어두웠다. 앵윈 신부가 걱정을 하고 있을 게 분명했다. 페르페투아가 그의 옷소매를 만졌다. "명심하세요, 신부님." 그녀가 쉰 목소리로 속삭이듯 말했다. "무슨 일이든 도와드릴 테니 언제든지 말씀만 하세요. 무슨 정보든…… 이해하시죠? 내가 충성스럽다는 사실을 주교님이 알아주시면 좋겠어요."

"이해합니다." 플러드가 말했다. 그는 앵윈 신부와 수녀원장 사이에 정확히 무슨 일이 있었기에 이런 불화가 빚어졌는지 궁금했다. 하지만 그날 하루 동안 직접 눈으로 본 모습을 바탕으로 이 공동체에서 진행 중인 불화와 반목이 그 뿌리가 깊고 틈을 파고들 수 없으리라고 이미 깨달았다. 그는 도망쳐 수녀원장의 곁을 벗어나고 싶었다. 내면에서 강렬한 혐오감이 치솟아 소매를 슬쩍 뺐다. 퍼핏은 그런 반응을 알아차리지 못했다. 그녀는 신부가 성당을 향해 경사로를 터덜터덜 오르는 동안 빛이 쏟아지는 문가에 떡 버티고 서 있었다.

주교는 공평한 분이야. 그는 진흙 묻은 구둣발을 한 걸음씩

디디며 이렇게 생각했다. 공정한 분이시잖아, 그렇지? 아마 그럴 것이다. 아마 그분은 그럴 것이다. 공평함은 부족하지 않다. 사람들이 자신의 운명에 불평하면, 그들을 경멸하는 적은 고소해하며 이런 말로 두려움을 불어넣는다. 인생은 공평하지 않다고. 그런데 인생을 멀리 보면 물난리, 불난리, 머리 손상, 일반적인 불운이 아니라면 결국은 원하는 것을 손에 넣는다. 그것이 만사를 관장하는 숨겨진 평등의 법칙이다. 놀라운 점은 인생은 공평하다는 사실이다. 그리므로 누군가 이미 말했듯이, 우리에게 필요한 것은 정의가 아니라 자비다.

5장

교구에 플러드 신부가 등장하자 무엇보다도 전반적으로 신앙심이 깊어졌다. 플러드가 자신이 교구를 둘러보는 동안 이목을 끌지 않았다고 생각한다면 그것은 착각이다. 다음 주일과 이어진 몇 주 동안 미온적인 사람, 은둔자, 변절자 들의 발길이 마찻길을 먼저 지나간 사람들의 자취를 따라 이어졌다. 엄선한 문구로 가득 찬 플러드 신부의 강론은 열정적이었다. 그간 앵윈 신부는 성경이 개신교의 경전이라는 신자들의 생각을 바로잡는 건 전반적으로 위험한 일이라고 생각해 인용의 출처에 대해서는 언급하지 않았다.

첫 주일, 플러드는 북쪽 측랑에 자리한 성당 청년회를 보았다. 그들 중에 격자무늬 바지를 입은 말쑥한 남자가 제일 먼저 나와 영성체를 했고 그 뒤를 나머지 남자들이 따랐다. 제대 앞 난간에서 돌아설 때 그들은 턱에 힘을 꽉 주어 그리스도의 살을 딱딱한 입천장에 딱 붙였다. 밀떡을 나눠 주면서 플러드는 복사

(服事)가 영성체를 하는 사람들의 턱 아래에 반들반들 윤이 나는 접시를 댈 때 그곳에 비친 얼굴들을 보았다. 뒤틀린 금속 얼굴들이 바르르 떨리는 모습도 보았다.

오로지 수녀들만 청년회에 앞서 제단 앞으로 나갔다. 앞자리에 앉았던 페르페투아가 일어나 당당하게 걸어가자 나머지 수녀들이 검은색 접착테이프처럼 장궤대[38]에서 줄줄이 일어나 뒤를 따랐다. 치릴로, 이그나티우스, 폴리카르포가 소란이 일지 않도록 알파벳순으로 일어섰다. 얼굴이 동그랗고 앳돼 보이는 수녀가 제일 끝에 섰다. 수녀 한두 명이 빠진 것을 보며 플러드는 소화 기관에 문제가 생겼으리라 짐작했다.

다음은 성가. 「하늘의 빵」. 음정도 안 맞고 낮게 으르렁거리듯 불러서 마치 악천후가 몰려오는 것 같았다. 이타, 미사 에스트(Ita, Missa est). 미사가 끝났으니 돌아가십시오. 데오 그라티아스.[39] 또 다른 성가. 「내 구세주의 영혼」으로 이 교구민들이 가장 좋아하는 곡이었다. 이번에는 높은 음이 비통하게 울부짖듯 울려 퍼지는 가운데, 소프라노들이 곡을 이끌었다. 그렇지만 가장 쉰 소리를 내는 사람만이 고음에 도달할 수 있기에 가장 현명한 사람은 도전하지 않았다. 내 구세주의 영혼, 내 가슴을 거룩하게 하옵시고…… 고문과도 같은 1절을 중간까지 불렀을 즈음, 그는 페르페투아 수녀원장이 몸을 앞으로 내밀더니 통통한 안토니오 수녀 앞을 지나 옆자리 젊은 수녀의 옆구리를 푹 찌르는

---

38 무릎을 꿇고 앉아 기도하는 의자.
39 Deo gratias. 하느님, 감사합니다.

모습을 곁눈질로 보았다.

　만약 수녀원장이 우산을 들고 있었다면 분명히 우산으로 찔렀을 테지만 뾰족한 손가락의 위력도 결코 그에 뒤지지 않았다. 깜짝 놀란 신음이 필로메나 수녀에게서 터져 나왔다. 게다가 그녀는 한창 성가를 부르고 있었던 것이 분명했다. 주님의 상처 깊은 곳에, 주여, 나를 숨겨 주시고 쉬게 해 주소서……. "가여운 필로메나 수녀님." 애그니스 뎀프시가 소곤거렸다. "학대받는 개 같네." 젊은 수녀는 노래를 부르다 얼굴을 붉히며 시선을 내렸다.

　성가를 다 부르자 신자들은 일제히 일어나 몸을 흔들듯 기지개를 켜고 발걸음을 무겁게 옮겨 통로를 지나 흐릿한 가을 햇살 속을 통과해 금식을 깨는 주일 점심을 즐기러 갔다. 그들이 입은 주일 정장에서 풍기는 장뇌 냄새가 향냄새와 섞였다. 플러드는 도저히 참지 못하고 연신 재채기를 하며 흐르는 눈물을 훔쳤다. 마찻길은 진흙투성이에 공기 중에는 겨울이 떠돌았다.

　아이들은 금방 새로운 놀이를 만들었는데, 사제 흉내 내기라는 놀이였다. 아이들은 뒷마당에서 이 집 저 집 문을 두드리며 노자 성체 의식[40]을 거행하기라도 하는 듯 비애에 찬 모습으로 천천히 걸어 다녔다. 임종이 임박했다는 말을 들은 사람들은 불쾌감을 숨기지 않았다. 결국 아이들은 혼꾸멍났지만, 금방 회복되자 방식을 바꾸고 석탄 창고의 문을 두드리며 마지막 고해를 청하고 그 안의 석탄에 주님의 은총을 내렸다.

40　임종 전의 마지막 영성체.

네더호턴 주민들조차 성당을 찾아 뒷자리에서 앞을 노려보며 앉아 있었다. 그리고 신심이 깊지 않은 그들의 아이들은 통로에 앉아 점괘판을 가지고 놀았다.

월요일 오후 플러드는 성당에서 무릎을 꿇고 앵윈 신부를 위해 기도했다. 그는 제단으로 올라갈 수도 있었다. 그것이 그의 특권이었기 때문이다. 그렇지만 그는 신자석 첫 줄에 무릎을 꿇고 앉았다. 지난 주말 수녀들이 앉은 자리이자 성체등(聖體燈)[41]이 바로 근처에서 주정뱅이 삼촌처럼 붉게 깜박거리며 그를 비추는 자리였다.

그는 앵윈 신부가 마음의 평화를 찾기를 바랐다. 그는 성가 「내 구세주의 영혼」을 떠올리며 무지한 교구민들이 단어와 의미를 어떻게 훼손했는지 생각했다. 그는 페더호턴의 여자들을 떠올렸다. 단추를 다 채운 코트 위로 처진 턱들이 파르르 떨리는 모습이 생각났다. 자욱한 죽으로부터 저를 지키고 보호해 주소서……. 맙소사, 사악한 적이라고 해야지. 그는 그들에게 등을 돌린 채, 얇은 손으로 성합(聖盒)을 건네며 숨죽여 말했다. 사악한 적으로부터. 그는 시선을 아래로 내리고 곁눈질을 하다가 복사의 수단 아래로 튀어나온 크고 검은 편상화와 흘러내린 회색 모직 양말을 보았다. 조금의 순간에 저를 오로지 주님의 것으로 삼아 주시옵소서…….[42] 무슨 소리를 하는 거야? 저 사람들은 자

41 예수의 몸인 성체를 모셔 놓는 감실에 밝혀 두는 붉은 등.
42 신도들이 '조금의 순간에'라고 엉터리로 부르는 부분의 정확한 가사는 'In

신이 무슨 노래를 부른다고 생각하는 거지? 그는 '자욱한 죽'이라는 악마를 머릿속으로 그려 보았다. 날카로운 이빨이 난 작고 유들유들한 악마로 캄캄한 밤이면 성당 포치에 도사리고 있을 것 같았다. 수많은 작은 악마들 중에서 무지야말로 그 무리의 으뜸이라고 플러드는 생각했다. 우리가 악마를 오해함으로써 악마는 살을 받아 몸을 얻게 되었다.

지금 — 이곳에 홀로 무릎을 꿇고 있는 월요일 — 그가 이곳에 도착한 날만큼 요란하게 쏟아지는 빗소리가 들렸다. 스테인드글라스 너머로 보이지 않는 빗방울이 사방을 두드리고, 홈통에서 철썩하고 졸졸 흘렀다. 선인에게든 악인에게든 똑같이 떨어지는 소리였다. 그는 눈을 감았다. 소리를 막을 수 있다면 귀도 막았을 것이다. 그렇게 무아경과 비슷한 상태에 빠져 주님이 혹시라도 작은 조언을 들려주실지 기다렸다. 그가 앞으로 어떻게 해야 하는지, 이곳에서 알게 된 사실을 두고 이제부터 무엇을 해야 하는지 조언을 주시기를 기다렸다.

머릿속으로 몇 가지 이미지가 지나쳐 갔다. 아홉 칸의 사다리, 황무지의 울타리 기둥에 묶인 채 바람에 휘날리는 철도원의 손수건, 어슴푸레한 저녁에 높이 든 페르페투아 수녀원장의 검은 팔, 그가 돌아오기를 기다리며 개처럼 말없이 문 안쪽에 서 있는 애그니스 뎀프시. 그런 장면이 하나씩 꼬리를 물고 이어졌다. 그는 마음의 문을 활짝 열고 다 지나가게 해 마음의 집을 텅 비웠다. 그러자 맥박이 느려지고 호흡이 깊어지더니 빗소리가

death's dread moments(죽음의 음울한 순간에)'이다.

속삭이는 수준으로 줄어들며 깊디깊은 고요로 사라졌다.

　나는 지금 살아 있나? 작은 목소리가 물었다. 무엇이 무엇인지는 무엇이 아닌지로 알 수 있다. 아우구스티누스가 말했듯이, "우리는 어둠과 고요에 대해 어느 정도 지식이 있다. 어둠은 오직 눈으로, 고요는 오로지 귀를 통해서 알 수 있다. 그럼에도 우리는 아무런 감각이 없으며 오로지 감각이 부족할 뿐"이기 때문이다. 이집트인들의 지하 세계, 즉 토트[43]의 영역은 열두 구역으로 나뉘어 있다. 열두 구역 중 하나는 다리가 넷이고 인간의 얼굴을 한 뱀이 지키고 있다. 이곳에서 어둠은 너무나 두꺼워서 만질 수도 있다. 하지만 이것은 우리가 아는 거의 유일한 예일 뿐이다. 우리가 밤이 벨벳처럼 어둡다고 하면 허구의 이야기를 하는 것이다. 한편 영혼이 검다고 말하면 그때는 경구를 만드는 것이다.

　이제 그 상태에서 살짝 빠져나온 플러드는 뒤에서 거친 숨소리를 들은 것 같았다. 그가 기도를 드리는 동안 뭔가가 멀리 있는 문가에 서서 그를 지켜보았다. 그는 고개를 돌리지 않았다. 나는 지금 허물어지면서 파괴와 절망으로 분해되고 있어. 그는 이렇게 생각했다. 이것이 나의 니그레도[44]고 내 영혼의 가장 어두운 밤이야. 저 얕은 무덤에 묻힌 채 흙의 색과 치욕의 냄새에 물들어 가는 성상들처럼. 애그니스가 그에게 이렇게 말한 적이

43　이집트의 신으로 따오기 머리를 하고 있으며 지식을 관장한다.
44　nigredo. 물질을 변환시키는 연금술의 4단계 중 첫 번째 단계로, 이때 물질은 검은색이 된다.

있다(손은 주전자로 바쁘고, 얼굴은 옆으로 돌린 채였으며, 그녀는 너무 감정에 복받쳐 목소리가 갈라지기까지 했다). "성상들이 묻힌 곳으로 가면 소름이 돋아요, 신부님. 누구나 다 그렇죠." 그가 대꾸했다. "그 성상들은 상징이에요. 그리고 상징은 강력한 물건이죠." 그러자 미스 뎀프시가 대꾸했다. "마치 죽은 사람들 위를 걷는 것 같아요."

무엇이든 정화가 되려면 먼저 부패해야 한다. 그것이 과학과 예술의 법칙이다. 하나로 합쳐져야 하는 것은 반드시 먼저 해체되어야 하고, 온전함을 갖추려 하는 것은 반드시 먼저 그것을 구성하는 부분들, 즉 그것의 열, 차가움, 건조함, 수분으로 분해되어야 한다. 기본 물질은 정신을 감금하고, 역겨운 것이 섬세한 것을 구속한다. 모든 열정은 해부되어야 하고, 모든 변덕스러운 기분은 절구 속 공이에 굴복해야 하며, 모든 욕망은 그 정수가 나타날 때까지 연마되고 또 연마되어야 한다. 분리와 건조, 가습, 용해, 응고, 발효를 거친 후에야 정화, 즉 재조합을 맞이할 수 있다. 그 결과 세상이 지금까지 한 번도 목도하지 못한 물질이 창조된다. 이것이 바로 오푸스 콘트라 나투렘[45]이며, 이것이 연금술이다. 이것이 '연금술적 결혼'[46]이다.

그의 뒤쪽에 나타난 생물은 무겁게 바닥을 밟으며 중앙 통로로 다가오기 시작했다. 그는 여전히 가슴 앞으로 손을 모은 채 고개를 돌려 오른 어깨 뒤를 보았다.

---

45 opus contra naturem. 자연에 반하는 일.
46 신성과의 결합을 향한 첫 단계.

퍼붓는 비를 피해 머리에 부대를 뒤집어쓴 필로메나 수녀였다. 수도복을 무릎까지 끌어 올려 끈으로 묶은 모습이 마치 조각한 주름처럼 보였다.

플러드 신부가 수녀의 발을 보았다. 그녀가 말했다. "고무장화를 신어도 된다는 허가를 받았어요. 관구 책임 수녀님의 특별 허가죠. 비가 오는 날 항상 저를 어딘가로 보내시거든요. 물론 불평하지 않아요. 저는 외출을 좋아하니까요. 비 친구를 가져가도 된다는 허락도 받았답니다."

"그건 뭔가요?" 플러드가 물었다.

"머리에 쓸 수 있는 비닐 모자예요. 투명해서 앞이 잘 보이죠. 몇 번 접으면 납작해지는데 이만큼 작아진답니다." 수녀는 비에 젖은 손가락을 뻗어 그에게 보여 주었다. "그러면 주머니에 넣으면 돼요."

"나는 비닐이 싫어요." 플러드 신부가 말했다.

"그러실 거예요. 남자니까." 그녀가 얼른 자신의 말을 정정했다. "사제이시니까요. 청소를 하실 필요가 없잖아요. 비닐은 닦기 간편하거든요. 그냥 슥 닦으면 되죠. 온 세상이 비닐이면 좋겠어요."

필로메나가 빛 속으로, 다시 말해 소화 테레사 앞에서 타고 있는 초들이 환하게 비추는 빛의 웅덩이로 들어왔다. "원장 수녀님이 초를 밝혀 놓으셨군요." 그녀가 말했다.

"원장 수녀님은 소화 테레사에게 특별히 기도를 드리십니까?"

"음, 테레사 성녀는 수녀이셨잖아요. 게다가 정말 겸손한 분이셨어요. 겸손은 그분의 제일가는 덕목으로, 그분의 수녀원에서 그분보다 더 겸손한 사람은 없었고 그 사실로 유명하시죠. 원장님은 우리도 그렇게 겸손해야 한다고 생각하세요. 소화 테레사는 아주 어린 나이에 수녀가 되셨어요. 모두 만류했지만, 성녀께서는 기어이 뜻을 들이셨죠. 모두 말렸지만 절대 받아들이려 하지 않으셨어요. 그분을 막을 수 있는 건 없었죠. 교황님에게 자신의 상황을 알리기도 했으니까요."

"그분의 삶을 열심히 공부하신 모양입니다."

"수녀원 도서관에 책이 있거든요."

"그곳의 장서가 방대한가요?"

"음, 성인들의 삶을 다룬 전기가 있어요. 오, 그리고 《터프 가이드》[47]도 있어요. 안토니오 수녀님 것이죠." 필로메나 수녀는 한 손을 내밀어 당밀 얼룩이 진 신자석 등받이로 무겁게 몸을 기댔다. 그녀는 살짝 숨이 차 보였다. "소화 테레사는 딤프나 이모님처럼 결국 가슴의 병으로 숨을 거두셨어요. 소화 테레사의 경우 병마의 원인이 그분이 실천하신 고행이었지만 이모의 경우는 그건 아닐 거예요. 마지막까지 겸손하셨고, 육신의 고통으로 죄인들을 위해 희생하려 하셨기에 최후의 고통을 줄여 줄 수 있을 약도 거부하셨지요. 책에 그렇게 적혀 있어요. 딤프나 이모님은 모르핀을 투여받기나 하셨는지 모르겠어요. 위스키나 조금 마셨을 거예요."

플러드가 몸을 뒤로 젖히면서 무릎 의자에서 살짝 미끄러지

47　Turf Guide. 경마 잡지.

듯 움직여 신자석으로 갔다. 그는 수녀 맞은편에 앉았다. 필로메나 수녀는 부대를 벗어서 마찻길을 올라오는 동안 몸에 떨어진 낙엽 몇 장을 흔들어 뗐다. "낙엽은 제가 치울게요." 그녀가 말했다. "비질을 하겠습니다." 그녀는 주머니에서 뭔가를 꺼냈다. "코를 다시 수선해 보려고 왔어요." 그녀가 말했다.

플러드가 그녀의 시선을 따라 성모상을 올려다보았다. 잘 보니 망치를 휘둘러 코를 말끔하게 날린 것 같았다. "제가 그랬어요." 필로메나 수녀가 말했다. "경건한 행동인 것 같진 않지만, 작업을 위해서 그 부분을 평평하게 만들어야 했거든요. 그래서 청년회의 매커보이 씨에게 끌을 빌려 왔어요. 제일 처음에 만들어 붙인 코는 점토 코였어요. 나중에 생각해 보니 색칠을 해도 될 것 같았죠. 그런데 그러려면 먼저 불에 구워야 해서 그건 실패작이 되었어요. 이번에는 플라스티신 점토로 할 건데 ── 그녀가 내민 손바닥에 점토가 놓여 있었다 ── 음영을 주기 위해서 몇 가지 색을 섞을 거예요."

"색이 더 짙어야 할 것 같은데요." 플러드가 지적했다. "현실적으로. 그분은 중동 출신이니까요."

"그런 생각을 주교님이 받아들이실 것 같지 않네요."

"나는 흑인 동정녀 마리아도 봤습니다." 플러드가 말했다. "프랑스에서는 '땅속의 성모(Our Lady sous-terre)'라고 부르더군요. 이러한 성모의 행진에는 녹색 초만 밝히고요."

"이교도 풍습처럼 들리네요." 그녀가 미심쩍은 듯이 밀했다. "그 자리를 잠시 빌려도 될까요, 신부님? 올라가야 하거든요. 그 벤치에."

"그럼요." 그가 재빨리 일어나서 자리를 비워 주었다. 필로메나 수녀는 제단을 향해 무릎을 깊이 구부렸다가 맞은편 신자석에 앉아 장화를 벗기 시작했다. "도와드리고 싶지만, 수녀님." 플러드가 말했다. "그렇지만, 아시죠."

"금방 벗을 수 있어요." 그녀가 발을 비틀고 차 내면서 말했다. 그는 시선을 피했다. 그녀는 깔깔 웃고 툴툴거리고 몸을 비틀어 댔다. "다 됐다." 장화가 돌바닥에 툭 떨어졌다. 다시 발랄하고 명랑한 상태로 돌아간 필로메나 신부는 플러드가 앉아 있던 벤치로 올라가서 성모상으로 손을 뻗었다. "어떻게 생각하세요?" 그녀가 물었다. "코를 먼저 만들어서 여기에 붙일까요? 아니면 이렇게 점토를 붙여서 코를 만들어 볼까요?"

"그 자리에서(in situ) 코 모양을 만드는 편이 좋겠어요. 도와 드릴까요? 내가 더 크니까요."

"그러면 여기로 올라오세요, 신부님. 분명 팔도 저보다 더 기실 테니까요."

그가 옆으로 올라서자 수녀는 옆으로 비켜서 자리를 만들어 주었다. 그리고 손끝으로 점토를 건넸다. 점토는 핏기 없는 피부색이었고 손끝에 닿는 감촉이 차가웠다. 그는 점토를 손바닥에 올리고 코 모양을 잡았다. 그는 눈높이에서 성모를 바라보며 푸르게 채색된 눈을 가만히 응시했다.

필로메나 수녀는 신부가 몸을 앞으로 내밀고 성상의 얼굴에 그가 빚은 코를 올리는 모습을 유심히 바라보았다. 그는 자신의 손에 못 박힌 듯 고정된 필로메나 수녀의 눈길이 손에 만져질 듯했다. 그녀의 축축한 서지 수녀복 냄새도 났다. 그가 고개를 돌려 그녀에게 말없이 눈빛으로 의견을 물었을 때 그는 그녀의 볼에 흘러내린 옅은 금발 머리카락을 보았다. 균형을 잡으려는 듯 그녀는 한 손을 뻗어 성상의 좁고 미끄러운 어깨를 짚었다. 푸른색으로 채색된 성상의 망토에 놓인 그 차가운 손에 푸른 핏줄이 도드라져 보였다.

잠시 플러드는 수녀의 팔꿈치를 잡아 부축해 주었다. 그러고는 뒤로 훌쩍 뛰어내렸다. 그는 잠시 서서 성상을 지긋이 바라보았다. "별로네요." 그가 말했다. "전반적으로요. 내려와서 보시겠어요?"

"아뇨." 필로메나 수녀는 실망해 눈을 내리깔았다. "다시 만들지 않을 거예요. 신부님이 도와주신다고 해도요. 우리는 저 땅속에서 썩어 가는 훌륭한 성상들이 있어요."

그가 고개를 들었다. "성상이 썩어 가는 중이라고 생각하세요? 수녀님도?"

"오, 겁주시네요." 그녀는 목에 건 끈에 매달린 검은 십자가를 만지작거렸다. "썩는다는 건 제가 입버릇처럼 쓰는 표현일 뿐이에요."

"하지만 이곳에서는 뭔가가 썩고 있어요."

"네. 그 문제의 해결을 도우러 오셨나요?"

"모르겠어요. 그건 제 능력 밖이라는 생각이 들어요. 저는 저 자신만 도울 수 있겠죠. 그리고 어쩌면 이 교구에서 소소한 개선 정도는 한두 가지 이룰 수 있을 테고요."

"저를 위해서 뭔가를 해 주실 수 있나요?"

"일단 거기에서 내려오세요." 그가 손을 내밀었다. 그녀는 그 손을 잡고 깔끔하고 안정적으로 단숨에 내려왔다. "과거에 사람들이 성상을 만들면서 마치 옷 아래에 몸이 없는 것처럼 옷의 주름을 단정하게 조각하던 시절이 있었죠. 그러다 시간이 흘러 사람들의 생각도 변했어요. 성인도 팔다리는 있어요. 동정녀 마리아조차도. 그들은 옷 주름을 곡선으로 표현하기 시작했어요."

"우리 성상은 다양하게 생겼어요. 어떤 성상은 살아 있는 것 같고, 어떤 성상은 죽은 것 같죠."

"그 성상 중에는 지금 제가 말한 시대로 거슬러 올라가야 할 정도로 오래된 건 없는 것 같군요. 성상에서 현실감이 느껴지지 않는다면 기술이 부족했기 때문일 거예요. 아니면 육신을 혐오하기 때문일 수도 있고요."

"어머나." 필로메나 수녀는 아래를 바라보며 고개를 숙였다. 그녀는 허둥지둥 치맛단을 내렸다. "여기 다른 사람이 있을 줄은 몰랐어요." 그녀가 말했다. "비가 오면 저는 보통 수녀복을 이렇게 묶어 올려요. 부디 고자질하지 말아 주세요. 치맛단에 진흙이 튀면 온종일 얼마나 우울한지 몰라요. 류머티즘이 생기기 십상이죠. 물론," 그녀가 말을 이었다. "소화 테레사 성녀라면 비가 좀 온다고 신경 쓰지 않으실 것 같지만요. 오히려 비가 더 오기를 바라셨을 거예요. 비가 오면 일부러 나가서 비를 맞으셨겠죠."

이런 비 이야기가 무색하게도, 두 사람이 성당을 나설 즈음 비는 이미 멎어 있었다. 해조차 비에 흠뻑 잠긴 것처럼 흐릿하게 마찻길의 나무줄기를 비추고 있었다. 빛이 물웅덩이들을 흐릿하게 비춰 그것들이 불투명해졌다. 흡사 바닥이 얕은 하얀 도자기 접시들을 늘어놓고 땅이 연회 준비라도 하는 듯했다.

그날 저녁을 다 먹고 나서 앵윈 신부가 말했다. "주교님의 전화를 받았습니다."

"오, 그러셨나요?" 플러드가 말했다. "뭘 원하시던가요?"

"내가 현실과 적절하게 관계를 맺고 사는지 알고 싶어 하시더군요." 앵윈 신부가 플러드를 향해 고개를 들었다. 그의 얼굴에 기대감이 서려 있었지만, 그것은 가시가 돋은 기대감이었다. "신부님은 똑똑하고 현대적인 분이잖아요. 무슨 말인지 이해되십니까?"

플러드는 아무 대꾸도 하지 않았다. 대신 이 침묵으로 무엇보다 자신의 현대성에 대해서는 굳이 말하지 않겠다는 마음을 표시했다.

"주교님이 그러시더군요. '자네는 현실과 적절하게 관계를 맺고 있나, 신부? 현실을 살고 있나?' 그래서 내가 대답했죠. 그건 플라톤에게 하실 질문이군요. 그런데 주교님은 쉬지도 않고 또 이러시더군요. '자네의 강론은 현실적인 의미가 있는가?' 이렇게요. '현대에 맞추고 있나?'"

"그런 이야기는 처음 들었습니다." 플러드가 말했다. "현실과 적절한 관계를 맺고 있냐고요? 그런 얘기는 들은 적이 없어요. 그래서 뭐라고 하셨습니까?"

"이렇게 대답했죠. 괜찮으시다면, 저는 빌어먹을 정도로 그러지 못하고 있습니다. 그리고 허락해 주신다면 계속 이렇게 살겠습니다 ── 제 교구민들의 안녕과 그늘 영혼의 구원을 위해서요. '어떤 식으로 말인가?'" 앵윈 신부는 아주 얄밉게 주교를 흉내 내며 다리를 앞으로 쑥 내밀고 있지도 않은 뱃살을 툭툭 두드렸다. "내가 그랬죠. 어떤 목적으로 교회를 찾아야 현실과 관계를 맺는 겁니까? 제가 전차 차고지의 언어로 사람들을 맞이하기를 원하십니까? 사람들이 가진 영성을 가져다가 조합 푸줏간의 고기 가는 기계에 넣고 갈아 버리기를 원하시나요?" 앵윈 신부가 눈을 형형히 빛내며 고개를 들었다. "이 질문에는 아무 대답도 없으시더군요."

"신부님이 이곳에 계신 것의 이점을 잘 살리시면 좋겠군요." 플러드 신부가 말했다.

"그나저나, 모처럼 주교님과 통화를 하게 된 김에 성상 문제를 다시 꺼냈죠. 성인들이 페더호턴에 오시지 않는다면 그분들의 말 없는 대리인이라도 제 곁에 둬야 하는 거 아닙니까? 이렇게 물었죠. 그 성상들이 신앙에 박차를 가하지 않습니까? 신앙은 제 일이잖아요. 그럼 성상은 제 일의 연장 아닙니까? 내가 따졌죠. 왜 내게서 연장을 빼앗아 가시느냐고요. 의사에게서 왕진 가방을 빼앗으실 겁니까? 이발사에게 기둥[48]을 금하실 겁니까?"

"주교님은 그 성상들이 다 어디에 있다고 생각하시나요?" 플러드가 조심스럽게 물었다.

"오, 내 차고에 뒀다고 생각하시죠."

"신부님의 말씀을 하나라도 인정해 주시던가요?"

"전혀요."

---

48   이발소의 원통 모양 간판.

"그러면 어떻게 이야기를 끝내셨습니까?"

"이렇게 말했죠. 저는 주교님을 파문으려고 삽니다." 앵윈 신부는 잠시 생각에 잠겼다. "주교님은 신부님은 언급하지 않으셨습니다."

"오," 플러드가 되물었다. "그러셨나요? 괜찮습니다."

앵윈 신부는 플러드가 주교의 첩자인지 고민할 때면 여전히 알쏭달쏭했다. 사실 신부는 그런 주교라도 품성 어딘가에는 더 훌륭한 부분이 있기에 자신이 보낸 첩자에 대해서는 요령껏 능치고 넘어가기로 했으리라 여겼다. 더 나은 품성이 어딘가에 있기에 자신이 한 짓을 대놓고 인정할 수 없을 뿐이라고 말이다. 아니면 오른손이 한 짓을 왼손이 모를 수도 있고.

앵윈 신부가 술 때문에 점점 망가져 가는 것은 사실이었다. 플러드 신부는 이 사실을 앵윈 신부에게 넌지시 지적하며 부엌으로 가 애그니스에게 신부에게 커피를 내려 주라고 했다. 커피는 그가 요즘 열중하고 있는 혁신이었다. 갈아 보세요, 미스 뎀프시. 측정하세요. 물을 축이세요. 가열하세요. 거르세요. 미스 뎀프시는 이렇게 말할 것이다. 음, 결과가 어떨지는 잘 모르겠네요. 난생처음 보는 물건이 될 것 같아요.

홀로 남겨진 앵윈 신부는 벽난로 불길을 바라보며 몽롱한 기분에 빠져들었다. 저녁에 그는 독특하기 짝이 없는 고해를 들은 참이었다. 아니 고해실에서 어떤 질문을 받았다고 해야 하리라. 그리고 그 목소리는 기묘히고 어딘지 긴장한 듯 했으며, 어디서 들었는지 귀에 익었지만 그곳이 어디인지 도무지 생각나지 않았나. 네너호턴의 밤이었나. 윗동네 사람들을 위해 특별히 마련한 저녁 시간이었다. 원래는 플러드에게 시킬 작정이었다. 그렇지만 그 보좌신부는 그들의 방식에 아직 익숙하지 않았다. 아무도 오지 않을 수도 있고, 서너 명이 한꺼번에 고해실로 들어오려고 소란을 피우고 자신의 이야기부터 먼저 하겠다면서 다투기도 했다. 그러다가 몸싸움으로 번진 경우가 한두 번이 아니었다. 그런 일이 벌어져도 보좌신부는 대처할 수 있을 것이다. 힘이 세 보이니까 말이다. 그렇지만 신중함은 용기의 더 나은 부분이며, 그에게 문제를 미연에 방지할 지혜는 없을 것 같았다.

그 저녁에 제일 먼저 온 참회자는 발을 질질 끌며 고해실로 들어와 무릎을 꿇었다. 그러더니 신부가 먼저 입을 열기를 기다리듯 선뜻 입을 열지 않았다. 잠시 후 신부의 뇌리에 이런 생각이 퍼뜩 스쳤다. 이 참회자는 새로 온 사제가 좀 더 상냥하기를 바라고 이십 년이나 삼십 년 만에 교회를 다시 찾은 네더호턴 주민일지 모른다. 그래서 어디서부터 죄를 고백해야 할지 모르고 그게 아니어도 고해를 할 때 일반적으로 하는 말을 잊었을 것이다. 그래서 신부는 이렇게 해 보라는 듯 시범을 보여 주었다. "신부님, 저의 죄를 사해 주십시오, 다음과 같은 죄를 지었으니……."

신부의 목소리에 작은 한숨 소리가 나더니 침묵이 계속 이어졌다. 신부는 기다렸다. 이 네더호턴 주민은 플러드를 기대하고 온 것이 분명했다. "자, 이왕 이렇게 오셨으니," 그가 말했다. "제대로 하는 게 좋겠죠. 걱정 마세요, 제가 다 도와 드리겠습니다. 한 번에 십 년 치를 한다고 생각하면 어떨까요. 우선 말씀해 주세요. 마지막으로 고해를 한 건 언제입니까?"

"오래전은 아니에요." 참회자가 짧게 대답했다. 여자였다. 그렇지만 나이는 짐작이 되지 않았다. 그녀의 대답은 사실일지 몰랐다. 네더호턴의 사고방식으로 보자면 말이다. 윗동네에서는 아직도 퇴위를 놓고 말이 많았다. 에드워드 8세가 아니라 제임스 2세의 퇴위[49] 말이다. 그들의 말다툼의 연원은 태곳적까지 거슬러 올라갔다. 그들의 불만은 노르만인의 잉글랜드 정복보다 더 오래된 시대까지 거슬러 올라갔다.

"저," 그 목소리가 말했다. 그리고 다시 침묵이 이어졌다 "저, 사실 말씀드릴 게 없어요. 대신 질문을 해도 되나요?"

"그럼요. 그럼 질문을 하세요."

"자신의 집에 불을 질러도 죄가 되나요?"

자, 이런 것이 바로 네더호턴 사람들에게서 받을 수 있는 거칠고 터무니없는 종류의 질문이다. "자신의 집 말입니까?" 신부가 물었다. "다른 사람의 집이 아니고요?'

"본인의 소유 말이에요." 참회자의 목소리에 짜증이 묻어났다. "형편이 좋지 않다면, 보험금을 받을 경우 살림이 좀 피지 않을까요."

"오, 그렇군요. 음, 그것도 당연히 죄악입니다." 그렇게 대답하며 앵원 신부는 생각했다. 네더호턴에도 보험 가입자가 있는 줄 몰랐군. 내가 보험 회사라면 가입을 거절했을 텐데. "게다가 범죄입니다. 방화에 사기. 부디 그런 생각은 머릿속에서 치워 버리세요."

---

49   제임스 2세는 1685~1688년 재위했고 1701년에 사망했다.

"알겠습니다." 너무 선선히 대답해 신부가 놀랄 정도로 참회자는 깔끔하게 납득했다. "질문을 더 해도 될까요? 고기 요리에서 나오는 기름을 빵 구울 때 써도 되나요? 아니면 생선을 구울 때만 허용되나요?"

주님, 저들을 도우소서. 앵윈 신부는 이렇게 생각했다. 저들이 귀리죽이나 먹고 사는 생활에 익숙해졌는데, 이제 제가 저들의 입맛이 넓어지고 왜소한 체격이 개선되는 모습을 보아야 합니까? "당장은 말씀을 못 드리겠네요. 그렇지만." 그는 도움을 주듯 덧붙였다. "제 가정부에게 물어보면 되니까요. 못 할 것도 없지요. 그러면 다음 주에 오셔서 제 대답을 들으시겠습니까? 음식 분야에서 고생하고 계신다면 그 사람이 다양하게 조언을 할 수 있을 겁니다."

침묵. "아뇨." 목소리가 들렸다. "단식과 금욕. 저는 이 이야기를 하는 겁니다. 사순절 규칙들요. 그리고 연중 금요일에 대해서도요. 고기 요리에서 나온 기름은 고기로 쳐야 하나요? 아니면 버터로 봐야 하나요?"

"고거 참 어렵군요." 신부가 말했다. "그 문제는 좀 생각해 봐도 될까요?"

"금식일에 잼을 드시나요?"

"나는 늘 먹고 싶으면 먹습니다. 그런 문제에 규칙이 있다고 생각하지 않습니다. 일반적인 규칙만 따르시면 됩니다. 설마 잼을 산더미같이 드시지는 않겠죠."

"만약 금식일이고 신부님이 아침을 드시는데, 빵이 200그램이에요. 그러면 그 빵을 구워도 되나요?"

"물론이죠."

"그런데 구우면 줄어들잖아요, 신부님. 빵의 무게도 줄지 몰라요. 그러면 한 조각 더 드실 수도 있어요."

"교회법에 그런 것을 다루는 조항이 있을 것 같지 않군요." 신부는 이 참회자가 동시에 보여 준 양심과 양심의 부재가 당황스럽고 어리둥절했다. "금식일에 너무 허기가 지나요? 그런 사람들도 있죠. 가장 엄격한 교회가 아니라면 허기로 힘들 경우에 조금 더 먹어두 상관없다구 할 겁니다."

"그런 경우 군이 그렇게까지 하고 싶지 않습니다."

"노력이 가상하군요."

"그러면 말씀해 주세요, 신부님. 크리스마스가 금요일일 경우 그날 고기를 먹어도 된다고 언제부터 허용되었나요?"

"1918년부터일 겁니다." 앵원 신부가 얼른 대답했다. "그해 성령강림대축일에 새로운 교회법이 시행된 후죠."

"그러면 성령강림대축일의 날짜는 언제였나요?"

"아마 5월 19일이었을 겁니다."

"고맙습니다. 그러면 금요일이나 다른 금욕일에…… 거북이 수프는 먹어도 되나요?"

"그럴 겁니다." 앵원 신부가 대답했다. "거북이 수프를 잘 드십니까?"

"아뇨." 참회자는 얼른 대답했지만, 후회하는 느낌을 지울 수 없었다. "음, 고맙습니다, 신부님. 덕분에 줄곧 저를 괴롭히던 두 문제가 해결되었어요. 혹시 고기 기름에 대해서 더 해 주실 말씀은 없나요?"

"꼭 대답을 해야 한다면 ─ 당장 머리에서 떠오르는 대로 ─ 나라면 그 기름은 양쪽에 다 써도 무방하다고 말하겠습니다. 그렇지만 좀 더 연구를 해 봐야겠어요. 혹시 또 오시겠다면 그때는 상세하게 알려 드리겠습니다."

그는 이렇게 묻고 싶었다. 당신 누구요? 참회자의 쉰 목소리에는 어딘지 억지스러운 부분이 있었다. 급조한 듯한 말투, 한 질문에서 다음 질문으로 오가는 방식을 보면 어딘지 낯익은 구석이 있었다. 물론 네더호턴 주민들이 남의 눈치를 보는 사람들은 아니었지만 말이다. 그렇지만 명확하게 떠오르는 사람이 없었다. 반면 이 사람은 그의 기벽이며 그의 훌륭한 좌우명도 아는 것 같았다. 작은 일에 충실하라.

"다시 오실 거지요, 그렇죠?" 그가 아쉬운 듯 말했다. 그는 음식에 관한 교회법 질문이 즐거웠다.

"음." 참회자가 말했다.

"아시겠지만, 나는 사죄경을 외울 수 없습니다. 고해를 하지 않으셨으니까요."

"고해를 할 수가 없어요." 목소리가 말했다. "요즘 들어서 어떤 것이 죄악인지 아닌지 잘 모르겠어요. 죄악인지 아닌지 분별을 하면서도 죄를 지었다면 미안해 할 필요도 없을 것 같고요."

"꼭 완전한 회개일 필요는 없어요." 앵윈 신부가 말했다. (그는 참회자에게 가르침을 주어야 한다. 플러드 신부는 네더호턴에서 주민들이 교리 문답서가 아니라 마법서를 본다고 말했다.) "불완전한 회개도 괜찮습니다. 그것도 일종의 회개죠." 그가 설명했다. "회개는 회개지만 그것은 신을 향한 사랑이라기보다 지옥에 대한 두려움에서 비롯됩니다. 지옥을 두려워하시지요?"

침묵. 속삭임. "아주 많이요."

"그렇다면 반드시 회개에 대한 확고한 의지를 가져야 합니다. 그 말은 같은 죄를 다시 저지르지 않겠다고 진심으로 마음을 먹어야 한다는 뜻이죠. 그러면 내가 사죄경을 외울 수 있어요."

"하지만 저는 죄를 저지르지 않았어요." 그 목소리가 말했다. "아무 짓도 안 했어요. 단 한 번도요. 아직은."

"그래도 어떤 특정 죄에 대해 고민하고 있지요?"

"글쎄요. 그런 게 제 안에 있는지도 모르는 걸요. 그런 걸 찾아낼 기회도 없었고요."

"자신을 시험할 필요는 없습니다." 앵원 신부가 말했다. "악의 기쁨에 맞서 자신을 시험할 필요는 없어요. 이런 시험은 언제라도 통과하니까요."

좀 더 긴 침묵이 이어졌다. "누가 알겠어요." 참회하지 않는 참회자가 말했다. "한두 달 안에 우리 중 누가 찾아올지."

그날 밤 아무도 고해실을 찾지 않았다. 그런데 자신과 그 일 사이에 위스키를 한 잔 두고 벽난로 불길을 멍하니 보고 있던 신부는 그 참회자가 누구인지 생각났다. 네더호턴은 그의 주의를 돌리기 위한 거짓 미끼였다. 이것이 핵심이었다. 신부는 참회자가 고해실에서 만나기를 기대한 사람은 못 만났지만 그 대화에서 마음의 평온을 찾았는지 궁금했다. 아마 다시 오겠지. 우리는 어떤 주제를 놓고도 논쟁을 벌일 수 있어. 변죽을 울리는 회법도 나름의 쓸모가 있지. 결국에는 제일 중요한 문제에 닿을 거야. 그는 이렇게 생각했다.

플러드

그때 복도를 걷는 플러드 신부의 발소리가 들렸다. 반쯤 열린 문 틈으로 갓 내린 커피 향기가 흘러 들어왔다.

"너희는 금식을 해야 해." 필로메나 수녀가 말했다. 목소리가 또랑또랑해서 뒷줄에 앉아 있는 버르장머리 없고 서로 실랑이를 벌이는 아이들에게도 잘 전달되었다. "영성체를 하기 전에는 반드시 굶어야 한다는 거야. 그날은 아침을 먹으면 안 돼. 대신 다 끝나고 집에 가면 주일 점심을 먹을 수 있어."

오전 10시였다. 그런데도 불이 켜져 있었다. 밖에는 비가 추적추적 내렸다. 라디에이터 근처에 앉은 아이들에게서 뭔가를 굽는 냄새가 났다. 아이들이 벗어 놓은 장화는 맞은편 벽에 쪼르르 놓여 있었다. 아이들은 모직 소시지 같은 양말을 발가락들에서부터 15센티미터나 더 끌어 올린 발을 마구 흔들었다.

아이들은 곧 일곱 살이 된다. 필로메나 수녀는 아이들을 준비시키는 중이었다. 다음 봄이면 이 아이들은 처음으로 고해 성사를 하고 — 수녀는 금요일 아침에 아이들을 인솔해 교회로 갈 것이다 — 그다음 일요일이면 첫 영성체를 할 것이다. 그녀는 금요일과 일요일 사이에 아이들이 그녀의 노력을 망치기 위해 저지를 만한 일이 있을까 조마조마했다. 아이들이 대죄를 짓고 있는지 어떻게 알겠나? 아이들을 주머니에 넣어 둘 수도 없고. 필로메나는 감상적인 사람이 아니었다. 그녀는 아이들이 무슨 짓을 할 수 있는지 잘 알았다. 이제 아이들도 폭력과 무자비 같은 엄청난 죄를 저지르기도 했다. 어른들처럼 아이들도 자신들을 저지하는 범위가 점점 줄어든다는 사실을 알게 될 것이다.

한 아이가 손을 들었다. "수녀님, 우리가 세 시간 동안만 금식을 해야 한다면, 아주 일찍 일어나면 아침을 먹어도 돼요?"

"그럴 수 있지. 그렇게 이른 시간에 먹으면 위장에는 안 좋을지 몰라도."

"수녀님, 제가 일찍 일어나서 아침을 먹었는데 시계가 틀린 걸 알게 되면요? 그날은 영성체를 하면 안 돼요?"

"글쎄다. 진짜 실수라면……." 아이들의 말에 필로메나 수녀는 당황했다. "모르겠구나." 그녀가 말했다. "앤위 신부님에게 여쭤볼게." 아니면 내가 내 질의 응답서를 찾아봐도 되겠지. 그나저나 몇 시를 찾아봐야 하지? 그 책은 실제 시간과 평균 태양시를 다 다루었다. 시간 계산은 자오선을 참조했다. 여름철 일광절약 시간을 위해 시간을 빼는 법에 대해 알려 줬으며 해시계를 쓰는 사람들에게 좋은 훈련도 알려 주었다. "그리니치시를 기준으로 하면 돼." 그녀가 말했다. "그리니치시를 정확히 따르면 모두 괜찮을 거야."

"그리니치는 루르드[50] 같은 거예요?" 아이들이 손을 들며 물었다. "거기 가면 병이 나아요? 거기에서 기적이 일어나요?"

필로메나는 아이들이 까다롭게 느껴졌다. 매주 점점 더 까다로워져 갔다. 페르페투아 수녀원장은 영성체를 하면 알아서 해결될 것이라고 했다. 아이들은 이해할 필요가 없다고, 필로메나 수녀는 그저 아이들이 제대로 시늉을 하는지 잘 살펴보기만

---

50 프랑스 서남부의 순례지인 루르드는 1858년 마을 소녀가 성모 마리아의 발현을 목격했다고 전해지는 곳으로, 질병을 치유하는 기적의 샘물로 유명하다.

하면 된다고 했다.

"금식을 해야 하는데 이가 빠져서 목구멍으로 넘어가면 어떻게 해요?" 어떤 아이가 물었다.

"그건 작은 사고잖니." 필로메나가 말했다. "그래도 성체를 모실 수 있어."

"그렇지만 수녀님, 성찬식의 빵이 우리 이에 닿으면 안 된다고 하셨잖아요. 그런데 그 이가 우리 배 속에 있으면—"

옆 교실에서 언성을 높인 페르페투아 수녀원장의 목소리가 들렸다. 필로메나 수녀는 이런 징후와 증상을 꿰고 있었다. 잠시 후면 수녀원장은 지팡이를 꺼낼 것이다.

"금식을 하는데 파리가 목구멍으로 날아 들어오면 어떻게 해요?"

"그건 괜찮을 거야." 그녀가 대답했다. "이런 질문에 대답할 시간은 잔뜩 있어. 그러니까 지금은 아주 조용하게 일어나서 — 하마터면 오리 책상에서라고 말할 뻔했다 — 우리 책상에서 나와서 줄을 맞춰 서고 장화를 신어. 그런 다음에 두 줄로 열을 맞춰서 성당으로 올라가 영성체 연습을 할 거야."

성당으로 올라가다니. 오 맙소사, 오 맙소사. 그녀는 점점 빨라지는 심장 박동을 느끼며 생각했다. 그녀는 자신의 심장이 하기로 한 것을 전혀 통제할 수 없었다. 헛간에 갇힌 강아지처럼 쿵쿵 두드리고 툭툭 치고 흉곽 안에 웅크리도록 내버려 둘 수밖에. 그녀가 심장을 위해 열어 줄 수 있는 문은 없으니까.

언덕을 올라 성당을 향해 가는, 울상을 한 긴 행렬. 소곤대는 소리는 전염병처럼 퍼지는 쉬쉬 소리에 조용해졌다. "쟤들은 너무 느려요." 퍼핏이 말했다. "봄에 있을 영성체에 대비해서 겨울에 아이들에게 연습을 시켜야 해요. 안 그러면 서로 부딪히다가 무슨 일이 생길지 누가 알겠어요." 수녀원장은 필로메나 수녀에게 가공할 만한 위력을 갖춘 자신의 지팡이를 써 보라고 했지만 젊은 수녀는 거절했다. 그녀는 퍼핏이 그 지팡이를 그녀에게 휘두르고 싶어 한다는 사실을 누구보다 잘 알았다.

성당 안이 좀 더 밝으면 좋을 텐데. 필로메나는 이렇게 생각했다. 아이들의 앙상한 형체가 한 무리 유령들처럼 신자석으로 들어갔다. 아동 병원, 텅 빈 열병 병동에서 몰려온 유령들처럼. 그녀는 소화 테레사의 상자에서 초를 한 손 가득 집어서 이미 타고 있는 초로 불을 붙인 후 촛대에 다 꽂았다. "자," 그녀가 말문을 열었다. "시작하자."

아이들은 모두 동시에 장궤대에서 벌떡 일어나 서로의 다리에 걸려 넘어지고 중앙 통로로 허둥지둥 몰려나오려고 했다. "그만, 그만, 그만." 필로메나 수녀가 소리쳤다. "돌아가, 뒤로, 뒤로. 자기 자리로. 무릎 꿇어. 눈 감고. 다 손 잡아. 내가 말을 하면 첫 번째 사람이 일어나서 걸어가고 다음에 두 번째 사람이 일어나서 걸어가는 거야. 줄줄이 나가면 돼. 첫 번째 사람이 왼쪽으로 돌면 두 번째 사람이 따라가고 나머지도 그대로 따라가면 돼. 영성체 난간에 도착하면 경건하게 무릎을 꿇어. 두 손을 모으고 눈을 감아. 그리고 자기 차례가 올 때까지 성만찬을 기다리면 되는 거야. 영성체 난간에 사람들이 줄을 다 서 있으면 너희는 뒤에서 멈춰야 해. 거기, 바로 거기. 보이지. 통로가 시작되는 곳에. 기

다리는 사람들, 난간에 있는 사람들 뒤로 가서 복잡하게 하면 안
돼. 거리를 둬야 해. 안 그러면 다 끝낸 사람들이 어떻게 제자리
로 되돌아올 수 있겠니?"

처음에 아이들은 엉뚱한 순간에 눈을 감아 서로 부딪히곤
했다. 그러나 삼십 분 정도 연습을 하자 아이들도 슬슬 요령을
깨치기 시작하는 모습이 보였다. 아이들은 영성체 난간에 무릎
을 꿇고 입을 벌린 후 지시에 따라 입을 다물고는 잠시 경건한
시간을 가졌다. 그리고 다시 일어나서 씩씩하게 제자리로 돌아
갔다. 얼굴을 보니 잔뜩 긴장한 기색이 역력했다. 필로메나 수녀
는 아이들이 지금 얼마나 조마조마하고 긴장했을지 잊을 정도
로 나이가 많지 않았다. 11시 미사에 사람들로 북적이는 성당에
서 다시 자리를 찾아갈 수 있을까? 엉뚱한 자리에 앉으려고 해
서 사람들이 손가락질을 하며 비웃으면 어쩌지? (더 심각하게)
엉뚱한 통로로 들어가려는 바람에 방향 감각을 완전히 잃어버
리면 어쩌지? 영성체를 하지 않는 사람들의 정강이에 멍을 만들
지 않고 처음에 조금씩 자리에서 이동할 수 있을까? 굼벵이처럼
이동하는 사람들 사이로 자연스럽게 끼어들거나 진행을 견딜
수 있을까?

"눈을 잘 뜨고 있어야 해." 필로메나 수녀가 조언했다. "아니
야, 내 말은 정신을 차리고 주위를 보라는 거야. 주위에 뭐가 있
는지 잘 살펴봐. 너희 줄 끝에 앉은 여자가 이를테면 우스꽝스러
운 모자를 쓰고 있다고 하자. 일어날 때 그 모자를 잘 봐 둬. 그런
후에 제단에서 돌아서면 그 모자를 보고 길을 찾는 거야."

그녀는 무리 없이 줄지어 지나갈 수 있을지 살펴보기 위해

중앙 통로를 바라보며 뒤쪽에 섰다. 회반죽으로 만든 별을 든 차가운 성인 토마스 아퀴나스를 향해 등을 보이고 선 위치였다. 그런데 성상 쪽에서 (마치 성상 뒤나 그 아래인 듯) 쥐 가족이 지나가기라도 하듯 속삭이고 바스락거리는 소리가 들렸다. 베일 아래로 머리카락이 뒷덜미를 찔렀다. 그때 수녀는 자신을 향한 시선을 느꼈다. 그 시선의 주인은 플러드였다. 그의 날카로운 시선이 그녀의 검은 베일을 뚫고 풀을 먹인 하얀 언더 베일을 지나 끈으로 주이는 무자를 통과해 요즘 그녀의 머리 모양을 살펴본 후 두피를 따라 돌아다니는 것만 같았다. "한 번 더." 그녀가 큰 소리로 말했다. "다시 눈 감아. 고개를 숙이고. 짧게 기도를 해. 그리고 내가 신호를 주면, 시작하는 거야…… 시작."

그녀는 첫 번째와 두 번째 아이가 일어서서 영성체 난간으로 출발하는 모습을 볼 때까지만 꾹 참았다. 그리고 다급하게 뒤돌아섰다. "신부님? 신부님?"

플러드는 성상 뒤에 몸을 숨기고 있었다. 불러도 나갈 생각은 없었다. 그녀는 아이들이 장화 발로 제단을 향해 쿵쿵 걸어가는 소리를 들었다. 그녀는 거의 달리다시피 성당 안쪽, 회랑 아래의 깊은 그림자를 향해 한두 걸음을 내디뎠다. "거기 계세요?" 그녀가 속삭였다. "페르페투아 수녀원장님이 제게서 제구 관리인 자리를 박탈하셨어요. 우리를 보셨거든요, 요전에 우리가 코를 수리한 날에요. 제가 신부님의 시간을 독점했다고 화가 머리끝까지 나셨어요. 신부님과 얘기를 좀 하고 싶어요. 실은 물어봐야만 하는 게 몇 가지 있거든요."

"그러죠." 플러드가 말했다. 흡사 천사 박사가 말하는 것 같왔다. 플러드의 검은 형체는 그림자에 묻혀 알아보기 힘들었다.

"시민 농장이 있던 들판에," 그녀가 말했다. "헛간이 하나 있어요……." 첫째 줄 아이들이 제자리로 돌아오는 소리가 들렸다. 너무 빠르네, 그녀는 생각했다. 아이들은 제단에서 좀 더 머물러야 하는데 무릎이 바닥에 닿자마자 일어서 버린 것이다. 삶의 이런 순간들이 사라지기 시작한다는 느낌에 그녀는 앞으로 걸어가 성상의 받침대를, 구겨지지 않는 회반죽 로브[51]의 끝자락을 매달리듯 잡고는 푸른 핏줄이 도드라진 손을 뻗어 뾰족한 별을 손가락으로 감쌌다. 플러드는 물에 빠진 여자가 해양 폐기물에 매달리듯 그녀가 성상에 매달리는 모습을 봤다. 앞으로 나가고 싶었지만 꾹 참았다. 그는 그녀를 가만히 바라보았다. 조금의 순간에. 아차, 이게 아니지. 죽음의 음울한 순간에. 저를 오로지 주님의 것으로 삼아 주시옵소서.

---

51 신분을 나타내기 위해, 혹은 특별한 예식에 입는 대례복이나 예복.

6장

수녀원에서 멀어지자 필로메나 수녀의 걸음걸이가 바뀌었다. 그녀는 양팔을 자유롭게 흔들고 풀 더미를 풀쩍 뛰어넘으며 그를 앞서 나갔다.

"작년 어느 날 이곳에 왔었어요." 바람에 그녀의 목소리가 마구 흩날렸다. "꽤 이른 시기였어요…… 아마 4월이었을 거예요. 수선화가 피어 있었거든요. 꽃송이가 작은 야생 수선화요. 꽃집에서 파는 무지막지하게 큰 노란 수선화가 아니라."

그녀 뒤를 따라 터벅터벅 걸으며 플러드는 활짝 핀 야생화를 상상했다. 봄바람에 꽃잎이 살랑거리는 수선화들이 보였다. 소매에서 튀어나온 중국인의 손처럼 여린, 연한 노란색의 꽃. "작년인가요? 아니면 올해인가요? 작년에는 이곳에 안 계셨던 걸로 알았거든요."

그녀는 발걸음을 멈추고 숨을 골랐다. "그러니까 올해였어요. 맙소사, 몇 달이 어찌니 느릿느릿 지나갔는지. 날이 니무 긴 것 같아요, 플러드 신부님. 저절로 죽 늘어나나 봐요. 언제부터 이렇게 되었는지도 모르겠어요. 아마도 우리가 성상을 묻어 버린 후부터일 거예요."

"그건 아닐 거예요." 플러드가 말했다. 그는 꽉 늙어 버린 것 같았고 언덕을 올라오느라 숨이 찼고 이런 보람도 없는 일에 짜증이 났다. "나의 나날은 베틀의 북보다 빠르게 덧없이 사라져 가고 만다네."[52]

필로메나 수녀는 플러드가 인용한 말을 미처 알아듣지 못했다. "덧없다고요?" 그녀는 고개를 들어 잠시 그를 바라보았다. 보기 드문 눈동자라고 플러드는 생각했다. 그녀의 눈동자는 흐릿한 황갈색에 여기저기 노란색 반점이 박혀 있어 수녀보다 고양이에게 더 잘 어울릴 것 같았다. 필로메나 수녀는 자신의 질문에 충격을 받은 것 같았다. 플러드는 대답을 하지 않고 계속 걸었다.

"누가 볼까 걱정되지 않으세요?" 그가 물었다. "여기 계시면 안 될 것 같은데. 나야 가고 싶은 곳은 어디든 갈 수 있지만, 수녀님은 아니잖아요. 영적 회담을 열기에는 이상한 곳이군요."

"고해를 하러 왔어요. 네더호턴의 밤. 그날 신부님이 그곳에 계실 줄 알았어요. 그런데 노신부님이시더군요. 그래서 그분과는 사순절에 대한 질문 몇 가지로 시간을 보내야 했어요."

"수녀님에 대해 어떤 이야기를 들었습니다."

그녀가 돌아섰다. 베일 때문에 그와 눈을 맞추려면 머리를

---

52 욥기 7장 6절.

완전히 돌려야 했다. 그는 이런 행동이 그녀와 나누는 모든 말에 중요한 분위기를 덧씌운다고 느꼈다. "성혼이요?"

두 사람은 그녀가 말한 헛간에 도착했다. 문이 부서진 채 덜렁거렸다. 바닥에는 대팻밥과 오래전에 죽은 닭들의 하얀 배설물이 떨어져 있었다.

"네." 플러드가 대답했다. 그는 상인방(上引枋) 아래로 고개를 숙였다. 안에는 그가 똑바로 서 있을 공간밖에 없었다. 요크셔에서 곧장 불어오는 찬 바람이 깨진 창문으로 휘몰아쳐 들어왔다.

필로메나가 뒤따라 머리를 숙이며 안으로 들어왔다. "그건 사실이 아니었어요." 그녀가 말했다.

"하지만 수녀님은 사실인 척하셨죠?"

필로메나는 눈살을 찌푸리지도 않고 주위를 바라보았다. "그곳에서 한 시간만 나올 수 있다면 어디로 가건 상관없어요. 사람들은 수녀원이 조용할 거라고 생각하죠, 그렇죠? 그곳에서는 모두 페르페투아의 말을 들어야 해요. 온종일." 그녀는 주위를 둘러보더니 팔짱을 끼고 조악한 작업대 같은 곳에 몸을 기댔다. "선택의 여지가 없었어요. 아무것도 선택할 수 없었어요. 킨셀라 신부님이 그 일에 저희 어머니를 끌어들였어요. 모두 한꺼번에 생일을 맞이했다고 생각하셨겠군요."

"성혼이 아니라면 뭐였나요?"

"신경 쇠약이었어요."

"어쩌다 신경 쇠약이 왔습니까?"

"이야기하자면 길어요. 제 동생 때문이었죠."

플러드가 벽에 기댔다. 그는 문득 담배를 피우고 싶었다. 이럴 때 담배 생각은 당연했다. "그럼 이야기를 해 보세요. 여기까지 왔으니까."

"음, 동생은 제가 수녀원에 온 직후에 수녀가 되었어요. 원래 이름은 캐슬린이었지만 서원명[53]은 핀바르였죠. 동생은 한 번도 수녀가 되고 싶다고 말한 적이 없어요. 그렇지만 어머니는 두 딸을 모두 수녀원으로 보내겠다는 야망에 불탔죠. 사위를 들이고 할머니가 되겠다는 생각에는 영 끌리지 않으신 거예요. 적어도 우리는 늘 그렇게 말했어요. 우리 자매는요. 어머니는 신부님과 가까이 지내면서 주일에 미사 참례를 끝내고 나오면 사람들이 당신을 가리키며 이렇게 말하는 삶을 원했어요. '어머나, 저 자매님은 딸들이 전부 종교에 귀의했으니 얼마나 희생한 거야.'"

"남자 형제는 없었나요?"

"네. 있었다면 사제가 되었을지도 모르죠. 어머니도 우리를 수녀원에 보내려고 열을 올리시지 않았을 테고요. 식구 중 사제 한 명은 수녀 서너 명과 같아요. 아일랜드에서 통용되는 셈법이죠."

"그래서 수녀님의 동생은 소명 의식도 없이 입회하셨군요. 그리고 잘못되었고요."

"자기 얼굴에 먹칠을 했죠." 필로메나 수녀는 수녀복의 주름을 집고 손가락으로 훑었다. 그녀도 그 순간 뭔가가 간절해졌

---

53 수도 서원 후에 새로 받는 이름. 일반적으로 자신의 성별에 따라 정하는 세례명과 달리 성별에 구애받지 않고 정한다.

다. 그녀의 경우 담배가 아니라 그녀의 머릿속을 채울 것이 간절했다. 이 순간, 이곳, 이 사람으로부터 그녀를 데려갈 뭔가가 말이다. "동생이 명예를 잃은 후 우리 가족은 동네에서 추문에 시달렸어요. 한번은 제가 발진이 났는데, 어머니는 우리 가족의 운을 되찾을 기회로 생각했죠. 어머니는 수녀원에서 청소도 하고 그들 대신 장도 봐 주셨어요. 저는 이곳에 오기 전에는 어머니와 단 하루도 떨어져 산 적이 없어요. 어머니는 제 손에 난 것, 그 발진을 보시자마자 제 발이 땅에 닿을 새도 없을 정도로 득달같이 저를 끌고 킨셀라 신부님에게 가셨죠." 그녀는 무릎을 꿇다시피 할 정도로 환심을 사려고 했던 어머니 흉내를 냈다. "'이것 좀 보세요, 신부님. 지난 금요일에 필로메나 수녀님의 몸에 주님의 손바닥에 남은 쇠꼬챙이와 못 박힌 자국이 나타났어요.'"

플러드는 진지한 분위기로 팔짱을 꼈다. "그런데 자매님의 동생인 캐슬린은 무슨 짓을 했습니까, 애초에 자신을 어떻게 더럽혔다는 거죠?"

"동생은 그저 터무니없는 상황에 휘말린 희생자였어요. 동생은 결단코 심성이 악한 사람이 아니었어요. 고작 수련 수녀일 뿐이던 시기에 그 사건이 벌어지고 만 거예요. 어떤 수녀회에서는 수련 수녀가 되면 폐쇄된 곳에서 신학을 배워요. 그렇지만 우리는 허드렛일을 하게 해요. 저는 수련 수녀였을 때 영적인 삶에 대해서 거의 배운 게 없어요. 감자 껍질을 까면서 시간을 보냈죠. 수녀원이리기보다 군대 같았어요."

"캐슬린 — 핀바르 수녀님 — 은 반항적이었나요?"

"오, 절대 그렇지 않았어요. 그런데 신부님, 수녀들이 홀로 여행할 수 없다는 걸 아세요? 조세핀 수녀님이라는 분이 계셨어요. 근시에 다리도 안 좋은 연로한 수녀님이셨죠. 그런데 그 수녀님이 몇 킬로미터 떨어진 곳에 있는 다른 수녀원으로 가게 되셨어요. 수녀원에서는 특히 수녀원에 온 지 오십 년 정도 되면 죽기 전에 다른 수녀원으로 보낸답니다. 우리의 캐슬린 ― 핀바르 수녀 ― 은 노수녀님을 모시고 가게 되었어요. 캐슬린은 그분을 안전하게 모셔다 드렸고 다시 수녀원으로 돌아가야 했어요. 그래서 그곳의 다른 수녀인 거트루드 수녀님이 캐슬린을 데리고 와 주셨죠."

"어떤 문제가 생겼을지 알 만하네요." 플러드가 말했다.

"캐슬린이 수녀원으로 돌아오자 이번에는 거트루드 수녀님 차례였어요. 그렇다면 누가 거트루드 수녀님을 그분의 수녀원까지 데려다주어야 할까요?"

플러드가 잠시 생각했다. "캐슬린."

"이 상황을 빨리 이해하신 것 같군요. 관구 책임 수녀 같은 분이라면 난처한 부분은 미리 해결해 주셨을 거예요. 그렇지만 캐슬린의 상급 수녀님은 생각이 깊은 분이 아니었어요."

"그래서 무슨 일이 벌어졌나요?"

"우리의 캐슬린은 수녀원으로 돌아가는 거트루드 수녀님과 동행했어요. 캐슬린은 어떻게 할지 생각하면서 하루나 이틀 수녀원에서 지내도 되겠냐고 물었어요. 그런데 그곳은 그럴 수가 없었어요. 그렇게 해도 된다는 허가를 못 받았으니까요. 그래서 그 사람들은 캐슬린을 곧장 돌려보낼 수밖에 없었어요. 물론 다른 수녀와 함께요 ― 메리 버나드 수녀님이었을 거예요."

"원칙의 문제를 바로잡지는 못하고 사람만 교체했군요."

"그러자 이번에는 메리 버나드 수녀님이 난처한 상황이 되었어요. 우리의 캐슬린이 그분의 귀갓길에 동행했고요. 이렇게 몇 번을 오갔으니 그즈음에 캐슬린은 완전히 녹초가 되었죠. 신발 밑창이 닳아서 나달거릴 지경으로요. 메리 버나드 수녀님과 수녀원에 도착한 후 이번에는 누가 그녀와 동행하게 될지 응접실에서 기다리고 있던 캐슬린은 그만 신경 줄이 뚝 끊어졌어요. 그길로 수녀원에서 뛰쳐나갔죠."

"뭐라고요? 그냥 도망쳤다고요?"

"더는 못 할 것 같았다고 하더군요. 수녀원으로 돌아가면 또 캐슬린에게 그곳까지 데려다준 수녀님을 모셔다 드리라고 할 게 뻔했어요. 그래서 정문을 타고 넘어 들판을 가로질러 도망쳤죠. 길이 나와서 잠시 길을 따라 걸었는데, 마침 트럭이 한 대 지나가더래요. 트럭 기사는 차를 세우고 길을 잃었는지 물었죠. 기사가 말했어요. 제 옆자리에 타세요, 수녀님. 원하시는 곳까지 태워다 드리죠. 캐슬린은 얼른 차에 올라탔어요. 좋은 사람이었다고 캐슬린이 그러더군요. 자신의 저녁으로 싸 온 치즈 샌드위치를 반이나 나눠 줬다고요 — 동생은 배가 고파 죽을 지경이었대요. 하필 식사 시간이 아닌 시간에만 이쪽과 저쪽 수녀원에 도착했거든요. 아시잖아요, 수녀원에서는 정해진 시간에만 식사를 하죠. 이 사람, 이 트럭 기사는 캐슬린을 위해서 가던 길을 벗어나 수녀원까지 데려다줬어요. 바로 문 앞까지요. 동생이 트럭에서 내렸을 때 그곳 사람들은 순수하게 다행이라고 여겼을 거예요."

"결백했어요." 플러드가 말했다. "분명 그랬을 거예요. 그 수녀님은 어쩔 도리가 없었잖아요."

"나중에 알고 보니 그 트럭 기사가 개신교도였어요. 그 사실이 상황을 악화시켰죠."

"그 상황은 애초에 방지할 수 있었어요." 플러드가 말했다. "노수녀님을 한 사람이 아니라 두 사람이 모셔다 드렸다면요."

"그 편이 합당했겠죠." 필로메나 수녀가 음울하게 말했다. "어쨌든 처음부터 끝까지 합리적인 판단과는 너무나 거리가 멀었어요."

"그래서 캐슬린은 어떻게 되었습니까? 수녀원에서 파문했나요?"

"결국 그런 명령을 받았어요. 수녀원에서는 저녁 식사를 하기 전에 동생을 내보냈어요 — 다시 빈속으로 쫓겨났는데 그 때문에 더 고통스러웠다더군요. 동생은 제게 작별 인사도 하지 못했어요. 친자매인 제게 말이에요."

"그 후로 캐슬린은 어떻게 되었습니까?"

"집으로 돌아갈 수밖에 없었어요. 어머니는 교구에서 얼굴을 들고 다닐 수가 없었죠. 그 직후 캐슬린은 나쁜 길로 빠졌어요. 딤프나 이모님처럼요. 술을 마시고 춤을 추러 다녔죠. 어머니 말로는 동생이 머리에 물도 들였다고 했대요." 그는 고개를 들어 당혹스러운 표정으로 신부를 보았다. "우리 가족 내력인 것 같아요. 뜨거운 피요."

"담배를 피워도 될까요, 수녀님?" 플러드가 은제 담뱃갑을 꺼내며 말했다. 당장 뭐라도 해야 할 것 같았다. "이런 상황이 수녀님에게 어떤 영향을 주었을지 상상이 되네요."

"그런 일이 있은 직후에 제 손에 발진이 생겼어요. 그 일을 어떻게 할지 제게 온전히 맡겨 줬다면 저는 아무에게도 보이지 않았을 거예요. 성흔이 나타나는 사람이 좋은 사람인가요? 저는 그 점이 궁금해요. 그런 사람이 가장 지독한 사기꾼일 수도 있잖아요." 그녀가 고개를 들었다. "아, 담배 피우세요, 저는 괜찮아요. 아흐레 동안의 경이였어요, 제 성흔요. 주교님은 성흔의 진위 어부에 회의적이었어요. 요즘은 기적 이야기 같은 것을 들을 일이 없잖아요. 그래서 이곳에 오게 된 거예요. 독실한 아일랜드에서 하느님께 버림받은 이곳으로 내팽개쳐진 거죠."

"가혹한 대접을 받으셨군요. 신비로운 환영을 보는 원인으로 측두엽 간질을 꼽는 경우가 얼마나 많은지 생각해 보면 말이죠."

"뭐가 원인이라고요, 신부님?"

"아빌라의 성녀 테레사는 사흘 동안 지옥의 환영을 보셨을 때 발작을 일으키셨죠……. 그분의 환상에는 불길과 악취가 있었고요. 성 힐데가르트는 하느님의 요새를 보셨어요 — 그때 편두통으로 고통을 받으셨고요."

수녀는 어딘지 미심쩍은 눈치였다. "저는 발작을 일으킨 적이 없어요. 피부가 약한 거예요. 그것뿐이에요."

"수녀님은 세상과 교류할 일이 다른 사람들만큼 많이 없죠. 손을 보여 주세요."

그녀가 팔을 흔들어 소매를 걷으며 손을 들더니 손바닥을 뚫어져라 보았다. 마치 일 년이 지난 이곳에서 섬세한 자수 같은 피의 문양이 피부에 배어나기라도 한 듯 말이다. 플러드 신부는 몸을 앞으로 숙이며 고양이처럼 꼼지락거리듯 그녀의 손으로 손을 뻗었다. 그리고 검지의 끝을 수녀의 검지 끝에 내려놓았다. 수녀는 손바닥을 위로 향한 채 그를 향해 팔을 길게 뻗었다. "왜 제 손바닥을 보시나요?" 그녀가 물었다. 그러면서 같이 자신의 손바닥을 보았다. "마치 제 운세를 점치시려는 것 같군요. 그런데 그건 금지되어 있어요."

"나는 수녀님의 운명을 말해 줄 수 있습니다." 플러드가 말했다.

"말씀드리는데," 수녀가 차분하게 말했다. "교회는 그런 일을 금합니다."

플러드가 그녀의 검지를 살짝 건드렸다. "이 손가락은 목성입니다." 그가 말했다. "손끝은 양자리가 지배하고 중간 지골은 황소자리, 뿌리 부분은 쌍둥이자리가 지배하죠. 이 손가락은," 그는 중지를 잡았다. "토성입니다. 염소자리가 손끝을 지배합니다. 중간은 물병자리, 뿌리 부분은 물고기자리이고요. 수녀님의 약지는 태양의 신인 아폴로의 손가락입니다. 이 손가락을 지배하는 별자리는 게자리, 사자자리, 처녀자리예요. 금성은 엄지를 지배합니다. 새끼손가락은 수성의 몫이고요. 천칭자리가 손끝을, 전갈자리가 중간 지골을, 사수자리가 뿌리를 지배합니다."

"그게 무슨 뜻이죠, 신부님?"

"누가 알겠습니까." 플러드가 대꾸했다. 그녀의 생명선은 끊어지지 않고 길게 이어지며 소매 안쪽으로 구부러져 들어갔다. 엄지의 아랫부분인 금성의 언덕은 넓고 도톰했다. 그는 활발하고, 변덕스럽고, 맹렬한 기운을 읽었다. 합리주의자의 손끝도 읽었다. 그녀의 손바닥에는 난파선도, 네발 야수나 쇠로 된 기계의 위협도 없었다. 대신 여성의 악의와 자기 회의, 약한 심장에 의한 위험이 존재했다. "토성의 손금이 이중이네요." 그가 지적했다. "수녀님은 여러 곳을 옮겨 다니실 겁니다."

"하지만 저는 어디에도 가지 않을 건데요."

"저는 제가 틀린 경우는 모릅니다."

"어쨌든 오래된 집시의 점 같은 거잖아요."

"분명히 다릅니다. 이 학문은 사람들이 집시를 떠올리기도 전부터 이용되었으니까요."

"음, 그렇게 잘 아신다면…… 제 손바닥에서 뭐가 보이는지 말씀해 주시겠어요?"

플러드는 잠시 고개를 들어 그녀의 얼굴을 응시하더니 다시 손바닥으로 시선을 내렸다. 그는 감정선의 궤적을 눈으로 좇았다. 손금이 날카롭게 꺾어지더니 별 모양에서 끝났다. "제가 무슨 말씀을 드리건 불필요합니다." 그가 말했다. "요는, 수녀님은 어떤 운명이 기다리고 있는지 아신다는 거죠."

그녀가 손을 뒤로 뺐다. 미소를 지었다. 그리고 잠시 펼친 손을 허벅지로 내렸다. 그러나 손바닥에 잉크가 묻었다고 생각하기라도 한 듯 손은 수도복에 아슬아슬 닿을락 말락 했다. 그녀는 다시 주위를 돌아보았다. "앉을 수 있으면 좋을 텐데. 그 점을 미리 생각해 뒀어야 했어요. 바닥에 깔고 앉을 자루라도 가져올걸." 그녀는 무심코 대팻밥을 발로 긁어모았다. 특별한 의도도, 의미도 없는 말이 되는대로 나왔다.

"제가 수녀님을 위해 뭐든 해 줄 수 있는지 물으셨죠. 무엇을 원하십니까?"

그녀는 신부를 보지 않았다. 대신 자꾸 발로 딴 짓을 했다. "제 질문에 대답해 주세요."

"사순절에 대해서요?"

"아뇨."

"좋습니다. 저는 그런 종류의 질문에 대답하려고 사제가 된 건 아니니까요. 좀 더 심오한 주제에 대해 대답하고 싶군요."

그녀는 잠시 위를 바라보았다. "어떤 아이가 제게 물었어요. 창조 이전에 무엇이 있었냐고요."

플러드는 담배를 손에 쥔 채 깨진 창 밖으로 눈을 돌려 저 멀리 썩어 가는 닭장과 철조망 조각을 바라보았다. 그 철조망에 철도 노동자의 손수건이 묶인 채 기둥을 후려치고 있었다. "차원이나 질(質)도 없고, 크고 작음도 없고, 성질이나 성향도 없고, 움직임이나 고요함도 없는 프리마 마테리아[54]가 있었습니다."

"아이들은 그런 식의 답변으로 넘어갈 것 같지 않은데요."

그는 담배를 입에 물었다. "그 아이들은 어떤 종류의 답을 원하나요?"

"아이들은 수호천사 이야기를 자꾸 해요." 그녀가 대답했다. "마찻길을 올라가면 수호천사가 뒤따라와서 그 천사를 볼 수 있으면 좋겠다고요. 최대한 빨리 뒤를 돌아보면 천사를 붙잡을 수 있을 거라고 생각해요."

---

54 Prima materia. 제1질료. 연금술에서 만물의 근원이라고 생각하는 물질.

"아하." 플러드가 대꾸했다. "우리가 최대한 빨리 뒤를 돌아볼 수만 있다면요. 아마 우리 자신의 얼굴도 얼핏 볼 수 있을 걸요."

"그 아이들은 사람이 계속 태어나고 죽기 때문에 천사들이 점점 더 필요한지 아니면 사람이 죽으면 수호천사가 다른 사람을 배정받는지 알고 싶어 하죠. 사람이 젊어서 죽으면 그 사람의 천사가 사십 년을 쉬는지 묻기도 해요. 지난주에는 자신의 수호천사가 히틀러의 수호천사였다고 한 아이도 있었어요."

"천사는 우리를 따라오지 않습니다." 플러드가 말했다. "우리를 따라오는 건 우리 자신밖에 없어요. 수녀님 자신을 돌아보세요. 수녀님은 아일랜드에서 쫓겨났습니다. 그래서 지금은 덜 고통스러우신가요? 아니죠. 수녀님의 뒤를 따르는 것은 수녀님 자신입니다."

"저는 아이들에게 사도 신경을 가르쳐야 해요. 거기에 문제가 있어요. 예수님은 십자가에 매달리신 후에 '저승(Hell)에 가시어'라고 하잖아요."

"연옥이라는 뜻이었겠죠." 플러드가 정통파적인 입장을 취하며 대꾸했다.

"네, 알아요. 저도 늘 그렇게 가르쳤어요."

"그렇지만 그렇게 믿지 않으시는군요?"

"그분이 왜 연옥으로 가셔야 하죠? 구약 시대의 족장과 선지자, 세례를 받을 시간도 없이 너무 일찍 죽은 아기들이 가는 곳이잖아요. 저는 사도 신경에서 의미하는 바는 진짜 지옥이라고 생각하고 싶어요. 저는 예수님께서 그곳을 일부러 찾아갔다고 생각해요. 그곳을 다시 알기 위해서요." 그 말에 플러드가 눈썹을 슬쩍 올렸다. "다시 둘러보셨고," 그녀가 말했다. "결국 부활하셨죠."

어느새 주위 공기가 점점 차가워지고 하늘에서 내려오던 빛이 희미해졌다. 플러드는 이런 구릉 지대에서 저녁이 이렇게 빨리 찾아오는지 몰랐다. 필로메나 수녀의 눈은 낮에 본 광채는 빛을 잃었고 이제 페더호턴의 색인 암회색으로 바뀌었다. 그는 살짝 몸을 떨며 꽁초를 바닥에 버리고 양손을 주머니에 넣었다.

"그런 생각을 줄곧 했어요." 필로메나 수녀가 말했다. "하느님은 왜 주교님의 존재를 허락하실까요?"

"허락보다 더한 것이죠. 하느님께서는 주교님을 만드셨으니까요."

"그분은 지독해요. 돼지 잡는 백정 같아요."

"그러니까 왜 우리를 불쾌하게 만드는 피조물을 하느님이 창조하시는지 물어보는 건가요? 하느님은 우리와 같은 감정을 느끼지 못하십니다. 우리와 취향이 같지 않아요."

"왜 하느님은 딤프나 이모님과 캐슬린이 타락하도록 내버려 두셨을까요?"

"어쩌면 하느님께서는 그들이 타락하건 말건 특별히 관심이 없었을지 모르죠. 아니면 그렇게 된 건 본인들의 의지였거나. 뜨거운 피가 흐른다고 수녀님이 말씀하셨잖아요."

"이모님은 영원히 지옥에서 불타실까요? 아니면 거기에 끝이 있을 수도 있나요? 지옥에 있는 사람들을 위해 기도를 드리는 건 허용되지 않죠, 그렇죠?"

"일반적인 상황에서는 안 되죠. 물론 그레고리 1세께서는 트라야누스 황제를 위해 기도를 했다고들 하지만요.[55] 오리게네스[56]의 '더 큰 희망'에 대한 교리를 생각해 보세요……. 모든 사람은 결국 구원을 받으리라는 것이 그의 믿음이었습니다. 영원은 엄밀히 말해 영원이 아닙니다. 지옥의 고통은 정화의 과정이므로 우리가 받는 징벌에도 끝이 있을 겁니다."

그녀가 반쯤 희망에 차 고개를 들었다. "그건 존경할 만한 믿음인가요?"

"아뇨. 사람들은 대부분 오리게네스가 혼란에 빠졌다고 생각하죠."

"방금 이런 생각이 들었는데…… 지옥에도 끝이 있다면 천국도 그럴까요?" 그녀는 발로 땅바닥을 긁다가 멈추고 그에게 다가가 깨진 창문 밖을 바라보았다. "사제가 되어 대답하시려 한 질문이 이런 종류인가요?"

플러드가 몸을 떨었다. "술이 있으면 좋겠군요."

"저는 점점 따뜻해지는 것 같아요."

"네?" 그는 눈을 휘둥그레 떴다. 깜짝 놀란 것 같았다. 그는 주위를 둘러보며 혼잣말을 중얼거리는 듯도 했다. 그는 목재의 눅눅한 섬유 속으로 불길이 스며들기라도 한 것처럼 헛간의 벽을 조심스럽게 만졌다. 변화의 과정이 이미 진행 중일 수도 있을

---

55 트라야누스 황제는 로마의 황제로, 기독교도를 박해했다.
56 기독교와 플라톤학파, 신플라톤학파의 사상을 하나로 통합하고 체계적인 신학을 수립한 최초의 신학자.

까? 그는 이렇게 생각했다. 요즘 들어 그는 금속 대신 인간의 본성을 가지고 작업을 했다. 예측성은 떨어지지만 더 만족스럽고 더 위험한 기술이었다. 과학자는 실험 물질을 아타노르[57]에서 태우지만 아무리 뛰어난 과학자라고 해도 용광로를 스스로 밝힐 수 없다. 불꽃은 반드시 천상의 빛기둥으로 피워야 한다. 그리고 그 빛을 기다리느라 사람은 인생을 허비할 수도 있다. "점점 따뜻해지는군요." 그가 말했다. "바람이 멎었어요."

필로메나 수녀는 황혼에 물든 풀을 헤치며 밖을 바라보았다. 그녀의 두 볼이 환히 빛났다. 그녀는 이 열기의 근원을 찾아 두리번거려 봐야 소용없다는 걸 알았다. 왜냐면 그 열기는 내부에서 비롯되었기 때문이다. 그가 이곳에 온 이후로 그녀의 운명에 불이 켜졌다는 생각이 들었다. 그녀는 자신이 플러드를 사랑한다고 생각하지 않았다. 그렇지만 내면에서 뭔가가 타오른다는 사실은 여전했다. 다가오는 변화의 하얀 불꽃이 느릿하게 깜박거렸다.

"음, 말씀해 주세요." 그녀가 말했다. "왜 사제가 되신 거예요, 신부님?"

"그런 사람들이 있어요." 플러드가 말문을 열었다. "외과의가 되어야만 하는 사람들요. 그런 사람들은 어릴 때부터 사람의 배를 열어서 그 안의 내장을 보고 싶어 하는 취향이 있어요. 어떤 사람들은 그런 취향에 잡아먹혀서, 돈이 없거나 교육을 받지 못해 자신이 욕망하는 자격을 갖추지 못할 경우 외과의인 척하

---

57 연금술사들이 사용하는 용광로.

죠. 대형 병원에도 밖에서 그냥 들어온 사람들이 잘라 낸 맹장이 얼마나 많은지 모릅니다."

그녀는 충격을 받았다. "그런 사람들은 금방 발각될 거라고 생각하지 않으세요? 그런 사람들이 살인을 저질렀을 거라는 생각은 안 드세요?"

"가끔 살인도 하죠. 하지만 주어진 몫을 넘지는 않죠."

하느님 맙소사, 그녀는 생각했다. 잉글랜드에 그런 사람들 몫이 정해져 있다니. "그러면 그런 짓을 하고도 처벌을 받지 않는다는 말씀이신가요?"

"때로는 오랫동안 발각되지 않기도 하죠. 한편으로 다른 부류의 사람들도 있어요. 사제를 희망하는 사람들이죠. 그들의 욕망은 완전히 반대됩니다. 그들은 영혼에 메스를 대고 싶어 하죠. 인간을 보는 의사에게 창자 고리가 있다면 영혼을 보는 의사에게는 죄악이 있습니다. 그들이 죽음 속으로 탐구해 들어갈 때 그들의 양손에 휘감긴 창자 고리가 보이실 겁니다."

그의 말이 필로메나에게는 낯설지 않았다. 매일 아침 식사 시간이면 그녀는 깔끔하게 소독한 그리스도의 상처를 생각했다. 군인 하나가 창으로 그 옆구리를 찔렀다. 그러자 곧 거기에서 피와 물이 흘러 나왔다.[58] "그렇지만 사제는 의사와 똑같지 않아요." 그녀가 대꾸했다. "죄악을 치료하실 수는 없잖아요, 그렇죠?"

"의사들도 그들이 추적하는 신체의 질병을 빈밖에 치료하지

58　요한의 복음서 19장 34절.

못해요. 그들은 단지 호기심으로 그 일을 할 뿐입니다. 물론 환자의 가족을 만족시키고 먹고살 돈을 벌기 위해서이기도 하죠."

그녀는 어느새 주위 온도가 점점 올라가는 것 같았다. 왜 신부님은 이걸 못 느끼실까? 마치 시칠리아의 어느 오후, 지중해에서 몰려온 열기 같았다. 모직 속옷이 피부에 닿아 가려웠고 어깨뼈 사이와 팔뚝을 따라 땀띠까지 나서 따끔거렸다. 그녀가 말문을 열었다. "플러드 신부님, 당신은 진짜 사제가 아니죠, 그렇죠? 줄곧 그런 생각이 들었어요."

플러드는 대답하지 않았다. 당연히 대답하지 않겠지. 그녀는 이렇게 생각했다. 그런데 그는 어느새 평소보다 덜 파리해 보였다. 평소 시체로 보일 만큼 창백했던 얼굴에도 혈색이 돌았다. "예전 내 직업에는," 그가 말문을 열었다. "이제는 기억도 나지 않거나 적어도 그 일과 저를 이어 줄 끈이 하나도 남지 않은 그 일에는 니그레도라고 부르는 작업이 있었습니다. 흑화의 과정이자 부패의 과정이고, 고통의 과정이자 분해의 과정입니다. 그런 후에 우리가 알베도라고 부르는 과정이 찾아옵니다. 백화라고 하죠……. 이해되십니까?"

그녀는 겁을 먹은 것처럼 보였다. 눈을 크게 뜨고 침울한 표정으로 그를 바라보았다. "그 직업이 뭔데요?"

"심오한 학문이었어요." 그가 대답했다. "물질에서 영을 뽑아내는. 그것은 모든 사람의 학문이 되어야 해요."

"살인자도 그런 일을 하죠. 사람을 죽일 때. 그것도 심오한 학문인가요?"

"사람의 자아에는 반드시 죽여야만 하는 것들이 있죠."

"오, 나도 알아요." 수녀가 지겹다는 듯 말했다. "육신의 성욕과 식욕. 일곱 살 때부터 그런 이야기를 들었어요. 이제 듣기만 해도 지겨워요. 시작도 하지 마세요."

"그런 이야기가 아닙니다. 내 말은 살면서 과거를 직접 죽여야 하는 시기가 있다는 뜻이었어요. 익숙해져 버린 것을 도끼로 찍어 내야 하죠. 익숙한 세계를 도끼로 내리쳐야 한다는 겁니다. 힘든 일이죠. 몹시 고통스럽고요. 그렇지만 더는 견딜 수 없는 상황에 영혼을 가두는 것보다 그러는 편이 더 나아요. 한때는 어떤 생활 방식에 우리가 만족감을 느꼈을 수도 있어요. 아니면 오랫동안 보관했기에 시어진 꿈이나 틀에 박힌 습관이 되어 버린 쾌락일 수도 있고요. 그런데 이런 것들이 더는 만족을 주지 않아요. 수녀님, 닳아 버린 기대감은 동물원에 갇힌 야수처럼 그 안에서 영혼이 썩어 가는 우리예요. 머릿속의 현실과 세상의 현실이 괴리될 때 우리는 고통에 빠지고 조바심을—" 그는 말을 끊고 필로메나 수녀를, 가슴에 걸린 십자가, 그 뒤의 서지와 플란넬, 그 뒤의 피부를 빤히 바라보았다. 그러자 수녀는 피부에 뭔가가 스멀스멀 기어가는 것처럼 가려웠고 확 달아올랐다. "조바심을 내고." 그는 입술을 빨면서 말했다. "짜증이 나고. 가렵고. 피부가 벗겨지고. 게다가 나는 이런 것들이 정말 육신을 죽이는지 확신도 없어요. 이런 말이 있죠. 우리 세상에 땅이 없다면 공기는 날아가 버리고, 불은 양분을 얻지 못하고 물은 그 그릇을 잃으리라."

"아름다운 말이네요." 그녀가 말했다. "마치 시편에 나오는 찬미가 같아요. 신부님은 혹시 신교를 믿으시거나 그러세요? 설교하는 평신도 같은?"

"아시다시피 우리는 자신의 몸에 순응해야 합니다. 그 몸 안에서 좋은 것을 찾아내야 하죠. 그러지 않으면 가장 은총받은 사람은 사형 집행인이 될 겁니다. 게다가 우아함은 본성을 완벽하게 만들어요. 파괴하는 게 아니라."

"그런 말은 누가 했나요?"

"음." 플러드가 굳이 이름을 밝히고 싶지 않은지 머뭇거렸다. "성 토마스 아퀴나스요."

그녀가 한 손을 내밀었다. 플러드가 이미 행복의 운명의 별을 보았던 그 손바닥을. "오, 그분." 그녀가 대꾸했다. 얼굴에 미소가 서서히 번졌다. 그녀는 손을 뻗어 그의 어깨를 건드렸다. "그분은," 그녀가 말했다. "언제나 제 친구이셨어요."

그녀는 저녁 속으로 나와도 온기가 두 사람을 계속 따라오기를 바랐다. 그렇지만 플러드는 어느새 냉담해지고 말이 없어졌다. 울퉁불퉁한 땅에서 그녀가 넘어지지 않도록 내민 플러드의 손은 도저히 사람의 손이라고 여겨지지 않을 정도로 앙상하고 싸늘했다. 바람이 하늘 아래에 있는 네더호턴의 굴뚝들 위로 구름을 날려 버렸다. 그녀는 눈을 들어 시커멓게 펼쳐진 야생의 황무지를 바라보았다. 문득 정신이 번쩍 들며 두려워졌다.

그녀는 사제가 — 남자가 — 이끄는 대로 손을 맡겼다. 그는 이 지역이 처음일 텐데도 마치 길을 다 아는 듯했다. 낮에 시민 농장을 돌아다녔다고 해도 여섯 번 이상 왔을 리 만무했다. 그는 비틀거리지도 않고 수녀원으로 난 오솔길에서 돌아섰다. 신부님은 당근을 많이 드시나 봐. 그녀는 이렇게 생각했다. 밤눈이 밝은 걸 보면.

"담장의 돌계단." 플러드가 말했다. "바로 우리 앞에 있어요. 넘어가실 수 있겠어요?"

두 사람은 그 계단에 도착했다. 그가 먼저 담을 넘어갔다. 필로메나가 두껍고 보풀이 인 스타킹을 신은 긴 다리를 내밀고 반쯤 담을 넘었을 때였다. 어떤 형체가 모습을 드러냈다. 아마도 배수로에서 나타난 것 같았다.

"안녕하십니까." 플러드가 인사를 건넸다. "매커보이 씨죠, 그렇죠?"

그녀는 비록 보이지는 않지만 그 교구민이 신부를 힐끔 보는 모습을 상상했다. 그렇소, 젊은 친구, 내가 누구인지 알게 될 거요. 이렇게 말하는 표정을 짓고 있으리라. 그러나 매커보이가 다가와 손전등을 꺼내 주변을 밝히자 드러난 얼굴은 평소와 같았다. 정감 넘치면서 다 안다는 듯한 표정.

"산책 중이지요." 그가 말했다.

"이렇게 어두운데요?"

"제 습관이거든요." 매커보이가 말했다. "그래도 신부님, 제가 신부님과 필로메나 수녀님보다 장비를 더 잘 갖춘 것 같은데요. 절대 비꼬려고 하는 말은 아닙니다만. 제 손전등을 빌려 드릴까요?"

"플러드 신부님은 밤눈이 밝으세요." 수녀기 말했다.

"편하겠군요." 매커보이가 말했다. 그의 어조는 신랄했다. 그가 손전등으로 아래쪽을 비추었다. 그 빛이 그녀의 다리로 와 머물더니 마치 스타킹이 흘러내리기라도 한 것처럼 슬그머니 훑었다.

"오세요, 수녀님." 플러드가 말했다. "거기 계속 계시지 말고요. 넘어오세요." 그가 손을 내밀었다. 그러나 담배 가게 주인은 정중하지만 고집스럽게 신부 앞에 서서 비키려 들지 않았다. "수녀님이 이렇게 고생하시는 모습은 못 보겠습니다." 매커보이가 말했다. "필요하시면 언제든지 저를 쓰십시오. 건장한 팔과 도울 준비가 된 가슴이 있으니까."

그는 이 말이 유난스럽고 부적절하다는 사실을 아는 듯 플러드의 날카로운 눈빛을 받으며 뒤로 물러나더니 자신의 모자를 살짝 만져 인사를 건넸다. 그는 느닷없이 나타났을 때처럼 느닷없이 사라졌다. 어둠 속으로 빨려 들어간 것처럼.

수녀가 몸서리를 쳤다. "앵윈 신부님은 저 사람이 악마라고 늘 말씀하세요."

플러드가 깜짝 놀랐다. "매커보이가요? 그럴 리가요. 전혀 해롭지 않은 사람인 걸요."

그녀는 둘 사이의 거리감이 점점 커지는 느낌이 들었다. 그가 바로 옆에서 나란히 걷고 있지만 한기(寒氣)의 기둥이 들어선 듯했다.

"앵윈 신부님에게서 못 들으셨어요? 어느 오후에 만난 이야기요."

"들었습니다. 그런 이야기를 하신 적이 있어요. 하지만 이름까지는 말씀하지 않으셨거든요."

"그분이 왜 그렇게 생각하시는지는 모르겠어요. 저도 일곱 살에 악마를 봤어요. 그 악마는 전혀 매커보이 씨 같지 않았죠."

"일곱 살." 플러드가 말했다. "분별력이 눈 뜨는 시기죠. 그 악마는 어떻게 생겼던가요?"

"짐승이었어요. 크고 거친 짐승요. 제 방문 밖에서 숨을 쉬었죠."

"그 문을 열었다니 용감한 소녀였군요."

"그래야 한다는 걸 알았으니까요. 그곳에 뭐가 있는지 꼭 봐야 했어요."

"다른 밤에도 또 찾아왔나요?"

"그럴 필요가 없었어요."

"그렇겠죠. 한 번으로 충분하니."

"그런데," 그녀가 말했다. "앵윈 신부님 말씀대로라면 악마가 훨씬 더 가까이 와 있네요."

"그렇죠. 그 악마가 수녀님의 팔을 잡았죠. 도와주겠다고 제안했고요. 언제든지, 라고도 했죠. 자신을 쓰라고. 그런 태도가 불안하신가요?"

"그 사람이 그렇게 불쑥, 아무도 없는 줄 알았던 데서 나타나는 모습요."

"그건 저도 할 수 있어요." 플러드가 무심하게 말했다. "나갈 때와 들어올 때 나만의 방법이 있죠. 대단할 것 없는 일이에요. 마술사의 트릭 같은 거죠."

"그 악미기 바로 신부님인지 아닌지 제가 어떻게 확신하죠?" 필로메나 수녀가 우뚝 멈춰 섰다. 저 아래로 수녀원과 위층 방을 밝히는 불빛이 보였다. 그녀의 복소리는 고집스럽고 적대

적이었다. "사제인 척하는 사람이라면요? 그 신분을 이용해 고해를 듣고? 사람들의 신뢰를 얻고⋯⋯." 필로메나 수녀는 문득 이런 생각이 들었다. 내가 가슴속에서 느끼는 하얀 불길이 신경을 긁어 대는 지옥 불의 첫 번째 불길이라면, 자신을 태우면서 되살아나기에 고통이 언제나 새로 시작되는 불길이라면 어쩌지? 그 헛간에서 나를 감쌌던 불가해한 열기가 사탄의 풀무에서 처음으로 뿜어져 나온 것이었다면?

"수녀님이 직접 선택하세요." 플러드가 건조한 어조로 말했다. "수녀님이 어떻게 생각하실지 제가 일러 드릴 수는 없어요. 제가 수녀님에게 나쁜 사람이라고 생각하신다 해도 마음을 바꾸시도록 설득하지 않을 거예요."

"제게 나쁜 사람이라고요?" 그녀는 신부가 고른 단어에 아연실색했다. 사람인가요, 악마인가요? 그녀는 생각했다. 악마 아니면 악마의 졸개? 당신이 필멸인 제 영혼에 저주를 내리시겠죠. 그게 바로 당신의 일이니까.

"하지만 제가 악마라면," 플러드가 말했다. "수녀님을 별미로 잘 먹을 거예요. 수녀님은 악마가 불같이 강렬한 입맛을 가진 사람이라고 생각하시지만, 악마가 자신의 연회에서 다정하고 어린 수녀의 부드러운 영혼만큼 좋아하는 것도 없다니 묘하지 않습니까. 제가 악마라면 수녀님은 지금보다 더 영리해야 저를 찾아내실 수 있을 거예요. 저를 찾아내셨다면 이미 제가 맛있게 잡아먹은 후겠죠."

그 순간 필로메나 수녀의 입에서 기나긴 비명이 터져 나왔다. 충격과 공포의 절규였다. 비명이 그치자 울음이 시작되었다.

그녀는 주먹을 입에 물고 울었다. 손가락 관절 주변의 입이 움직이며 울음소리가 비어져 나왔다. 수녀원의 응접실에서는 페르페투아 수녀원장이 불 꺼진 난롯가에 앉아 미소 띤 얼굴로 어둠을 응시하며 그녀를 기다리고 있었다.

7장

퍼핏은 필로메나 수녀에게 주먹을 휘둘렀다. "말괄량이처럼 싸돌아다니질 않나," 그녀가 말했다. "들판을 배회하질 않나, 땜장이처럼 밤에 나돌아 다니질 않나."

수녀원장은 길이 아니라 들판이라는 걸 간파했다. 그도 그럴 것이 젊은 수녀의 수도복에는 풀씨와 낙엽이 들러붙어 있고 구두는 진흙투성이였기 때문이다. 그렇지만 그녀는 이 수녀가 플러드 신부와 같이 있었다는 사실까지는 몰랐다. 수녀원장이 그 사실을 알았다면 자기는 더 끔찍한 대접을 받았을 것이라고 필로메나는 생각했다. 원장님은 나를 질투하고, 신부님의 관심을 받고 싶어 해. 수녀도 아니야, 저분은. 수치심을 알아야 해. 남자들 꽁무니를 따라다니다니. 사제들을. 앵원 신부님에게도 그랬다지. 사제관에서 원장님을 쫓아냈다고 안토니오 수녀님이 그러셨어. 그래서 절대 신부님을 용서하지 않는 거라고.

그렇게 필로메나 수녀가 속내를 꽁꽁 숨긴 동안, 퍼핏은 소리를 빽빽 지르고 주먹을 휘둘렀다. 여기는 지긋지긋한 동네야. 필로메나 수녀는 생각했다. 주민들도 형편없는 치들이고. 이곳은 악마들이 우글거려, 전도단을 파견해야 할 정도야. 그 전도단이 싸워야 할 상대는 피와 살을 가진 사람이 아니라 국가고, 권력이고, 이 세상의 어둠을 다스리는 지배자야. 성 바오로라면 이 문제를 해결하실 텐데.

"내 수녀원을 웃음거리로 만들다니." 페르페투아가 말했다. 관절이 도드라진 손으로 퍽퍽

필로메나는 손을 뻗어 수녀원장의 팔을 낚아챘다. 손목 바로 윗부분이었다. 그녀는 농장 일로 다져진 악력으로 그 팔을 움켜쥐었다. 아무 말도 하지 않았지만 그녀의 두 눈에서는 노란 빛이 황금 조각처럼 번득였다.

그날 밤, 필로메나 수녀는 딱딱한 침대에서 뒤척이며 좀처럼 잠을 이룰 수도, 깨어 있을 수도 없었다. 아예 말똥말똥한 상태라면 덜 힘들 것 같았다. 그녀는 잠에서 깨어 보려고 했지만, 사냥감을 찾아 헤매는 악몽이 게릴라 부대의 선봉대처럼 그녀의 머릿속을 빙빙 돌았다. 거대한 흑인인 니그레도가 은제 담뱃갑에서 담배 한 대를 꺼내 권했다. 천사인 알베도가 그 담배에 불을 붙여 주었다. 그들은 시민 농장이 있던 들판의 거친 땅바닥에서 엎치락뒤치락 몸싸움을 벌였다. 나중에는 서로 팔짱을 끼고 「대니 보이」를 불렀다.

새벽 5시, 필로메나 수녀는 기상 종소리가 들리자 돌아누우

며 베개에 얼굴을 파묻었다. 페르페투아 수녀원장이 일부러 그녀에게 준 특별한 참회의 베개라는 생각이 들었다. 그도 그럴 것이 베개 속을 자갈돌로 채운 듯한 기분이 들었기 때문이다. 그 주에는 안토니오 수녀가 하루의 시작을 알렸다. 그녀는 안토니오 수녀가 방마다 문을 두드리고 "도미누스 보비스쿰!"[59]이라고 외치며 복도를 걸어오는 소리가 들렸다.

필로메나는 하품을 하고 침대에서 일어나 앉았다. 그녀는 목을 더듬거렸다. 가느다란 취침용 모자의 끈은 그녀가 흘린 땀 때문에 끈적거렸다. 그녀는 매듭으로 손톱을 밀어 넣고 풀려고 했다. 그렇지만 손톱이 너무 짧았다. 그녀의 방문 밖에서 도미누스 보비스쿰이 노래처럼 울리더니 안토니오 수녀가 문을 두드리고 다시 두드렸다. "도미누스 보비스쿰. 거기서 뭐 하고 계세요, 수녀님?"

필로메나 수녀는 목소리가 제대로 나올 것 같지 않았다. 그녀는 여전히 턱을 들고 매듭을 당기며 낑낑대는 중이었다. 내게 가위가 있다면. 그녀는 생각했다. 내 소유의 가위. 그렇지만 그런 일은 청빈 서원에 반하겠지. 내게 거울이 있다면. 순결 서원에 반하겠지.

"세상에, 수녀님." 안토니오 수녀가 툴툴거리듯 말했다. "도미누스 보비스쿰. 귀 먹었어요?"

매듭이 풀렸다. 모자가 벗겨졌다. 그녀는 모자를 조야한 담

---

59 Dominus vobiscum. 성무 일과의 인사말로 '주님께서 여러분과 함께'라는 뜻이다.

요 위로 떨어뜨렸다. 맨발을 리놀륨 바닥에 내리고 쭉 뻗었다. 잠옷 아래 팔뚝과 어깨는 자잘한 푸른 멍으로 뒤덮여 있었다.

"도미누스 보비스쿰. 어디 몸이 안 좋으세요?"

마음이 아프죠. 그녀가 생각했다. "에트 쿰 스피리투 투오."[60] 그녀가 읊조리듯 말했다. 그 목소리는 평소와 다름없었다. 그러나 눈물로 목이 메고 가슴은 불경한 기대감으로 꽉 찼다.

"그렇고말고요." 안토니오 수녀는 이렇게 말한 후 지나갔다.

이후 예배당에서 한 시간 동안 무릎을 꿇은 다음 필로메나 수녀는 부엌으로 가 안토니오 수녀를 도와 아침으로 주전자에 연한 차를 따랐다.

"플러드 신부님에게 예지 능력이 있는 것 같아요." 그녀가 말했다.

"그거 사실이에요?" 연로한 수녀가 점잖게 물었다. "그분이 에인트리[61]에 대해서도 뭔가 예지하실지 궁금하네요."

"예지는 미래를 말한다는 뜻이 아니에요. 사물의 진정한 본질에 대해 말한다는 뜻이죠."

안토니오 수녀는 어린 필로메나가 울던 모습을 보았을지 몰랐다. 어쩌면 그녀는 이 수녀원에서 지내기 시작한 시절이 떠올랐을지 모른다. 일상적으로 자행된 망신 주기와 외로운 밤들이.

60 Et cum spiritu tuo. 도미누스 보비스쿰에 대한 답으로 '또한 당신의 영(靈)과 함께'라는 뜻.
61 리버풀에 있는 경마장.

왜냐면 그녀가 아침 식사를 내가는 담당이었기에 자신에게 허락된 모든 방법을 강구해 젊은 수녀에게 친절을 베풀었기 때문이다. 그 결과 필로메나 수녀는 평소보다 더 많은 포리지를 받았다.

아침: 저드 매커보이는 만면에 미소를 지으면서 잇새로 휘파람을 불며 선반의 먼지를 털고 가게 문의 자물쇠를 열고 창가에 걸린 판지 간판을 앞으로 돌리며 가게 문을 열었다. 애그니스 뎀프시는 아침 설거지를 했다. 플러드 신부는 미사를 위해 옷을 입으며 이번에는 모두 정확하게 기도해 주기를 빌었다. 필리는 마음의 눈에 플러드가 보였다. 개두포,[62] 장백의,[63] 허리띠, 수대,[64] 영대,[65] 제의.[66] "주님, 저를 깨끗이 씻으소서. 제 마음을 어린양의 피로 깨끗이 씻으시어……."

그날 아침 필로메나 수녀는 체육 수업을 했다. 영성체 수업을 한 반이 아니었다. 더 큰 아이들의 반이었다. 허식 따위는 사라지고 없는 아이들이었다.

제일 먼저 교실의 탁한 공기 속에서 아이들은 옷부터 갈아입어야 했다. 바깥 공기는 차갑고 아렸다. 10시가 되도록 마찻길의 바퀴 자국에는 드문드문 크리스털 같은 성에가 남아 있었다.

---

62 미사 때 사제가 어깨나 목에 걸치는 기다란 아마포.
63 사제가 개두포 위에 입는 희고 긴 옷.
64 사제가 왼팔에 걸치는 천으로, 영대와 제의와 같은 천으로 만든다.
65 사제가 어깨에 두르는 천.
66 사제가 옷 위에 입는 소매 없는 예복.

여학생들은 책상 사이에서 꿈틀거리며 두툼한 군청색 속바지를 껴입고 원피스와 몇 겹으로 입은 카디건은 벗어야 했다. 남학생들은 무릎까지 오는 회색 플란넬 반바지로 버틸 수 있는 데까지 열심히 운동을 해야 했다. 학생들에게는 검은색 신발을 나눠 주는데, 이 신발들은 평소 신지 않을 때면 교실 구석의 창살 상자에 넣어 두었다. 전체 학급이 다 신는 이 신발은 크기와 상태는 제각각이지만, 대체로 초라했다. 아이들은 대부분 자신의 신발 크기를 몰랐다. 설령 안다고 해도 자기 발에 맞는 것을 확보한 방법이 없었다. 신발을 나눠 주는 방침은 없고 그저 자유롭게 가져갔다. 이곳에서는 언제나 늘 그랬다. 아이들은 수업 시간에 조용하기만 하면 멋대로 놀 수 있었다. 필로메나가 아이들을 굽어보며 서 있는데, 이날 아침은 유독 거대해 보이고 두 눈이 불처럼 이글거려서 단 한 번의 투덜거림이나 끙 소리도 안 될 것 같았다. 하지만 체육 시간이 조용하다고 해서 그것이 아이들 사이의 폭력성을 줄여 주지는 못했다. 아이들은 두 팔을 마구 휘두르고, 서로 꼬집다가 어떤 방식으로든 모두 신발을 신었다.

다음은 행진. 어떤 아이들은 발가락이 신발에 끼어서 얼굴을 찡그리며 걸었다. 어떤 아이들은 반대의 잘못을 저질러 물새처럼 터벅터벅 걸었다. 게다가 — 신비스럽게도 — 신발은 오른짝보다 왼짝이 몇 개 더 남았다. 그리고 필로메나 수녀는 가장 가난하고 가장 온순하고 가장 둔한 아이가 신발을 잘못 신고 그 탓에 더욱 난처한 상황에 처해 두 발을 같은 방향으로 돌리며 삐딱하게 걸어 다닌다는 사실을 알아차렸다.

다목적 건물은 체육관으로 썼지만 평소 식당으로도 사용하기에 덤플링[67]과 기름 냄새가 났다. 가대식 탁자와 나무 벤치들이 둘레에 쌓여 있고 아이들은 바닥에 자신들이 쓸 기구를 갖다 놓았다. 페르페투아 수녀원장은 체육 도구를 그렇게 불렀다. '기구'라고. "교육 위원회가 우리에게 기구를 보내 주었습니다." 작년까지 학생들은 일 인당 작은 타원형 매트를 한 장씩 나눠 받았다. 아이들은 매트를 깔고 구르기를 했다. 일단 운동을 시작하면 아무 문제가 없었다. 다음으로 매트 옆에 서서 제자리 뛰기를 했다. 이 운동은 모든 나이대에 적합했다. 아이들은 대부분 이 동작을 할 수 있었다. 그리고 이것은 그들의 긴장된 신경에도 부담이 되지 않았다.

그렇지만 이 기구 때문에 그들의 삶에 새로운 공포가 늘었다. 기구는 반짝반짝 광이 나고 딱딱한 데다 가장자리가 날카로웠다. 단지 이 기구를 세우고 조립하는 것만 해도 엔지니어가 해결해야 할 문제였다. 몸을 반쯤 가린 아이들이 땀을 뻘뻘 흘리며 기구의 무게에 깔린 모습은 흡사 일본군을 위해 다리를 건설하고 있는 것처럼 보였다. 그 기구에는 계단도 있고 미끄럼틀도 있었다. 버팀대에 설치된 사다리도 있었는데, 아마도 아이들이 올라가서 몸을 마구 흔드는 용도인 듯했다. 필로메나 수녀가 짐작하기에, 사다리로 올라가 시렁 사이로 머리를 집어넣는 용도도 있는 듯했다. 이 기구들 가운데 최악은 굵은 원통형의 나무 막대였다. 이 막대는 금속 받침대에 설치되어 있었는데, 땅과 평행하

---

67 반죽을 빚어 만두처럼 소를 넣고 피로 감싼 것이나 소가 없는 경단 등을 모두 아우른다.

고 필로메나 수녀의 가슴 높이쯤 되었다.

"팀을 만들어." 필로메나 수녀가 자포자기한 듯 말했다. "너, 너, 너." 아이들은 아무도 그 기구에 다가가고 싶어 하지 않았다. 그 기구로 무슨 동작을 해야 할지, 무슨 동작을 위한 기구라고 이해해야 할지 갈피를 못 잡았다. 어떤 아이들은 차례가 되면 기구 아래에 웅크린 채 양팔을 들어 막대를 감싸고 두 다리를 차올려 발목으로 막대를 휘감으려고 해 보았다. 필로메나 수녀가 지켜보고 있자니 그것은 유행이 되어 아이들이 다 따라서 시도했다. 아이들마다 이 동작을 해 보는데, 개중에는 남보다 더 못하는 아이들도 있었고 계속 성공을 하는 아이들도 별로 없었다. 기구를 앞두고 아이들이 어떻게 겁을 먹는지 점점 또렷해졌다. 그와 더불어 그들이 어느 정도 굼뜨고, 나약하고, 시력이 나쁜지도 명확해졌다. 아이들은 당혹감에 휩싸였다 — 그도 그럴 것이 당혹감이야말로 아이들도 느낄 수 있는 감정이었기 때문이다. 그들은 기구에 숨겨진 용도가 있음을 알았다. 다만 그것이 무엇인지 도무지 알아낼 수 없었다. 어딘가 좀 더 행복한 환경에서 사는 아이들은 그 비밀을 풀 수 있다는 것도 그들은 알았다. 그 기구는 교육 위원회가 아이들에게 보낸 전언이었다. 미래에 그들을 기다리고 있는 수치를 감수하라는.

미사는 한참 전에 끝났겠지. 필로메나 수녀가 생각했다. 그녀는 아이들이 멋대로 하도록 내버려 둔 채 건물 옆쪽의 그림자 속에 서 있었다. 어차피 이곳에 일부러 발길을 할 수녀는 없다는 걸 알았다. 어느새 아이들은 그 막대 운동에 슬슬 꾀가 나는지 곁눈질로 필로메나 수녀의 기색을 살피며 슬금슬금 줄에서 빠져나와 친숙한 유선형 매트를 꺼냈다. 아이들은 몸을 숙이고 앙상한 회색 팔로 바닥을 짚으며 토끼 점프라고 부르는 동작을 하기 시작했다. 네더호턴에서 온 두 아이는 더 어둑한 구석으로 가 서로 최면을 거는 놀이를 시작했다.

그분이 나를 찾아오실지 몰라. 그녀는 생각했다. 학교에 물어보면 내가 여기 있다고 알려 주겠지. 하지만 아니야, 그분은 그러지 않으실 거야. 굳이 물어보시지 않을 거야.

어쩌면 이런저런 핑곗거리를 만들어 내실지 몰라. 자신을 위해 내가 해 줬으면 하는 일들. 어떤 게 있을까? 나는 제구 관리인이 아니지만 제구의 광을 내야 합니다, 수녀님. 평소보다 더 반짝반짝 광을 내야 합니다. 저 촛대가 몹시 반짝거려야 합니다. 또 뭘 원하실까?

하기야 그분은 뭔가를 시키기 위해 사제다운 이유가 필요하지는 않으실 거야. 사제가 아니니까. 나는 이 사실을 처음부터 알고 있었을까? 아니면 그저 의심스럽기만 했을까? 그분이 말실수를 했나? 아니면 내가 뱃속에서부터 그 사실을 느꼈을 뿐일까? 그분은 그냥 평범한 남자야.

아니야. 필로메나 수녀는 자신의 생각을 고쳤다. 그렇지 않아. 어떤 의미에서도 평범한 남자는 아니야. 그날 아침 눈을 떴을 때 느닷없이 들었던 생각이 다시 떠올랐다. 그녀는 그의 이목구비를 마음으로 또렷하게 그릴 수 없었다. 미사 시간에는 안 보이는 게 당연했다. 주로 뒤에서 그의 모습을 살펴볼 수밖에 없었으니까.[68] 그렇지만 시민 농장의 헛간에서 한 시간이 넘도록 그와 단둘이 있지 않았나?

어쩌면 내가 너무 뚫어져라 바라보는 바람에 정작 아무것도 못 봤을 수도 있어. 그녀가 생각했다. 그분이 나를 보는 것처럼 나도 그분을 봐야 했어. 마치 피부 너머를 보는 듯한 눈빛으로 말이야. 그녀는 눈으로 누군가를 '먹어 치울' 수도 있다는 말을 들은 적이 있었다. 사람들이 쓰는 표현이었다. 그랬다, 그 헛간에서 그녀의 눈이 바로 그랬다. 그녀의 두 눈은 그를 완전히 먹어 치웠고 그의 이목구비를 소화했다. 욕심 많고 생각이 짧은 아이처럼 그녀는 허기가 진 때, 결핍을 느낄 때를 대비해 아무것도 남겨두지 않았다.

수업이 끝날 즈음이 되자 필로메나 수녀는 아이들을 줄 세운 후 마찻길로 데리고 나갔다. 태양은 고군분투 중이었고 헐벗은 나뭇가지들 사이로 빛이 가늘게 새어 들어오는 중이었다. "저 길 봐, 꼬까울새야." 그녀가 배수로를 가리켰다. 그곳에서 등이 갈색 쥐색인 새 한 마리가 바삭한 낙엽 속에서 잽싸게 움직였다. 네, 수녀님. 아이들이 공손하게 대답했다. 그들은 필로메나가 가리키는 곳으로 시선을 돌렸지만 보지 못했다. 무엇을 보아야 할지 몰랐기 때문이다. 참새들이라면 알았다. 비둘기도 알았다.

행진을 하는 아이들이 마찻길의 모퉁이를 돌자 그곳에 플러드 신부가 있었다. 애그니스 뎀프시와 한창 얘기를 나누며 아이들 쪽으로 걸어오는 중이었다. 필로메나 수녀는 아이들에게 멈추라고 한 후 사제가 지나가도록 공손히 옆으로 비켜섰다. 아

---

68 제2차 바티칸 공의회(1962~1965년) 전에는 사제가 신자들을 등지고 미사를 집전했다.

이들은 신부가 얼추 자신들의 곁을 지나갈 즈음 요들을 부르듯 발음을 길게 늘여 인사했다. "아 — 안 — 녕하세요 신부님. 아 — 안 — 녕하세요 미스 뎀프시."

아이들은 다 같이 입을 맞춰 말할 때면 꼭 이렇게 했다. 다섯 살에 어린이집에서 이렇게 배웠다. 학교에 입학해서 첫 한 시간 동안 이렇게 배웠다. 가끔 필로메나는 아이들의 이런 말소리를 한 번 더 들으면 비명을 지를지도 모르겠다 싶었다. 그녀는 온 세상의 어리석음을 회개하며 바닥에 털썩 주저앉아 옷을 찢어발기고 머리에 재를 묻히리라. 그리스도는 우리가 죄악이라는 짐을 벗어던지게 하려고 죽었다. 그러나 그녀가 아는 한 그는 우리가 이 멍청함에서 해방될 수 있도록 손가락 하나 까닥한 적 없다.

이런 생각이 마구 내달리자 심장이 전보다 더 빨리 뛰기 시작했다. 그녀는 자신의 심장이 목구멍을 올라와 그 좁은 공간에서 사방을 두드리고, 안에서 밖으로 몸을 꼬고 뒤틀고 있다고 생각했다. 아무도 그녀의 수도복 아래에서 일어나는 일을 보지 못할 것이다. 그렇지만 그녀도 블라우스 같은 옷을 입은 평범한 여자라고 가정한다면? 사람들은 서로의 옆구리를 쿡쿡 찌르며 말할 것이다. 저 불쌍한 여자의 심장이 밖으로 튀어나오려고 해. 그녀는 이런 생각이 떠올랐다는 사실에 놀라고 충격을 받았다 — 명실상부 수녀이면서 자신을 여자로 생각하고 있다니. 그녀는 얼굴이 점점 달아오르고 양손이 벌벌 떨렸다. "안녕, 여러분." 플러드가 유쾌하게 말했다. 애그니스 뎀프시도 아이들에게 옅게 미소를 지었다.

플러드의 시선이 필로메나 수녀를 재빨리 훑었다. 그는 걸음을 멈추지도 않고 미스 뎀프시와 더 낮은 어조, 좀 더 절제된 몸짓으로 대화를 나누며 침울하게 고개를 끄덕였다. 애그니스 뎀프시는 발걸음을 조금 늦추었다. 그녀는 어깨 너머로 젊은 수녀를 지긋이 바라보았다. 한편 수녀는 옆으로 돌아서 버렸다. 그리고 고개를 깊이 떨군 채 오른손으로 가슴팍에 걸린 나무 십자가를 만지작거렸다.

필로메나 수녀는 미스 뎀프시에게 표정을 들키지 않으려고 얼른 돌아선다고 돌아섰지만 조금 늦었다 — 그녀의 얼굴에는 공포와 갈망, 흥분이 뒤섞여 드러났으며, 이런 감정들이 아직 타인의 의지에 의해 해체되고 재조합되지 않은 상태였다. 애그니스는 마음이 동요하는 한편 슬픔을 느끼며 사마귀를 만졌다. 나는 인생의 기회를 다 놓쳤어. 그녀가 생각했다. 수녀도 나보다는 기회를 더 많이 잡는데. 동정녀의 눈에는 유니콘이 보일지도 모르지. 노처녀에겐 절대 그럴 일이 없지만.

이번에 필로메나는 고해실로 갔을 때 앵윈 신부가 있으리라 짐작했다.

그녀는 광택제와 담배 냄새 속에서 무릎을 꿇었다. 그리고 바로 고해를 시작하자 말이 마구 쏟아져 나왔다. "자비를 베풀어 주세요, 신부님. 제가 죄를 지었습니다. 지난 고해를 한 후 시간이 나지 않았습니다. 질문이 하나 있어요. 독일 친구가 있는데, 영어는 단어 몇 개밖에 몰라요……."

"오, 잘 지냈나요, 자매님." 신부가 말했다.

"……그 친구가 고해를 몹시 하고 싶어 하는데, 사는 곳 주위에 독일어를 아는 사제가 한 명도 없어요. 제 친구가 통역사를 통해서라도 고해를 해야 하나요?"

"흠." 앵윈 신부가 말했다. 그는 생각했다. 그가 이 교구에 처음 왔을 때만 해도 페더호턴 주민들의 사투리가 심해서 못 알아들은 적이 잦았지만, 외국인이 직접 고해를 하러 와 곤란을 겪은 적은 없었다. "음," 그가 마침내 말문을 열었다. "그 친구가 어떻게 해야 하는지 아십니까? 일단 사전을 하나 구해야 합니다. 독영 사전으로요. 그리고 그가 지은 죄를 지칭하는 영어 단어를 찾아야 합니다. 각각의 죄를 지은 횟수에 대해서는, 음, 영어로 숫자는 빨리 배울 수 있겠죠. 그걸 적은 메모를 고해실에서 사제에게 줄 수도 있어요. 물론," 그가 덧붙였다. "미리 사제에게 귀띔을 해 놓는 편이 더 좋을 겁니다. 나라면 고해를 들으러 왔는데 모르는 외국인이 칸막이 사이로 종이를 내미는 상황과 마주치고 싶지 않을 것 같으니까요."

"그러면 통역보다 그 편이 더 낫다는 말씀이신가요, 신부님?"

"통역의 도움을 배제하지는 않겠습니다. 꼭 필요하다면야. 아무리 좋은 조건에서도 의사소통이란 어려운 법이니까요, 그렇죠?" 그가 잠시 입을 다물었다. "누구도 필요 이상으로 오랫동안 죄를 지은 상태로 다녀서는 안 됩니다. 특히나 자신에게 낯선 곳에 있는 사람이라면 더욱. 그 사람이 여행 중이라면 항상 사고의 위험이 있으니까요."

"그럼 통역을 이용한다면, 그 통역도 고해로 들은 내용을 발설하면 안 되겠군요."

"당연하죠." 다시 짧은 침묵이 이어졌다. 앵원이 말했다. "오늘 또 할 이야기가 있습니까? 자신에 대해서 할 말은 없나요?"

"없습니다, 신부님."

"자매님은 여전히 자신의 문제로 고심 중이군요. 죄를 저지르고 싶은 유혹. 혹시 그 유혹은 지나갔나요?"

"아뇨. 설령 있다 해도──"

ㄱ가 끼어들었다. "자매님을 위해 기도하고 있습니다."

그는 칸막이와 커튼 너머에서 새어 들어온 그녀의 숨소리를 들었다. 마치 울음을 터뜨리기라도 한 듯 숨소리에 섞여 딸꾹질 소리가 들렸다. "질문이 더 있나요?"

"오, 그럼요, 많아요."

이 자매는 미리 써 온 걸 읽고 있구나. 그가 생각했다.

"어떤 의사가 인간의 뼈를 가지고 있어요. 예전에 의학을 공부하던 시절에 구한 거죠. 그 사람은 그 뼈를 없애고 싶어 해요. 신교의 나라에서 공부를 하던 시절에 그 뼈를 손에 넣었거든요."

"또 독일인가요?"

그녀가 말을 멈췄다. 그의 질문이 일순 그녀의 말문을 막았다. 그는 끼어들 뜻은 없었다. "계속하세요."

"그 사람은 그 뼈를 어디에 묻어야 할까요?"

"신교도의 뼈 말인가요?" 신부가 되물었다. "저도 모르겠군요."

"아일랜드에는," 그녀가 소심하게 말문을 뗐다. "특수한 부지가 있어요. 대형 병원에 있는네, 수술 중에 제거한 신체 일부를 매장하는 곳이죠."

"이곳에도 비슷한 제도가 있을 겁니다."

"그 뼈가 병원에 쓸모가 있다면 기증을 해도 될까요?"

이 자매는 답변을 종이에 이미 적어 뒀어. 질문을 적어 뒀듯이. 그는 이렇게 생각했다. "안 될 이유가 없죠."

"어쨌든 그 친구는 그 뼈를 경건하게 대해야 하죠, 그렇죠? 꼭 기억해야 해요. 그 뼈들은 원래 살아 있는 육신의 일부였고, 더불어 그 육신은 정신의 사원이었다는 걸요. 설령 그 육신이 신교도였다고 해도요. 아마도 그렇겠지만요."

"다시 말하지만," 앵원 신부가 말했다. "교구에서 장례식을 치른다면, 내 말은 일반적인 장례식처럼, 노인의 장례식처럼 말입니다……. 그리고 친족이 납득해 줄 수 있다면…… 그렇게 안식을 취하게 하는 편이 좋을 것 같군요."

"가톨릭 묘지에 개신교 뼈를 묻는 일이니까……" 그녀는 잠시 생각에 잠겼다. "친족에게는 아무 말도 하지 말죠." 그녀가 말했다. "저라면 그렇게 할 거예요. 사람들이 어떤지 아시잖아요. 그 뼈가 얼마나 오래되었건 사람들은 개의치 않을 거예요. 그리고 똑같이 입방아를 찧어 대겠죠. 그러니까 조문객들이 수군대건 말건 얼른 처리해 버려야 해요. 이런 일은 그렇게 처리하는 거죠. 불필요한 소란과 불안을 유발할 필요도 없고 뭐라도 되는 듯 구는 사람들에게 아무 말이나 할 기회를 줄 필요도 없어요."

"내가 아는 의사입니까?"

"오, 아닙니다, 신부님."

"생각해 보니…… 내게도 그런 묘지가 있군요, 말하자면 말이죠." 내가 토비아의 아버지[69] 같군. 그가 생각했다. "매장이라면 지긋지긋해요."

그녀가 말했다. "제 이야기는 가상의 경우였어요."

"그래요. 물론 그렇겠죠. 더 없습니까?"

그는 참회자가 가까이 다가오는 것을 느꼈다. 그녀가 장궤대에서 앞으로 움직여 신부의 얼굴에서 몇 센티미터 떨어진 곳까지 얼굴을 쑥 내밀었다.

"가령 제가 물에 빠진 사람을 구할 수 있다고 해 볼 게요. 그런데 그럴 용기가 없다면요? 그렇다면 그 사람의 가족에게 끼친 손실을 보상하는 것이 정당한가요?"

"손실을 보상한다고요? 음, 그런 걸 어떻게 하신다는 거죠?"

"그 가족의 형편이 몹시 힘들어질 것 같아요. 그렇게 남겨졌으니까요. 경제적으로요. 살림살이가 몹시 쪼들리게 되겠죠. 그사람은 아마 가장이었을 거예요. 제가 그 사람을 구할 수 있었다는 점을 생각하면 — 제가 보상을 해야 할까요, 그렇게 생각하세요? 반드시 그래야 할까요?"

"사법적 측면에서는 아닙니다. 자비심이라는 측면에서 생각하면 아마도 그렇겠죠."

지금 우리가 사는 세상이 이렇지. 신부는 생각했다. 집들이 불타고, 사람이 익사하고, 타인의 유골이 돌아다니고. 여린 양심

---

69 가톨릭 성서의 토비트서에 나오는 토비아의 아버지 토비트를 가리킨다. 그는 고향 땅에서 유배되어 살아가던 중 유대인 동족을 몰래 매장해 주었다가 전 재산을 몰수당하고 두 눈의 시력까지 잃었다.

플러드　　　　　　　　　　　　　　　　　　　**185**

에 온갖 불합리와 고통이 가해지고, 그 양심은 무엇보다도 다정한 근심을 말하지 못하고.

"그 정도면 충분하다고 생각합니다." 신부가 말했다. "가상의 경우라면요."

"만약……" 그녀가 말문을 뗐다. "만약 어떤 죄악을 떠올리면, 결국 하지 않기로 하더라도, 실제로 그 죄를 범한 것만큼 나쁘다고 생각하시나요?"

"그럴 수도 있죠. 좀 더 자세히 이야기를 들어야겠습니다."

"가령, 어떤 사람이 어떤 생각을 품기 시작했는데…… 그때만 해도 그 생각이 나쁘다는 걸 몰랐다면요? 처음에는 꽤 상식적이고, 용인할 만한 생각이었는데 어느새 이상한 방향으로 가고 있다는 걸 느끼게 되었다면 어떤가요?"

"당장 그 생각을 멈춰야겠죠."

"하지만 생각을 멈출 수는 없잖아요. 신부님은 그러실 수 있나요? 정말로요?"

"훌륭한 가톨릭교도라면 할 수 있지요."

"어떻게요?"

"기도죠."

"기도가 생각을 머리에서 몰아내나요?"

"자꾸 해 봐야죠."

"저는 모르겠어요." 그녀가 말했다. "지금까지 제 경험으로 보자면, 기도를 할 수는 있지만 그 기도문 아래로 생각이 마구 돌아다녔어요. 지하에 매설한 전선처럼요."

"그렇다면 기도를 제대로 하지 않으시는 거예요."

"노력했어요."

"노력으로 충분하지 않죠." 그는 본심을 드러내며 하고 싶은 말을 거의 뱉을 뻔했다. 수련 기간에 배운 것을 떠올리세요. 할 수 있는 일을 평범히 잘 해내는 걸로는 부족합니다. 완벽을 기해야 합니다.

"그건 불가능해요, 그렇죠?" 그녀가 말했다. "처음에는 무지할 수 있어요. 하지만 눈을 감고 귀를 틀어막고 머리를 텅 비운 채 계속 지낼 수는 없어요. 일단 눈으로 보고 귀로 듣고 머리로 생각을 하기 시작하면…… 그 결과가 다른 결과로 이어지죠."

"오, 그래요." 신부가 말했다. "그렇죠."

앵윈 신부는 참회자가 고해실을 나서자 그녀가 성당 밖으로 나갈 때까지 잠시 머물렀다. 그러고는 성호를 그었다. 이런 행동은 그저 오래된 습관일 뿐 그는 성호를 긋는 데서 어떤 의미도 보지 못했으며, 십자가를 믿지도 않았고 스스로 구원을 받았다고도 믿지 않았다. 이윽고 그는 살며시 일어나 고해실에서 나왔다. 그때 모퉁이를 확 돌아 포치로 들어가는 것의 정체는 뎀프시의 주름 스커트였다.

"애그니스." 그가 놀란 듯 신성 모독적일 만큼 큰 소리로 가정부를 불렀다. "여기서 뭘 하는 거예요?"

미스 뎀프시는 손가락을 성수반에 담근 채 그대로 얼어붙었다. 신부는 중앙 통로를 성큼성큼 걸어 그녀에게 다가갔다.

"기도를 하러 왔죠, 신부님." 그녀의 음성은 평온했다. 그러나 그녀의 얼굴은 다른 이야기를 했다.

"그렇군요. 대낮치고는 이례적으로 신심이 흘러넘치는군요. 무슨 기도를 하고 있었나요? 특별히 청원하는 게 있나요?"

있다마다요. 그녀는 속으로 생각했다. 우리 교구에서 조만간 신나는 추문이 터질 거예요 — 왜냐면 여기도 이제 갈아엎을 때가 되었으니까요. "이단 억제와 교회의 승리, 기독교 국가들의 화합을 위해 기도 드리고 있어요." 그녀가 대답했다.

마리아의 아이들 안내서에 이런 식으로 그리고 정기적으로 기도를 해야 한다고 쓰여 있었기에 앵원 신부는 아무 말도 할 수 없었다.

그날 저녁, 날은 더 추워졌다. 잉글랜드의 가을의 심장으로부터 불어온 바람이 황무지에 휘몰아쳤다. 바다의 숨결이 실리지 않은 바람에는 대신 고지대의 궁핍과 죽음이 배어 있었다. 어둠은 마치 저 위 교회가 있는 높은 곳에서부터 부풀어 올라 마찻길을 타고 굴러 온 듯 일찌감치 찾아왔다. 아이들의 등을 서둘러 밀어 댄 밤의 양탄자는 처치 스트리트를 따라 마을로 들어가 채플 스트리트와 백 레인의 불 밝힌 민가로 들어갔다. 마지막 남은 아이들마저 모두 교문을 나서자 수녀들은 쇠 열쇠로 문을 잠그고 안토니오 수녀가 그들을 위해 차려 놓은 차와 빵과 마가린을 향해 모두 발걸음을 재촉했다.

그날 밤 마가린은 그 안에 다른 재료가 들어간 것처럼 톡 쏘는 듯한 독특한 맛이 났다 — 요즘 안토니오 수녀가 멍하니 넋이 나가 있으며 근시인 데다 어떤 사람들의 믿음처럼 악의를 품고 있으므로 이상한 재료가 섞이는 일은 당연히 있을 법했다. 그들은 '규율'에 따라 침묵 속에서 식사를 했다. 그렇지만 나중에는 그 마가린에 대해서 할 말이 산더미일 것이다. 폴리카르포와 이그나티우스 로욜라, 치릴로 수녀의 얼굴은 날 선 말을 꾹 누르느라고 애쓰느라 마구 일그러졌다. 빠진 이처럼 불평이 입안을 굴러 다녔다.

다음으로는 그날의 마지막 식사로 수프가 나올 것이다. 필로메나는 벌써부터 그 수프의 냄새가 나는 것 같았다. 그녀는 식탁에서 자기 자리에 앉아 있는 자신의 모습을 그려 보았다. 자리는 누군가 오거나 가지 — 혹은 좀 더 가능성이 크게는, 죽지 — 않으면 절대 바뀔 일이 없었다. 조만간 저녁 일과를 마치고 그 자리에 다시 앉겠지. 그녀는 생각했다. 수녀원 예배당에서 치릴로 수녀 바로 뒤 딱딱한 장궤대에서 '고통의 신비'부터 시작해 잡다한 여러 기도를 올린 후. 매일 밤 진행하는 '양심 성찰'과 십자 성호 후 부엌으로 가서 안토니오 수녀님을 도와 드리고 내 몫의 성난 얼굴과 비난을 그러모으겠지. 커다란 푸른 앞치마를 걸치고 들어가 커다란 그릇과 국자를 들고 나올 거야. 팔꿈치가 옆으로 튀어나오도록 그릇을 든 채 식당으로 난 복도를 따라가면 늘 그렇듯 찬 바람에 창문이 달그락거릴 테고. "주님, 은혜로이 내려 주신 이 음식과 저희에게……." 그릇마다 옆쪽으로 금속 국자가 닿아 작게 달그락거리는 소리. 입을 향해 숟가락을 들었다. 그녀는 회색에, 거품이 떠 있고, 소금을 과하게 쳤고, 채소 조각(이거나 껍질)이 푹 잠겨 있는 수프를 맛보았다.

옆구리에서 격렬한 통증이 느껴져 하마터면 식당 의자에서 떨어질 뻔했다. 그녀는 터져 나오는 신음을 억눌렀다. 페르페투아가 막 알아차린 잘못에 또 다른 잘못을 더할 이유가 없으니까. 통증의 원인은 이번에도 딱딱하고 잔인한 검지였다. 그 검지는 그녀의 얼굴에서 그 표정을 지우라고 말했다. 필로메나 수녀는 자신의 얼굴에 어떤 표정이 떠 있을지 잘 알았다. 퍼핏이 개인적인 모욕으로 받아들인 백일몽에 빠진 멍한 표정이었을 것이다. 순간 마음을 비움으로써 그녀는 하루를 잘 개어서 상자에 넣어 버리듯, 마가린 바른 빵 식사와 수프 식사 사이에 있는 모든 시간을 짧게 줄인 듯 보이지 않게 치워 버렸다.

그렇지만 시간이 어떻든 무슨 상관일까? 평범한 세상에서 시간이 평범한 속도로 흐른대도 그녀는 언제나 같은 자리, 같은 숟가락, 같은 감각, 같은 시고 짠 맛에 당도할 것이다. 그녀의 인생은 길고긴 하루로 축소되어 잠을 깨우러 온 자의 도미누스 보비스쿰으로 시작해 자신의 작은 방에 걸린 십자가 앞 리놀륨 바닥에 한기가 든 무릎을 꿇고 앉아 바치는 개인적인 기도로 끝날 것이다. 지금부터 늘 똑같은 날이 이어진다면, 왜 그날들을 다 살아야 할까? 차라리 그 매일을 다 생략해 버리고 앞으로 올 사십 년을 단 일 분에 살면 되지 않을까? 그녀는 마치 식탁의 나뭇결을 살피기라도 하듯 고개를 숙였다. 나는 인간으로서 최악의 상태까지 가 봤어. 그녀가 생각했다. 미래가 전혀 궁금하지 않아. 내 미래가 어떨지 아니까. '규율'이 내게 정해 놓은 미래. 그녀는 고개를 들어 페르페투아를 보았다. 시야는 흐릿해졌지만 그녀의 눈은 여전히 앞에 올 것을 바라보았다. 그리고 처음으로 어떤 생각이 뇌를 스쳤다. 내 미래를 좌지우지하려는 사람이 내 미래를 훔치는 사람이야.

미래라는 것이 예측 가능하다는 것은 그것이 계획되어 있다는 뜻일까? 미래를 예측할 수 있다면 전혀 통제할 수 없다는 말이잖아? 이 이야기는 잘 알려진 주제지. 그녀는 넌더리를 내며 생각했다. 신학생이 고민할 내용이지. 내 의지는 자유로운가? 그때 밖에서 몰아치던 바람이 뚝 멎었다. 남은 차를 홀짝이던 수녀들이 고개를 들어 식탁 너머로 서로를 바라보았다. 마치 갑작스러운 정적 속에서 그들은 목소리를 알아차린 것 같았다. 경솔하게 툭 튀어나온 목소리를. 기대감이 차오르는 순간이었다. 불안이 가미된 기대감. 호기심이 동심원처럼 식탁 위로 퍼져 나갔다. 그때 교단이 허용해 준 머리 위 40와트 전구가 한 번, 두 번, 세 번 깜박거렸다. 그리스도를 세 번 부정한 베드로처럼. 곧 수척한 그림자들이 고개를 숙이고 기도문을 중얼거렸다. 그러더니 화염에 사로잡힌 것처럼 벌떡 일어나 식당에서 나갔다.

두 신부는 저녁을 일찍 든 후였다. 핫포트.[70] 적어도 앵윈 신부는 자신이 무엇을 먹었는지 알았지만 플러드가 무엇을 먹었는지는 오리무중이었다. 이젠 익숙해진 풍경이었다. 음식이 가득 담겨 있다가 다음 순간 텅 비어 있는 접시. 보좌신부 앞에 놓인 식사의 실종을 설명하기에 충분치 않은 시간 동안 이루어진 조심스러운 저작(咀嚼) 활동.

그리고 앵윈 신부는 술병에 남은 위스키의 양이 심각하게

---

70 hotpot. 다진 고기, 양파 등을 섞은 것에 보통 얇게 저민 감자를 덮고 물을 바특하게 부어 익힌 일종의 스튜.

걱정스러웠다. 아무리 많이 마셔도 술이 조금도 줄어드는 것 같지 않았다. 수많은 밤 그는 보좌신부에게 이렇게 말했다. 우리가 같이 마시면 내일이면 새 술을 사야 할 거예요. 하지만 그는 낮이 되면 이 불쾌한 사실을 마음에서 지워 버렸다. 저녁에 다시 보면 언제나 술이 충분히 남은 듯 보였다. 물론 파티를 열 만큼 충분한 양은 아니었다. 상당한 양의 위스키는 아니었다. 그러나 신부에게는 충분했다.

"이곳이 아주 조용해졌어요." 앵원 신부가 보좌신부의 잔에 술을 따르며 말했다.

"바람이 멎었거든요."

"아뇨, 나는 전반적인 이야기를 한 거예요. 신부님이 온 후로 말이에요. 혹시 내게 말하지도 않고 구마 의식을 한 건 아닙니까?"

"그럴 리가요." 플러드가 말했다. "대신 제가 올라가서 홈통 한 곳을 조금 수리한 적은 있습니다. 제가 그런 일에 관심이 있거든요. 네더호턴의 신심 깊은 집에서 사다리를 빌릴 수 있었죠. 홈통에 대해서는 저드 매커보이와 상의를 했고요. 담배 가게 주인치고는 아는 게 상당히 많더군요. 그 사람은 성당을 구조적으로 광범위하게 개축해야 하는 게 아닐지 걱정을 하고 있어요. 그러려면 돈이 상당히 들 거랍니다."

"나는 건물에 금이 가고 물이 새는 건 아무렇지 않아요." 앵원 신부가 말했다. "그런 일은 익숙하니까요. 머리 위에서 누군가 걸어 다니거나 탕탕 치는 소리가 나서 누군가 들어온 것 같은 느낌이 나는 데도 익숙하고요. 아니면 문이 쾅 하고 열렸는데 아무도 들어오는 사람이 없다거나."

"음, 제가 들어왔잖습니까." 플러드가 말했다. "그렇지 않습니까? 마침내 말입니다."

"애그니스는 이곳에 육신이 없는 존재가 가득하다고 생각하는 사람들 가운데 한 명이죠."

"해로운 종류로요?"

"우리야 모르죠. 하지만 애그니스는 악마가 수없이 많다고 믿어요. 그런 점에서 사고방식이 꽤 구식이죠."

"네, 무슨 말씀인지 알겠습니다. '악마'를 현대적으로 느슨하게 논하는 방식도 있죠. 저는 놀랍습니다. 수 세기 동안 유럽에서 가장 뛰어난 지성인들이 악마의 수를 헤아리고 다양한 특징을 찾아내는 데 골몰했던 걸 생각하면요."

"레지널드 스콧일 겁니다. 16세기 말경에 악마의 수가 1400만이라고 했죠. 어느 정도 차이는 있겠지만."

"저는 더 정확하게 말할 수 있습니다." 플러드가 말했다. "그 사람은 1419만 하고도 8580이라고 했죠. 물론 지옥의 여러 왕들과 왕자들은 제외한 결과였습니다. 그저 잔챙이 악마들만 헤아린 숫자였죠."

"하지만 그 당시에는," 앵윈 신부가 말했다. "악마가 모습을 드러내면 사람들은 마법을 걸어 악마를 결박하고 심문을 해서 이름과 번호를 알아냈죠. 그들은 악마마다 전문 분야가 있고 각자의 개성이 독특하다는 사실을 잘 알았습니다."

"성 힐라리오는 악마마다 특유의 악취가 있다고 하셨죠."

"하지만 요즘 사람들은 그저 '사탄'이나 '루시퍼'라고만 하죠. 그런 태도는 작금의 세기에 걸린 저주예요. 과도한 단순화가 대유행하는 풍조 말입니다."

"필로메나 수녀님이 그러시더군요." 플러드가 위스키를 한 모금 마시며 말했다. "어릴 때 악마와 만났다고요. 그리고 그 악마가 저드 매커보이와는 전혀 닮지 않았답니다. 그건 그렇고, 왜 그 사람인가요?"

앵윈 신부는 시선을 피했다. "저드 이야기라면, 아무도 내 의견에 동의하지 않는다는 걸 알아요. 하지만 플러드 신부님, 우리는 이전 시대가 누린 특혜를 누리지 못합니다. 악마들은 좀처럼 모습을 드러내지 않아요. 우리의 시야가 미치는 범위 내에서는 좀처럼 나타나지 않죠. 필로메나 수녀님은 유난히 운이 좋았어요. 그분은 악마를 떠올릴 때면 얼굴을 그려 넣을 수 있을 테니까요."

"신부님도 같은 시도를 해 보셨군요."

"악마는 저마다 얼굴이 있습니다. 늑대의 얼굴이건, 뱀의 얼굴이건, 담배 장수의 얼굴이건 말이죠. 분명히 우리가 알고 알아볼 수 있는 얼굴일 겁니다. 동물이거나 사람이거나 그 둘의 잡종이겠죠. 그 외에 뭘 상상할 수 있겠습니까? 우리가 그 외에 뭘 본 게 있습니까?"

"악마학." 플러드가 다시 한 모금 마시며 말했다. "참기 어려운 주제죠. 난해하면서 그냥 내버려 둘 수가 없어요. 특히 신부님은 더하시겠죠. 이제는 신을 믿지 않으시니까요."

"매커보이가 아니었다면," 앵윈은 다시 시선을 피하며 말했다. "내가 악마라는 개념에 그토록 강력하게 사로잡혀 있는지 몰랐을 겁니다. 내 정신세계가 더 세속적이 되었을지도 모르죠. 이성적인 사람이 되었을지도 모르고요."

"저는 변화를 봐 왔습니다." 플러드가 앵윈 신부의 시선을 좇다가 불을 바라보았다. "8월 낮에 파리가 들끓듯 공기 중에 영이 가득했던 시절이 있었죠. 지금은 공기 중이 텅 비었습니다. 그리고 그 자리에 인간과 그의 관심사만 들어차 있죠."

앵윈 신부는 양손으로 위스키 잔을 감싼 채 음울한 표정으로 웅크리고 앉았다. 병은 변함없이 가득 차 있었다. "나는 병들었답니다." 그가 말했다. "내 영혼은 교수형을, 내 뼈는 죽음을 택할 겁니다."[71]

"신부님." 플러드가 불에서 시선을 떼더니 불안한 듯 신부의 얼굴을 뚫어지라 바라보았다.

"오, 인용이라오." 앵윈이 말했다. "성경 인용이지. 구약. 아무튼 누군가의 책 말입니다."

플러드는 그가 인용한 말을 알아듣지 못한 채 들판을 성큼성큼 걸어가던 필로메나 수녀를 떠올렸다. 그 수녀를 떠올릴 때면 어쩐지 불안이 몽글몽글 피어오르는 것 같았다. 그것도 그의 명치에서 말이다. 지금까지. 그는 혼잣말을 했다. 내게도 인간적인 감정이 있는 줄 몰랐는데. 그는 자신의 잔으로 손을 뻗었다.

"나는 쉬랭 신부와 닮았어요." 앵윈 신부가 말했다.

"죄송합니다. 저는 모르는 분이로군요."

---

71 욥기 7장 15절("견딜 수 없는 이 고통을 당하느니 차라리 숨통이라도 막혔으면 좋겠습니다.")을 변형한 문장.

"루됭에서 악령을 몰아낸 퇴마사 말입니다."[72] 신부는 의자의 팔걸이를 짚으며 몸을 일으켜 세웠다. 플러드는 이 교구에 온 지 얼마 되지 않았지만, 노신부의 동작이 느려지고 얼어붙은 실망감과 슬픔이 가면이 되어 생기 넘치던 얼굴을 덮어 버렸다는 사실을 알아차렸다. 앵원 신부는 그의 말에서든 행동에서든 사제라는 소명의 핵심에 느끼는 환멸을 전혀 드러내지 않은 덕분에 너무나 오랫동안 너무나 훌륭하게 믿음이 온전한 척해 왔다. 그렇지만 내가 이곳에 온 후로 상황은 변했지. 플러드는 이렇게 생각했다. 거짓을 더는 견딜 수 없으니 진실이 터져 나올 거야. 노신부의 심장에서 새로운 조합이 이루어진 것이 분명하다. 한 번도 목격된 적 없는 열정들, 이전에는 절대 형성되지 않았던 관념들. "내가 무슨 말을 하던 중이었죠?" 앵원이 물었다. "아, 그래요, 쉬랭 신부님." 그는 책꽂이로 가더니 책을 한 권 꺼내 책갈피를 끼워 둔 곳을 펼쳤다. "말을 하고 싶을 때 말이 끊어진다. 미사 중에 갑자기 멈춘다. 고해실에서 갑자기 내 죄가 생각나지 않는다. 악마가 내 집에 있는 것처럼 그가 내 안으로 오가는 것을 느낀다. 내가 한번 옮겨 봤어요." 그가 말했다. "자유롭게요." 그는 책을 덮고 책꽂이에 꽂았다. "쉬랭 신부님은 신에 대한 믿음을 모두 잃었어요. 그리고 우울증에 걸렸죠. 그분의 병은 이십 년이나 이어졌습니다. 종국에는 읽을 수도 쓸 수도 없었습니다. 걷지

---

[72] 1632년 9월 말 프랑스 루됭에서 마귀들림 사건이 발생한다. 가톨릭 사제가 마법사로 기소되자 예수회에서는 쉬랭 신부를 파견해 일곱 마귀가 들린 잔 데장주 수녀를 치료하게 했다.

도 못해서 어딜 가든 누군가가 옮겨 주어야 했고요. 그분은 자신의 팔을 들어 옷매무새를 매만질 힘도 없었죠. 간병하던 이들은 그분을 구타했어요. 점점 늙고 온몸이 마비된 채 미쳐 버렸습니다."

"하지만 그분은 치유되었습니다, 아닌가요? 결국에는 말이죠."

"무엇이 우울감을 치료해 줍니까, 플러드 신부?"

플러드가 대답했다. "행동이죠."

자정이 되자 플러드가 혼자 밖으로 나왔다. 공기는 차갑고 하늘은 청명하고 고요했다. 바짝 마른 반달이 하늘에 걸려 있었다. 상부의 공기는 눈으로 가득 차 있었다. 그해의 첫눈이었다. 그는 자신의 발소리가 들렸다. 그는 손전등 불빛을 자신이 조련 중인 뱀처럼 나무들 사이로 되는대로 비추다가 다시 자신의 옆으로 가져왔다.

차고의 낡은 나무 문들은 제법 썩어 있었다. 페인트를 다시 칠해야겠군. 플러드는 생각했다. 페더호턴의 날씨를 견디려면 목재 방부제도 같이. 어딘가에 열쇠가 있었지만, 플러드는 괜히 열쇠가 어디에 있는지 물어서 자신의 의도를 들키고 싶지 않았다. 그는 뒤로 물러나서 문을 힘껏 걷어찼다.

필로메나 수녀는 침대에 일어나 앉았다 — 전기 충격이라도 받은 것처럼 느닷없이 잠에서 깬 참이었다. 그리고 그녀의 머리털이 — 그나마 남아 있는 것들이 — 목덜미에서 바짝 곤두

섰다. 그녀는 이불을 훌쩍 걷고는 발을 싸늘한 바닥으로 내렸다. 침대에서 일어서자 온몸의 뼈를 뾰족하게 갈아 놓은 것처럼 관절마다 고통이 관통했다.

몸이 망신창이가 되었네. 그녀는 생각했다. 옆구리와 어깨는 최근에 퍼핏에게 맞은 탓에 여전히 아팠다. 그녀는 다락의 작은 창으로 다가가 밖을 내다보았다. 올빼미는 없었다. 야행성 조류도, 폭풍우도, 번개도 없었다. 그녀는 무엇 때문에 자신이 잠을 깼는지 도무지 알 수 없었다. 그녀 방의 창문은 수녀원 안쪽에 있었다. 그 너머로 정신의 삶처럼 늘 거기 있지만 보이지 않는, 잠이 든 황무지가 펼쳐져 있었다. 불현듯 황무지가 떠오르는 바람에 그녀는 몸을 부르르 떨었다. 저 황무지가 만들어지던 날 천국은 얼마나 혼돈이었을까? 무슨 일이든 일어날 수 있어. 필로메나 수녀는 생각했다. 뒷덜미가 또 따끔거렸다. 그녀는 시커먼 우듬지들을 바라보았다. 하지만 그리 오래는 아니었다.

미스 뎀프시는 더듬거리며 뭔가를 찾았다. 자신의 도톰한 면 이불과 무릎을 지나가자 품위 있게 침대 가장자리에 걸쳐 놓은 가운이 손에 잡혔다. 그녀는 가운을 끌어당겼다. 여전히 침대에 앉은 채로 양팔을 가운에 꿰어 넣고는 끈으로 가슴께에서 앞섶을 여몄다. 실내는 평소보다 훨씬 더 추웠다.

자명종을 보니 자정에서 십 분이 지난 시각이었다. 두 분은 아직도 아래층에서 술을 마시며 이야기하시는 중인가? 그녀는 궁금했다. 그래서 내가 깬 건 아닐까? 신부님이 쓰러지셔서?

혹시 쓰러지셨으면 코코아 한 잔을 더 드시고 따끔하게 한 소리를 들으셔야 할 거야. 그 젊은 조무래기 악마는 잠이 아예 필요하지 않은 것 같기도 하고, 눈 붙이는 고작 몇 시간 동안 얼마나 깊이 자는지 우리 두 사람보다 훨씬 더 몸이 개운한가 봐.

미스 뎀프시는 실내화를 신었다. 실내화는 평균적인 페더호턴 풍으로, 담청색에 가장자리에는 인조털이 달려 있었다. 그녀가 복도를 걸어가는 동안 그 신은 아무 소리도 내지 않고 그녀를 계단까지 데려다주었다.

계단 꼭대기에서 그녀는 걸음을 멈추고 귀를 기울였다. 하지만 아무 소리도 나지 않았다. 두런두런 들려올 줄 알았던 말소리도, 앵윈 신부가 의자에 앉은 채 곯아떨어져 코를 골아 대는 소리도 없었다. 문득 이 집에 자신밖에 없다는 느낌이 들었다. 이 느낌만으로도 그녀가 추위와 옷도 제대로 갖추어 입지 않았다는 사실도 아랑곳 않고 문을 열고 밤 속으로 나아가기에 충분했다.

마른 잎이 그의 뺨을 건드렸다. 앵윈 신부는 궁지에 몰린 여우처럼 부들부들 떨면서 서 있었다. 느닷없이 잠에서 깬 신부는 정체를 알 수 없는 뭔가에 이끌려 침대에서 나와 옷을 주섬주섬 찾아 입고는 사제관의 다른 손전등을 챙겨서 한 번에 계단을 두 칸씩 내려왔다. 내가 마비되었다고 말했지. 그가 생각했다. 플러드에게 조만간 사람들이 나를 업고 다녀야 할 거라고 말했어. 어디선가 금속이 돌을 때리는 둔탁한 소리가 들렸다. 이윽고 그 소리는 더 들리지 않았지만, 이번에는 익숙한 쇳소리와 함께 땅 위에 흙이 떨어지는, 조용한 장례식 소리가 들렸다.

아니, 장례식 소리가 아니었다. 땅에 묻는 소리가 아니라 땅에서 파내는 소리였다. 그는 파헤쳐진 땅으로 다가갔다. 그곳은 일전에 고해실에서 필로메나 수녀에게 말했던 개인 묘지로, 그녀가 말한 개신교도의 유골을 매장하라고 제안한 곳이기도 했다.

플러드. 그가 보였다. 우아한 등을 구부리고 있었다. 땅을 파느라고. 아일랜드인처럼 땅을 파는 중이었다. 신부가 지켜보는 줄도 모른 채 보좌신부는 뒤로 한 발 물러났다. 그리고 거리낌 없는 몸짓으로 삽을 가슴까지 들어 흙과 자갈을 왼쪽 어깨 너머로 던졌다.

"하느님 맙소사." 앵윈 신부가 말했다. 서리가 뒤덮인 지면 위를 검은 발로 미끄러지듯 그는 땅을 파고 있는 장소로 다가갔다. 그리고 가져온 손전등으로 구덩이를 비쳤다. "삽으로 쓸 만한 게 또 있을까요?"

8장

　　손전등 몇 개로는 충분하지 않았다. 어떻게 해야 할지 의논을 하던 중 앵윈 신부는 주머니에서 제구 보관실 열쇠를 꺼내 필로메나에게 주었다. "그렇지만 이제 저는 제구 담당이 아닌데요." 그녀가 말했다. "퍼핏이 제게서 그 직을 거뒀어요."

　　"오늘 밤은 여느 밤이 아닙니다. 지금은 특별한 상황이에요. 애그니스, 수녀님과 함께 가세요. 제일 꼭대기 장, 왼쪽을 찾아봐요. 오래된 촛대가 여섯 개 있을 거예요. 장엄 미사에 쓰는 크고 긴 양초를 몇 개 가져와요. 어디 있는지 알죠. 여기 주위로 초를 꽂을 거예요."

　　"가정용 양초가 있는데요." 애그니스가 말했다.

　　"시간을 허비하지 말아요." 신부가 말했다. "어서 다녀와요."

　　성당 입구에서 미스 뎀프시에게 손을 건넨 필리는 이쩐지 자신이 둘 중에서 더 강한 사람이 되어야 한다는 생각이 들었다. 성당으로 들어가는 문은 연기가 지겨워진 배우가 뻔한 연기를 하듯 평소처럼 끼익 소리를 내며 열렸다. 곧장 두 사람은 입을 살짝 벌린 채 암흑을 삼키면서 익숙한 돌바닥을 밟으며 중앙 통로로 서둘러 갔다. 어느 순간 미스 뎀프시가 사라졌다. 그러자 필리는 느닷없이 찾아온 공포가 그녀의 배를 세게 쥐어짜는 것 같았다. 얼른 손을 뻗었지만 허공만 잡힐 뿐이었다. 그런데 그 순간 가정부는 그냥 무릎만 꿇은 것이었다. 그녀는 얼른 일어나며 작게 사과했다. 두 사람은 더 바짝 붙어서 살금살금 걸었다.

제구 보관실에 들어가자 두 사람은 핵심만 간단하게 말했다. 필리는 궤 위에 올라가 장을 열어 신부가 말한 것을 찾아냈다. 그녀는 촛대를 하나씩 애그니스에게 건넸고, 애그니스는 그것들을 가슴에 꼭 안고 한쪽 무릎을 올려 들썩거렸다. 필리는 궤에서 훌쩍 뛰어내린 후 상자에 보관된 매끄러운 밀랍의 둥근 부분을 손끝으로 훑으며 양초 여섯 개를 골랐다.

두 사람이 돌아와 보니 플러드 신부는 삽에 기대 있었다. 앵윈 신부는 정령처럼 땅바닥에 다리를 꼬고 앉아 있었다. "피아트 룩스.[73] 비켜 보세요, 신부님."

필로메나는 플러드가 파 놓은 구덩이 가에 무릎을 꿇고 앉아 흙이 물이어서 그 속에 아기를 씻기려는 사람처럼 시험 삼아 손가락 하나로 땅을 찔렀다. 단단하지 않은 표면과 달리 아래쪽의 흙은 무겁고 꽉 뭉쳐 있었다. 그녀는 손가락 쪽으로 뭔가가 움직이는 느낌을 받았다. 벌레일지 몰랐다. "어머나." 그녀는 이렇게만 말하며 손가락을 얼른 뺐다. 수녀원 응접실에서 받은 교

---

73 Fiat lux. '빛이 생겨라!' 창세기 1장 3절.

육의 효과였다. "벌레예요." 그녀가 말했다.

"놀라게 하지 마세요." 앵원 신부가 말했다.

플러드가 말했다. "우리는 뱀에게서 악마를 보지요. 벌레에게서 뱀을 보고요. 악마는 우리가 흔히 겪은 일 안에 있는 것들입니다."

필로메나가 시선을 들었다. 주위가 너무 어두워서 그의 눈빛을 알아보기 힘들었지만, 그럼에도 어딘지 회의적으로 빛나는 그의 눈을 본 것 같은 기분이 들었다. 애그니스 뎀프시가 말했다. "벌레라면 어디에서 와서 어디로 가는지 우리는 다 알죠."

잠시 침묵이 찾아왔다. 그들은 묘지를 바라보았다. 촛불이 병에서 빠져나오는 정령처럼 두 배로 커지고 구부려지며 펄럭거렸다. 그들의 눈은 촛불에 슬슬 적응하기 시작했다. 그러나 그들은 차라리 계속 어둡기를 바랐다. 그 정도의 불빛에도 두 신부와 수녀, 가정부는 서로의 얼굴에 비친 자신의 불안을 엿볼 수 있었기 때문이다.

필리의 손에 딱딱하고 얇은 것, 단단하고 날카로운 것이 닿았다. "됐어요, 다 하셨어요, 플러드 신부님." 그녀가 말했다. "다 팠어요. 전혀 깊이 묻혀 있지도 않았네요."

앵원 신부는 말없이 수녀 옆에 무릎을 꿇고 앉았다. 그녀는 신부의 숨결을 보았다. 허공에 그의 숨결이 연기로 만들어진 깃털처럼 떠돌았다. 저 위의 눈은 너무 단단하고 차가워서 떨어지지 못했다. 누가 그 밤의 하늘을 잡고 흔든다면 눈송이들이 요람 속 모빌처럼 달그락거렸을 것이다. 신부는 한 손으로 몸을 지탱한 채 몸을 숙여 다른 손을 얇은 구덩이로 집어넣었다. "나도 만져져요." 그가 말했다. "플러드 신부님, 만져져요. 애그니스, 만져진다고요. 이건 성 체칠리아의 휴대용 풍금 같아요."

"삽으로 흙을 살살 걷어 보죠." 플러드가 말했다.

"아뇨, 아니에요. 그러다가 망가뜨릴지 몰라요." 앵윈 신부는 웅크린 채 흙 아래 누워 있는 것을 양손으로 두드리고 만져 보았다.

"삽을 쓰지 않으면," 애그니스가 말문을 열었다. "동이 틀 때까지 다 파내지 못할 거예요."

"미스 뎀프시, 날이 추운데 너무 얇게 입고 나오셨군요." 플러드가 말했다. "너무 갑자기 오시는 바람에 미처 알아차리지 못했어요. 일단 돌아가서 더 따뜻하게 입고 오시면 어떨까요?"

"고마워요, 신부님." 애그니스가 말했다. 그녀는 어둠 속에서 몰래 얼굴을 붉혔다. "안에 따뜻한 플란넬 가운을 입고 있어요." 그녀는 몸이 부들부들 떨렸다. 그렇지만 자리를 뜰 수는 없었다.

적어도 필로메나는 옷을 다 갖춰 입었다. 창가에서 몸을 돌렸을 때 그녀는 흥분과 두려움이 솟아오르기 시작하더니 금방이라도 터질 것만 같았다. 그러나 두툼한 울 스타킹을 신고 속바지를 끌어 올려야 했다. 쿵쿵 뛰는 심장을 품고서 교단이 미리 정해 놓은 세 벌의 페티코트를 탁탁 털어 허리에 두르고 띠와 끈으로 조르고 묶었다. 두 볼이 점점 달아오르는 가운데 튼튼하고 따끔거리는 보디스에 양팔을 꿰고는 떨리는 손으로 목까지 단추를 더듬더듬 채워야 했다. 얼마나 시간이 걸리던지, 그 시간이 얼마나 초조하던지, 그녀를 질식하게 하고 재갈을 물리는 검은 수도복을 끌어 올리는 시간이 얼마나 영원처럼 느껴지던지. 다음으로는 언더 캡을 쓰고 끈으로 조이고 작은 안전핀으로 단단하게 고정을 했다. 여기까지 옷을 입는 동안에도 저 밖 얼어붙은 밤하늘 아래에서 어떤 만남이 기다리고 있는지 한순간도 모르지 않았다. 플러드가 근처에 있다. 그가 가까이에 있다. 아주 가까이에. 그리고 그녀는 이곳에서 빳빳하게 풀을 먹인 하얀 캡을 들고 있다가 언더 캡 위에 쓰고 눈썹 위까지 내리고 이마에 자국이 남을 만큼 쓰라린 부위로 그것이 쏙 맞게 들어가는 것을 느꼈다. 이제 그녀는 베일을 고정하기 위해 기다랗고 곧은 핀을 여러 개 집었다. 그러다 핀을 놓치는 바람에 바닥에 떨어져 소리가 났다 ─ 그랬다, 깊은 밤 수녀원에 내려앉은 정적 속이라면 핀이 떨어져 굴러가는 소리까지 들리니까. 그녀는 얼른 엎드려서 침대 아래 바닥을 손으로 더듬거리고 툭툭 치다 다행히 손가락 사이로 핀을 움켜쥐고 일어섰지만 그만 침대 틀 아래쪽에 뒤통수를 비스듬하게 박았다. 뼈를 치는 쇠. 아프고 반쯤 멍한 상태로 엉금엉금 기어 나온 그녀는 일어나서 핀으로 베일을 고정해 쓰고는 십자가를 낚아채 머리 위로 떨어뜨려 목에 걸고 묵주를 길게 늘어뜨려 흔들리게 한 후 채찍처럼 휙 휘둘러 허리에 휘감았다. 그런 후에 ─ 미래가 한 번의 숨결로 유리창을 부옇게 만든 시간, 그녀를 집어삼키려고 안달하면서 창을 보고 환하게 웃는 미래가 숨 한 번 쉴 만큼의 시간이 흐른 후에 ─ 그녀는 다시 허리를 숙이고 멍한 머리로 구두를 들고 끈을 풀려고 했다. 그녀는 교단이 정해 놓은 신성한 복종과 모든 규칙을 어긴 채 전날 밤 그것을 그대로 벗어 두었다. 잠시 후 그녀는 짜증 섞인 소리를 내며 신을 바닥으로 내팽개치고 끈을 풀지도 않고 억지로 발을 꿰어 넣고 제자리에서 발을 쿵쿵 구르고 폴짝 뛰었다. 손수건을 주머니에 쑤셔 넣었다. 그제야 성호를 긋고 길을 보여 달라는 짧은 기도를 웅얼거린 후 문을 열고 나와 복도를 지나고 계단을 내려와서는 정문을 무시한 채 오른쪽으로 홱 꺾어 복도를 지나 텅 비어 소리가 울리는 부엌으로 들어갔다. 그녀는 감히 불을 켜지 못했지만, 청명한 밤하늘에 뜬 달이 부엌 창문을 밝혀 주었다. 작고 인색한 겨울 달이 선반에 정리해 둔 국자와 그릇, 거꾸로 세운 팬이며 아침 차를 위해 준비해 둔 주전자들을 흐릿하게 비추었다. 그녀는 뒷문의 빗장을 잡아당겼다. 그리고 숨을 죽인 채 빗장을 뺐다. 그녀는 밖으로 나온 후 문을 꼭 닫고 밤 속으로 뛰어들었다.

이제 미스 뎀프시는 한 손으로 필로메나 수녀의 어깨를 짚고 지탱하면서 몸을 앞으로 내밀었다. 그녀는 힘이 들어 툴툴거리면서 무릎을 꿇었다. "제 생각은 달라요, 앵윈 신부님. 이건 휴대용 풍금이 아닌 것 같아요. 이건 성 그레고리오의 교황관 가장자리 같아요."

"제가 살펴보죠." 플러드가 말했다. "아무것도 부수지 않을게요."

"두 분 다 틀렸어요." 필로메나가 말했다. "거기서 만져지는 건 전혀 두껍지 않잖아요. 그건 성 아우구스티누스의 심장을 꿰뚫은 화살이에요."

"일단 플러드 신부님에게 맡기는 게 좋겠군요." 앵윈 신부가 말했다. "두 여인과 나 같은 늙은이, 우리가 더 우월한 힘에 대항

해 뭘 할 수 있겠소? 자, 확인해 보세요, 신부님."

"옆으로 비키세요, 수녀님." 플러드가 말했다. 일어서서 물러나기 싫었던 그녀는 무릎을 꿇은 채 왼쪽으로 60센티미터쯤 비켰다. 버티고 선 그의 무릎이 수녀의 팔뚝을 스쳤다. 그는 삽날 끝을 잘 맞추었다. 다음 순간 쩍 소리와 쨍그랑 소리가 들렸다. 점토에 부딪히는 쇠의 소리. 그는 성 아가타가 다시 순교하게 하려는 듯 그 동정녀의 머리가 있는 부분 바로 옆으로 날을 조금씩 밀어 넣었다.

"조심하세요, 조심." 애그니스가 양손을 맞잡은 채 말했다. 앵윈 신부는 숨도 못 쉬고 말했다. "차분하게 해요." 하지만 필리는 두 눈을 날에 집중한 채 손과 무릎으로 땅을 짚고 앞으로 움직였다. 그녀는 누구보다도 먼저 보고 싶었다. 무덤에서 부활하는 그 얼굴을 제일 먼저 보고 싶었다.

플러드 신부는 자신이 판 구덩이에 발을 단단히 딛고 섰다. 아마 아가타의 어깨 왼쪽으로 2센티미터 남짓 떨어진 지점인 것 같았다. 그는 성녀의 특정한 부분을 서둘러 밖으로 드러내고 싶은 것처럼 보이지 않았다. 그는 발굴에 치중할 뿐 어디를 먼저 드러낼지 정하지 않았다. 그러나 다음 순간 그녀는 플러드가 성상들을 잘 모른다고 생각했다. 성상 하나하나를 따로 알지는 못한다고. 그는 어느 특정한 성상에 호기심을 품은 게 아니었다. 그가 이 교구에 왔을 때는 성상이 땅에 묻힌 지 한참 후였으니.

"성 히에로니무스." 그녀가 플러드를 향해 속삭였다. 그리고 손으로 가리켰다. "저기. 사자를 파내 주세요."

"일단 일어서 보세요." 그는 잠시 작업을 멈추었지만, 그녀에게 시선을 돌리지는 않은 채로 말했다. "감기에 걸릴 거예요."

"애그니스," 앵원 신부가 불렀다. "우리에게 코코아 한잔씩 타 줄 순 없을까요?"

플러드가 삽날로 살살 흙을 긁어냈다. 놀랄 정도로 하얀 코끝이 드러났다.

"어머나, 그건 안 돼요." 미스 뎀프시가 말했다. "용서하세요, 신부님. 지금은 이곳을 떠날 수가 없어요."

필로메나는 다시 몸을 앞으로 쑥 내밀었다. 그리고 손으로 흙을 파내기 시작했다. 정말 성 아가타였다. 그녀는 점토 광대뼈를 손으로 감쌌다. 꼭 다문 입술을 손가락 하나로 훑었다. 그러고는 페인트로 칠한 눈동자를 만지다 움찔했다.

"손전등을 비춰 주세요, 앵원 신부님." 그녀가 말했다. 얼굴이 보고 싶었다. 마침내 그것을 보자마자 그녀는 이 기간이, 이유예가, 이 매장이 변화를 일으켰다는 사실을 알아차렸다. 그렇지만 그 사실을 남에게 말하지 않았다. 오로지 그녀의 눈에만 보일지 모른다는 데 생각이 미쳤다. 어쨌든 동정녀의 표정이 바뀌어 있었다. 덧없이 달콤했던 표정이 '나도 알 건 다 안다'는 표정으로 변했다. 고집스러웠던 미덕은 유연해졌다. 필로메나는 뭔가를 모의하는 듯한 미소를 지은 채 고개를 들어 얼음장 같은 천국의 둥근 지붕을 올려다보았다.

이윽고 그들은 말이 없어졌다. 한기가 뼛속으로 스며들었다. 1시를 알리는 시계 소리가 들렸다. 어느새 성상의 커다란 윤곽은 드러났지만 그것은 여전히 흙에 묻혀 있었다. 이윽고 성인들이 조금씩 모습을 드러냈다. 팔꿈치 하나, 발 하나, 성 아폴로니아의 펜치. 그들은 말없이 성상을 확인하며 한 분씩 환영했다. 성 히에로니무스와 그의 사자가 모습을 드러내자 필로메나 수녀가 구덩이 안으로 훌쩍 뛰어들었다. 그러자 플러드는 작업을 멈추고 삽에 기댄 채 수녀가 손으로 사자의 얼굴에서 흙을 털어 내도록 기다려 주었다. 그녀는 다른 사람들이 있는 곳으로 다시 올라오려다 발이 미끄러졌다. 앵원 신부가 얼른 팔을 내밀어 그녀를 잡아 주었다 그녀는 바람에 휘청하기라도 한 듯 그의 팔에 무겁게 기대 잠시 매달렸다.

이윽고 플러드가 삽질을 멈추더니 말했다. "들어 보세요. 누가 와요."

"거기 누구인가요?" 미스 템프시가 소리쳤다. 군인의 말투가 느껴졌다. 새로운 방문객은 대답도 다른 말도 없이 다가오더니 앵원 신부의 손전등 불빛에 잠시 토끼처럼 굳었다. 토끼라고 하기엔 그 표정이 너무 의기양양하고, 너무 차분했지만. 잠시 후 그는 자신의 손전등을 꺼내 신부의 눈을 향해 들었다.

"접니다. 저드 매커보이."

"좋은 아침이네, 저드." 앵원 신부가 말했다. "이 시간에 여기서 뭘 하나? 물어봐도 되겠나?"

"페더호턴으로 내려왔죠." 저드가 대답했다. "콩 한 양푼 좀 구하려고요."

"그래서 그게 거기 있군."

"네, 생선도요. 신문지 안에 있습니다."

"이 시간까지 문을 연 가게가 있는 줄 몰랐군.,"

"요즘은 아주 늦은 시각까지 생선을 튀기죠. 배가 출출해 내려온 윗동네 사람들을 상대로 장사를 하려고요. 우리 윗동네 사람들은 절대 일찍 잠자리에 들지 않거든요. 밤이 긴 시기에는 밤 시간을 쏠쏠하게 이용하는 거죠."

"자네는 확실히 아니로군, 저드." 앵원 신부가 묘지 건너편의 저드를 마주 보았다. "확실히 자네, 성당 청년회의 기둥인 자네는 청년회 의례에 참석하지 않나?"

"오, 신부님이 저를 어떻게 생각하시는지 다 압니다." 저드의 어조가 경박하게 들렸다. "저를 못난 놈으로 만들고 싶으신 것처럼 말씀하시는군요. 그렇지만 제가 '우리'라고 한 사람들은 제 이웃들을 말하는 겁니다. 네더호턴 사람들을 말하는 거라고요. 단지 표현을 그렇게 한 거죠. 제 생선 좀 드시겠습니까?"

"거기 조심하게." 앵원 신부가 말했다. "하마터면 암브로시우스 성인을 밟을 뻔했으니까."

그가 아래를 보았다. "그러네요." 담배 장수는 밤에 나다니는 습관이 있다고 앵원 신부가 짐작할 만큼 섬세하면서도 자신만만한 발걸음으로 구덩이를 요리조리 빠져나왔다. "이곳에 좀 더 일찍 왔으면 좋았을 텐데. 샛길로 오면 제 집에서 그리 먼 거리도 아니거든요. 알았으면 제 삽을 가져왔을 거예요. 플러드 신부님이 작업을 다 해 놓으셨네요."

"자네는 왜 삽이 있나, 저드? 정원도 없는데."

"잊으셨습니까, 신부님? 저는 시민 농장 보유자 가운데 한 명이었습니다. 예전에요."

"그랬나? 그런데 왜 야만적인 동포를 감화하지 못했나? 서

리꾼들이 범죄와 폭력으로 점철된 경력을 단념하도록 설득했으면 얼마나 좋았겠나?"

"오, 저는 누구에게 하지 말라고 설득하는 사람이 아니거든요." 저드가 말했다. "반대로 뭘 하라고 하지도 않죠. 천성적으로 그냥 구경꾼이니까요. 가령 지금 이 일 말입니다. 이렇게 은밀하고 사적인 일에 저는 절대적으로 무심합니다. 신부님은 제게 의견을 묻지 않으셨고 저도 의견을 드리지 않았죠. 무슨 짓을 해도 저는 제 생각을 밝히지 않을 겁니다. 세상의 구경꾼들 중 한 명이니까요."

네놈이 악마라는 걸 알아. 앵원 신부가 생각했다. 자고로 구경꾼은 악마의 족속이니까.

"그런 말이 있어요." 애그니스가 소심하게 끼어들었다. "경기를 처음부터 끝까지 보는 건 구경꾼이라고."

"정말 그래요." 저드가 맞장구를 쳤다. "미스 뎀프시, 제 생선 맛 좀 보시겠습니까?" 그는 이렇게 말하며 신문지를 펼쳤다. 군침 도는 냄새가 흘러나왔다.

"음, 침이 꼴깍 넘어가네요." 미스 뎀프시가 말했다.

"필로메나 수녀님." 저드가 유혹하듯 수녀를 불렀다. "이 생선은 양이 얼마 되지도 않아서 이 정도로는 수녀님 교단의 계율을 어기지 못할 겁니다."

"저도 배가 고파요." 필리가 대답했다.

매커보이가 꾸러미를 내밀었다. 앵원 신부가 생선 살 한 조각을 먹었다. 플러드 신부가 살점 한두 조각을 집으면서 생선은 순식간에 사라졌다. 차갑게 식었지만, 맛은 좋았다. "그나저나,"

앵윈 신부가 말문을 뗐다. "이 생선을 튀긴 기름이 라드인지 고기 요리에서 나온 것인지 궁금하군." 그가 호기심이 역력한 눈빛으로 필로메나 수녀를 보았다. 그녀는 신부의 시선을 피했다. 기세가 오른 신부는 적과 함께 적의 음식으로 이렇게 배를 채우니 왠지 즐거웠다. "각자 생선 한 마리씩 먹으면 좋으련만." 그는 또 이렇게 말했다. 다시 그의 눈빛이 호기심으로 빛났지만, 시선이 향한 곳은 플러드 신부였다. 그는 보좌신부가 분량을 늘리는 능력이 있는지 궁금했다. 어쨌든 선례가 있지 않은가. 그런 신부의 속셈을 아는지 모르는지, 플러드 신부는 그 누구보다 생선 살을 적게 받았으면서도 여전히 입을 우물거렸다.

"이제는," 플러드가 말했다. "날이 다 밝을 때까지 기다려야 할 것 같습니다. 밧줄과 무지막지한 힘이 필요하니까요."

"마리아의 아이들." 미스 뎀프시가 곧장 말했다. "내일 우리 모임이 있어요."

"오늘 밤이겠죠." 필리가 말했다.

"우리가 성상을 물로 씻는 작업을 맡을게요. 회장이 그래도 된다고 할 거예요. 작업을 하면서 호칭 기도를 하면 돼요."

"대체 왜 성상을 파묻는 데 동의하셨는지 모르겠어요." 플러드가 말했다.

"주교님을 모르셔서 그래요." 필로메나의 수도복이 지면에 쓸렸다. "성상을 야외에 그대로 뒀다면 주교님이 망치를 가져와서 손수 부쉈을 거예요."

"상상력이 너무 과한 것 같아요, 수녀님." 애그니스가 말했다. "게다가 플러드 신부님이 주교님을 모를 리 없잖아요."

"여전히 우리는 주교님을 만족시킬 방안을 찾아야 해요." 앵원이 말했다. "우리가 느닷없이 기세가 오른다고 주교님이 펑 하고 사라질 리 없으니."

"주교님이 성상을 다시 금지하실지 몰라요." 미스 뎀프시가 말했다. "이 밤에 고생한 일이 물거품이 될 수도 있다고요."

"물거품은 아닙니다." 저드가 말했다. "적어도 여러분은 구경꾼은 아니었잖아요. 앵원 신부님께서는 여러분에게서 그 점을 높이 살 겁니다."

애그니스가 앵원 신부의 팔을 살짝 건드렸다. "주교님이 성상을 다시 없애 버리라고 하시면 어쩌죠? 그분에게 맞서나요?"

"여러분이 교파에서 떨어져 나올 수도 있습니다." 플러드 신부가 말했다.

"나도 전에 그런 생각을 했죠." 앵원 신부도 몸에서 흙을 털었다. "하지만 용기가 나지 않았어요."

"플러드 신부님, '여러분'이라고요?" 매커보이가 지적했다. "'우리'라고 하지 않으시네요. 여기서 저희와 함께 오래 머무르지 않겠다는 뜻으로 받아들여도 되나요?"

플러드는 대답하지 않았다. 그는 삽을 어깨에 걸쳤다. "저는 하려고 한 일을 다 끝냈습니다." 그가 대답했다. "미스 뎀프시, 따뜻한 음료를 만들어 주시면 좋겠군요. 오븐을 켜서 매커보이 씨에게 콩을 데워 드려도 되겠고요. 맛있게 드실 시간이 훨씬 지났잖아요."

모두 땅에서 얼굴을 들었다. 씻기라고는 없는 피부에 멍한 눈빛으로 눈이 가득 들어선 하늘을 바라보았다. 애그니스는 가운의 앞섶을 더 단단히 여몄다. 그녀는 말없이 앵윈 신부의 팔짱을 꼈고 두 사람은 사제관으로 돌아섰다. 신부가 손전등으로 길을 찾기 위해 발 앞을 비추었다. 담배 가게 주인이 그 뒤를 따랐다.

"저도 가 봐야 해요." 필리가 속삭였다. 시계가 종을 한 번 쳤다. "기상 시간이 5시거든요."

"2시 반이에요. 수녀님들의 잠자리가 네더호턴에 있지는 않겠죠?" 플러드가 한 손을 내밀었다. 그녀는 잠시 망설이다가 내민 손을 맞잡았다.

"밤은 아직 많이 남았어요." 플러드가 말했다.

두 사람은 수녀원을 향해 언덕을 내려갔다. 그들 앞의 단단한 땅은 서리가 내려 은빛으로 빛났다. 그들 뒤로 내버려 둔 초들에서 불이 깜박였다. 두 사람 주위는 은빛 세상이었다. 해와 달의 빛 같은, 이 세상 것이 아닌 수은 같은 빛이 죽은 나뭇가지에서 불꽃을 일으키고, 배수로에서 펄럭거리고, 성당 문 앞의 자갈들 위에서 반짝거렸다. 수녀원의 창문은 빛으로 씻은 듯 환했고, 음울한 돌벽마저 은은하게 빛을 발했다. 비탈 숲 테라스 위로 반딧불이들이 쏜살같이 날아다니는 듯했다.

지금까지 내 인생은 어둠을 헤치고 다닌 여행이었어. 수녀가 생각했다. 그렇지만 지금부터는 새로운 여행이 시작될 거야. 태양 아래를 떠돌겠지. 그 신성하고 생명력 넘치는 빛 속을.

시계가 3시를 알리자 플러드가 수녀의 이마에 ── 하얀 띠가 살을 파고는 부분 바로 아래에 — 짧고 건조하게 입을 맞췄다. 사제가 의식을 행할 때 하는 입맞춤 같다고 필로메나는 생각했다. 그런 생각에 잠겨 눈을 감았다. 플러드가 머리를 숙였다. 그녀는 눈꺼풀 위로 스치는 그의 혀끝을 느꼈다. "필리," 그가 말했다. "알죠? 당신이 뭘 해야 하는지. 그렇죠?"

"네, 여기를 떠나야 한다는 걸 알아요."

"당장 떠나야 한다는 걸 알 거예요."

"몇 년은 걸릴 거예요." 그녀가 대답했다. "동생은 수녀원에서 그대로 쫓겨난 경우예요. 하지만 그때 동생은 수련 수녀였어요. 저는 서원을 드렸어요. 제 처분에 대한 결정은 주교님을 거쳐야 해요. 로마도 거쳐야 하고요."

플러드가 그녀에게서 잠시 몸을 떼고 물러났다. 그의 몸이 떨어지는 순간 그녀는 엄습하는 한기를 느꼈다. 동시에 용기가 썰물처럼 빠져나갔다. 이제 달은 어디에도 없었다. 오로지 미사용 초 한 자루가 그녀가 놓아둔 곳에 덩그러니 있었다. 그녀는 플러드의 라이터로 다시 양초에 불을 붙였다. 그곳에는 시렁에 뒤집어 놓은 프라이팬들도 있었다. 안토니오 수녀님을 도와 박박 문질러 씻곤 하는 프라이팬들. 아침을 기다리는 찻주전자들도 있었다.

플러드가 부엌을 서성거렸다. 돌바닥을 걸었지만 발소리가 나지 않았다. 그녀는 진짜 햇살을 갈망했다. 7월 한낮의 태양을. 그를 똑똑히 쳐다보며 어떻게 생겼는지 알고 싶었다.

"로마까지 갈 필요 없어요."

"지금이 여름이면 좋겠어요." 그녀가 속삭였다.

"내 말 들었나요? 로마까지 갈 필요가 없다고요."

"하지만 가야 해요. 나는 특면(特免)을 받아야 해요. 서류를 보내야 하고요. 오직 바티칸만이 할 수 있어요."

여름이 곧 오겠지. 그녀는 생각했다. 그리고 나는 여전히 이곳에서 답을 기다리고 있을 거야. 누구를 위해 서둘러 그 일을 처리하겠어. 나는 친구도 없는데. 다시 겨울이 오고, 여름이 오고, 또 겨울이 찾아오겠지. 그때가 되면 이 사람은 어디에 있을까?

"당신은 내 말을 이해하지 못했군요." 플러드가 그녀에게 말했다. "당신은 특면을 받아야 한다고 말했죠. 내 말은 당신이 특면을 받을 필요가 없다는 거예요. 당신은 속박되어 있다고 말하지만, 나는 당신은 속박되지 않았다고 말했어요. 무슨 법이 있어 당신을 이곳에 붙잡아 둔다고 여기나요?"

"교회의 법이죠." 그녀는 깜짝 놀라며 대답했다. "오, 아니에요. 그러니까 이건 법률이 아니에요. 세속의 법과는 달라요. 그렇지만 플러드 신부님 —"

"나를 그렇게 부르지 말아요." 그가 말했다. "당신도 진실을 알잖아요."

"— 하지만 플러드 신부님, 나는 파문을 당할 거예요."

플러드가 다시 그녀에게 다가왔다. 양초의 불길이 숨을 쉬는 것처럼 위로 솟았다. 그의 손이 필로메나의 얼굴을 스치고 목덜미로 갔다. 그러더니 베일에서 핀을 뽑기 시작했다.

그녀가 펄쩍 뒤로 물러났다. "이러시면 안 돼요." 그녀가 말했다. "오, 안 돼요. 안 돼요, 이러지 마세요."

그는 잠시 손길을 멈추었다. 뒤로 물러났다. 그의 표정은 어딘지 수상쩍었다. 그는 도무지 피곤한 기색이 없었다. 그의 활력은 눈부셨다. 필로메나는 창가의 움직임을 알아차리고 퍼뜩 고개를 돌렸다. 눈이 내리는 중이었다. 굵은 눈송이가 나풀거리며 내려와 소리도 없이 풀잎을 스쳤다. 그녀는 바깥을 가만히 바라보았다. "바깥은 더 따뜻할 거예요. 눈은 쌓이지 않겠죠. 밤새 다 사라질 거예요."

자신에게 좋은 일은 절대 일어날 리 없다는 걸 알기에 나온 말이었다. 5시에 불안한 선잠에서 퍼뜩 깨어나 창문으로 다가가 밖을 내다보니 새로운 풍경이 펼쳐져 있어 땅 위의 모든 것이 아무도 밟지 않은 눈에 뒤덮이고 시커먼 나무마다 신부의 면사포가 걸려 있을 미래를 하느님은 그녀에게 마련해 주지 않을 것이다. 그럴 리가. 이 눈은 밤이 보여 주는 환상이요, 새벽이 오기 전 찰나의 환영일 것이다. 새벽 5시면 눈도 해도 없을 것이다. 창밖을 내다봐도 유리창에 흐릿하게 비친 자신의 얼굴밖에 보이지 않을 것이다. 자연의 이상 현상으로 새벽이 그렇게 일찌감치 찾아와 봐야, 시커멓고 부풀어 오른 듯한 황무지의 가장자리와 잡힐 듯 가까운 얼기설기한 나뭇가지들, 낙수구 일부, 모이를 찾아 홈통을 통통 뛰어다니는 참새밖에 보이지 않을 것이다. 전날과 다름없는 오래된 세상이 눈에 들어오리라. 그녀가 살아가야만 하는 세상. 이제는 못 참을 것 같아. 그녀가 생각했다. 단 하루도. 그녀의 양손이 목으로 스르르 올라가더니 관자놀이와 베일로 향했다. 그리고 다시 뒷덜미로 내려가 핀을 찾기 시작했다.

플러드는 그녀에게서 핀을 하나씩 받아 조리내 가장자리에

한 줄로 가지런히 놓았다. 그는 기다란 손가락을 필로메나의 머리 양쪽으로 가져가 하얀 캡을 들어 올렸다. 이제 그녀의 몸에는 결심을 내리기 위해, 그에게 굴복하기 위해 필요한 기력밖에 없었다. 그녀는 몸에서 기력이 빠져나간 것 같았다. 몸이 차갑고 흐느적거리는 데다 그 무엇에도 저항할 수 없었다. 그는 필로메나의 리넨 캡에서 안전핀을 뽑아 일자 핀들 옆으로 내려놓았다. 깔끔하고 단호한 동작으로 끈을 잡아당겨 풀고 캡을 벗겨 바닥으로 떨어뜨렸다.

"머리가 엉망으로 가지를 친 산울타리 같아요." 그가 말했다.

그녀는 맨살이 드러난 목덜미가 붉게 물드는 것만 같았다. "안토니오 수녀님이 잘라 주세요. 한 달에 한 번. 모두를. 퍼핏의 머리도요. 가위는 녹이 슬었어요. 우리에게는 가위가 없어요. 저는 가위 하나만 있으면 좋겠다고 자주 생각했죠. 그건 청빈에 어긋나요."

플러드가 그녀의 머리를 쓰다듬었다. 머리카락은 군데군데 2, 3센티미터밖에 되지 않았으며 삐죽삐죽 자라는 중이었다. 여기저기 손질하지 않은 덩굴손 같은 머리카락이 말려 있고, 탈모로 두피가 드러나 있고, 한 움큼의 머리가 빛과 공기를 차지하려고 위로 자라는 봄의 새순처럼 뻣뻣하게 자라고 있었다. "원래어떤 모습이었나요?" 플러드가 물었다.

"갈색이었어요. 아주 평범한 갈색 머리요. 살짝 곱슬거렸죠."

어둑한 불빛 속이기는 하지만 플러드는 그녀의 생김새가 어느새 변한 것 같아 보였다. 얼굴은 더 작고 부드러운 느낌이 되었다. 두 눈은 주위를 살피듯 휘둥그레 뜬 기색이 사라지고 입술도 파리한 수녀의 느낌이 아니었다. 그녀가 녹아내렸다가 그가 한 번도 만난 적 없는 다른 여자의 모습으로 다시 만들어진 것 같았다. 그는 그녀의 입술에 입을 맞췄다. 이번에는 의식의 느낌이 쏙 빠진 입맞춤이었다.

오전 9시 매커보이가 외바퀴 수레를 가지고 뒷문에 왔다. 애그니스는 그가 문을 두드리는 소리에 깜짝 놀랐다. 그녀는 손에 묻은 식기 세제 거품을 닦고 얼른 뒷문으로 나갔다.

"매커보이 씨. 가게는 누가 보고 있어요?"

담배 장수는 체크무늬 캡을 예의 바르게 벗었다. "친구요." 그가 대답했다.

"밧줄도 챙겨 왔어요?"

"필요한 물건은 다 챙겨 왔죠. 외바퀴 수레가 다루기 편할 것 같더군요."

"사람들에게 다 말했겠죠?"

"지난밤 일들에 대해서는 제 입에서 한마디도 나가지 않았습니다. 어차피 조만간 다 알게 되겠지만요."

"마리아의 아이들에서는 오늘 밤 알게 될 거예요."

"수녀님들은 분명히 더 일찍 알게 될 테고요. 플러드 신부님이 그럴 의지와 재주가 있으면 한두 시간 후에는 성상들 모두를 받침대에 되돌려 놓을 수 있을 거예요." 그가 희미하게 미소를 지었다. "성상을 묻을 때는 도와줄 손이 많았잖아요. 파내는 건 파묻는 것만큼 힘들지 않을 거예요, 그렇죠?"

나는 더 힘들었어요. 미스 뎀프시가 생각했다. "플러드 신부님을 불러올게요." 그녀가 말했다. "평소처럼 미사를 집전하시려고 일어나셨어요. 지금은 차를 드시고 계시고요."

그녀는 매커보이에게 차를 권하는 대신 그를 문가에서 기다리게 했다. 눈은 다 녹고 없었다. 날이 선 추위뿐이었다. 그녀는 부엌으로 가면서 플러드를 불렀다. 그가 응접실을 나오며 문을 쾅 닫더니 매커보이에게 인사하는 소리가 들렸다. 그리고 이내 앞문으로 나서며 외바퀴 수레에 대해 때맞춰 편리한 물건을 가져왔다고 말하는 소리가 이어졌다. 미스 뎀프시는 식료품 저장실에서 먼지떨이를 챙겨 보좌신부가 막 자리를 뜬 응접실로 들어갔다. 그가 매커보이에게로 서둘러 가면서 벽난로 선반에 찻잔을 아무렇게나 둔 터였다. 그녀는 찻잔을 치우려고 손을 뻗다가 달걀처럼 생긴 거울에 비친 자신의 모습을 우연히 보았다. 안색은 시체처럼 창백했고 눈이 벌겋게 충혈되어 있었다. 그런데 사마귀가 사라지고 없었다.

앵원 신부는 고해실에 앉아 있었다. 그는 그곳이 안전하게 느껴졌다. 그는 쇠 살대에 벨벳 커튼을 치고 들어앉아 신도석에서 들리는 쿵 소리며 뭔가를 긁는 소리를 공포에 질려 듣고 있었다. 다음에 주교님이 오시면 여기 숨으면 되겠어. 그는 생각했다. 설마 나를 끌어내기야 하겠어? 토머스 아 베켓과 기사들 이야기에서처럼 내게 폭력을 행사할까?[74]

---

74 캔터베리 대주교 토머스 아 베켓은 헨리 2세의 기사들에게 죽음을 당한 것으

노신부의 기분은 괴로움과 승리감, 공포와 희열을 널뛰듯 넘나들었다. 주교님이 왜 오시겠어? 이런 생각도 들었다. 올해는 견진 성사도 없지. 주교님은 우리 교구민을 좋아하는 척도 안 하잖아. 퍼핏 같은 악랄한 사람이 우리의 반란을 알리지만 않는다면 그 일은 조용히 끝날 거야. 마침맞게 내가 대립 교황[75]이 될지 누가 알겠어.

그는 미스 뎀프시가 주전부리를 가져다주면 좋겠다고 생각했다.

그때 문이 열리면서 부드럽게 끼익 소리가 나자 그는 백일몽에서 퍼뜩 빠져나왔다. "플러드?"

"아닙니다. 그분은 지금 암브로시우스 성상을 세우고 계세요."

"아하. 나의 참회자."

그녀는 사각거리는 옷 소리를 내며 무릎을 꿇었다.

"자매님의 유혹은 어떻게 되었습니까?" 그는 대답을 듣는 게 두려웠다.

"질문이 있습니다." 그녀가 말했다.

"그렇군요. 해 보세요."

"신부님, 건물이 붕괴했다고 가정해 보세요. 그 폐허 속에 사람들이 매몰되어 있어요. 그러면 사제는 그들에게 면죄 선언을

로 유명하다.

75 교회법에 의해 선출된 교황에 대립하여 비합법적으로 교황의 권한을 주장하거나 행사하는 사람.

할 수 있나요?"

"할 수 있을 것 같군요. 조건부로. 만약 구조가 된다면 당연히 일반적인 방식으로 죄를 고백해야겠죠."

"네, 알겠습니다." 침묵. "제게도 면죄 선언을 해 주실 수 있나요?"

"오, 맙소사." 앵윈 신부가 말했다. "자매님은 밤새 집에 들어가지 않았군요. 이제 면죄 선언을 이용할 수 없을 거예요."

미스 뎀프시는 앵윈 신부에게 주전부리를 가져갈 생각을 미처 하지 못했다. 그가 어디에 있는지 몰랐기 때문이다. 그녀는 자신의 방에 앉아서 캐러멜 토피를 먹고 있었다. 일과를 이렇게 내팽개치다니 그녀로서는 더없이 새삼스러운 일이었다. 언제나 광을 내야 할 물건이 있었다. 더 할 일이 떠오르지 않으면 매트리스라도 뒤집을 수 있었다.

그러나 지금 그녀는 먼 곳을 응시하며 조용하게 앉아서 황금색 토피 포장지를 작게 접었다. 때때로 그녀는 매끈해진 입술을 만졌다. 문득 어떤 가사가 떠올랐다.

> 깨끗한 아녜스, 성스러운 아이,
> 순수함의 정수.
> 오 우리가 순결해질 수 있기를
> 그대만큼 순수해지기를…….

평소 습관대로 그녀의 손가락은 순식간에 종이를 꼬아 반지를 만들었다. 그녀는 그 반지를 오른손 엄지와 다른 손가락으로 경건하게 집어 들었다.

> 혼인의 죄를 짓기보다
> 피를 흘릴 준비를 하리라.

그녀는 그 반지를 약지에 꼈다. 반지가 정말 잘 만들어졌네. 그녀는 생각했다. 그녀가 지금껏 만든 반지 중에 최고였다. 함부로 끼고 다니기에는 아까웠다. 그녀는 반지를 빼서 앞치마 주머니에 집어넣었다.

> 혼인의 죄를 짓기보다
> 피를 흘릴 준비를 하리라.
> 그대처럼 죽기 위해
> 순교자가 이끄는 대로 나아가리.

9장

"내게 열쇠가 있어요." 안토니오 수녀가 소곤거렸다. "보통 그분은 열쇠를 절대 내놓지 않으시잖아요. 그런데 오늘 아침에 그분은 그런 걸 신경 쓸 경황이 없었어요. 사마귀가 났거든요." 안토니오 수녀는 얼굴을 톡톡 두드렸다. "여기. 여기, 입술에요. 아주 흉해요. 버섯처럼 지난밤에 쏙 돋았지 뭐예요. 치릴로 수녀님이 이렇게 말할 정도였어요. '페르페투아 원장님, 검사받아 보세요. 제 생각에는 암 같아요.'"

"어머나, 안토니오 수녀님." 필리가 말했다. "저는 어쩌면 좋죠?"

"아무 말 말고 나를 따라서 응접실로 가요." 안토니오 수녀는 베일을 펄럭거리고 팔꿈치를 옆으로 내민 채 어린 양을 이끄는 목양견처럼 앞으로 나섰다. "서둘러요, 어서요. 그분을 여기서 절대 못 내보내는 줄 알았다니까요. 이런 사마귀를 달고 어떻게 교구 방문을 해요? 그분이 그러시는 거예요. 결국에는 내가 백 레인에서 도는 소문을 슬쩍 들려 드렸죠. 하숙인과 눈이 맞은 어떤 여자 이야기요. 그분이 그런 소문을 어떻게 참겠어요? 오후에 교구로 나가서 가정 방문을 하실 거예요."

"4시 반이면 주위가 컴컴할 거예요." 필리가 말했다.

"그때쯤이면 수녀님이 이곳을 나간 뒤일 거예요. 기차를 타고 있을 거라고요."

안토니오 수녀는 필로메나를 재촉해 응접실로 들어간 후 문을 닫고 의자를 받쳐 두었다. 필로메나는 휘둥그레 뜬 눈으로 안토니오 수녀를 보았다.

"여기 옷은 못 입어요. 얼마나 오래된 옷인데요. 저보다 더 나이가 많아요. 제가 태어나기도 전부터 저 궤에 들어가 있었잖아요."

"귀를 믿을 수가 없네." 안토니오 수녀가 말했다. "파문당할까 걱정하는 줄 알았더니 요즘 유행에 어울리는지밖에 안중에 없다니."

"그것만은 아니에요. 그렇지만 사람들이 모두 저를 알아볼 거예요."

"헛소리. 내가 아무도 몰라보게 자매님을 변모시킬 거예요."

"정말 무서운 건 사람들의 이목이 아니에요. 아이들이 길거리에서 저를 알아보고 소리치며 달려올까 무서워요."

"그럼 어떻게 하고 싶어요?" 노수녀가 따져 물었다. "자매님을 데리고 조합 포목전에 가서 새 옷을 맞춰 줄 수는 없어요. 애그니스 뎀프시에게 가서 옷을 빌리든지 훔치든지 할 수 있으면 해 봐요. 그 사람 치마라면 자매님의 허벅지에 딱 맞겠네요. 자매님은 장대같이 크고 애그니스는 땅딸막하게 아담하니까."

안토니오 수녀는 궤 위로 허리를 구부리고 열쇠를 열쇠 구멍에 끼웠다. "열려라, 이 빌어먹을 것아." 그녀가 말했다. "어서 열리라니까, 이 배은망덕한 쇠붙이야." 그녀는 이를 박박 갈며 욕을 해 댔다. 마침내 열쇠가 돌아갔다. 그녀가 뚜껑을 들어 올렸다.

"어디 보자." 그녀가 생각에 잠기며 말했다.

"저를 위해서 이렇게까지 하실 필요는 없어요." 필로메나가 말했다.

"무슨 소리." 안토니오 수녀가 코웃음을 쳤다. "나는 늙은 몸이에요. 그 사람들이 내게 무슨 짓을 하겠어요? 해 봤자 다른 수녀원으로 보내 버리는 정도겠죠. 이곳에서 나갈 수 있다면 오히려 더 좋아요. 배에 태워 아프리카 선교단으로 보낸다고 해도 상관하지 않아요. 퍼핏과 일 년을 더 같이 사느니 나환자 병원에서 사는 게 나으니까."

안토니오 수녀는 궤 안을 마구 뒤지기 시작했다. "오, 애그니스 뎀프시 이야기가 나와서 말인데, 이걸 자매님에게 전해 달라고 했어요." 그녀가 주머니에서 봉투를 하나 꺼냈다. "뭐가 들어 있는지 짐작도 안 돼요. 10실링 지폐면 좋겠는데. 퍼핏에게 경마에서 얼마를 잃었느냐고 핀잔을 듣지 않고 생활비에서 빼서 수녀님에게 챙겨 드릴 수 있는 돈은 반 크라운밖에 되지 않아요."

필로메나는 방학을 맞은 어린아이가 된 것처럼 들떴다. 친척 집에 가려고 옷을 차려입는 것 같기도 했다. 난생처음 집을 떠나는 것이었다.

하지만 다시는 되돌아올 수 없겠지. 그녀는 이런 생각이 들었다. 내가 아는 거라곤 농장과 수녀원, 고향 집밖에 없는데. 오늘 오후가 지나면 세상 어느 수녀원에서도 나를 받아 주지 않을 거야. 농부마저 내게 나가라고 할 테고. 물론 가톨릭교도 농부이겠지만. 친어머니조차 길 건너편에서 내게 침을 뱉을 거야. 캐슬린조차 나와는 말도 하려 들지 않겠지.

그녀는 안토니오 수녀로부터 봉투를 받아 들었다. 흔들자 달그락거리는 듯했다. 실제로 달그락거리지는 않았지만. 그녀는 조심스럽게 봉투를 열었다. 수녀들은 뭐든 낭비하는 법이 없다. 봉투 하나도 가끔은 재활용을 한다.

미스 뎀프시의 반지가 손바닥으로 흘러나왔다.

"오, 그렇군요." 안토니오 수녀가 말했다. "자비롭기도 하지. 자매님은 반지가 필요할 거예요."

"미스 뎀프시가 제정신이 아닌가 봐요." 필로메나 수녀가 대답했다.

필로메나 수녀의 수도복이 응접실 의자에 놓여 있었다 ─ 잘 개어진 채로. 아무래도 그녀는 그것을 아무렇게나 던져 놓아서는 안 될 것 같았다. 안토니오 수녀 앞에서 옷을 벗으며 그녀는 겸손에 반하는 죄를 열몇 가지는 저질렀다고 확신했다. 설령 혼자서 옷을 벗을 때도 제대로 하지 않으면 겸손에 반하는 죄가 될 수 있다. 수녀가 되었을 때 그녀는 종교적인 방식으로 옷을 벗는 법을 배웠다. 리넨 천막 같은 나이트가운을 머리 위로 뒤집어쓰고 낮에 입은 옷은 그 안에서 몸을 씰룩기리며 벗어야 한다. 시프트 원피스를 입은 채 목욕을 하는 법도 배웠는데, 옷을 갈아입을 때와 비슷했다.

"그걸로 뭘 하실 거예요? 제 수도복 말이에요."

"내가 알아서 처분할 거예요."

지금 안토니오 수녀는 필로메나 수녀가 어느 때보다도 가여웠다. 검은 수도복과 여러 겹의 페티코트를 벗은 채 긴 리넨 속바지 차림으로 불도 피우지 않은 응접실에서 벌벌 떨며 서 있으니 익히 알던 소탈한 시골 아가씨는 간데없고 사정 딱한 껑충이처럼 보였다. 양팔을 교차해 가슴을 가렸는데, 그 모습이 그림 같기도 하고 서툴러 보이기도 했다. 어떤 삶이 그녀를 기다리고 있을지는 신만이 아시리라.

"트월핏 아니면 엑셀시오르?" 안토니오 수녀가 물었다.

"오, 안 돼요. 저는 코르셋 못 입어요. 평생 한 번도 안 입어 봤어요."

안토니오 수녀는 화들짝 놀랐다. "요즘 아일랜드에서는 코르셋을 안 입어요?"

"어떻게 대처해야 할지 모르겠어요. 화장실에 가고 싶으면 어떻게 하죠?"

"뭔가 가지고 다녀야 해요, 알죠." 안토니오 수녀가 궤 안을 뒤적거렸다. "이 보디스를 입어 봐요. 어서요. 꾸물거리지 말고."

안토니오 수녀가 아무리 다그쳐도 필로메나는 서둘러야 한다는 사실을 실감하지 못하는 것 같았다. 그녀는 제스처 놀이를 하려고 옷을 입는 것 같았다. "내 실크 콤비네이션을 입어요." 그녀가 말했다. "아니면 그 속바지 차림으로 가든지, 마음대로 해요.” 그녀가 허리를 펴고 똑바로 섰다. “있죠, 아직 돌이킬 수 없이 늦은 건 아니에요. 알죠?” 그녀는 의자 위에 개키어 있는 수도복을 가리켰다. “당장 저 옷을 다시 입고 곧장 앵원 신부님에게 달려가서 용서를 빌어요. 고해를 한 후에 이 모든 일을 다 잊어버려요.”

필리는 고개를 돌려 노수녀를 바라보았다. 그 크고 온화한 눈동자를 가만히 보았다. 그러더니 직접 궤로 몸을 숙였다. 그리고 두 팔로 궤 안을 마구 헤집었다. 이윽고 그녀는 허여 두 팔에 옷을 한 아름 안고 몸을 폈다. “뭐든 좋아요.” 그녀가 말했다. “뭐든 상관없어요. 저는 이제 여기서 머무를 수 없어요. 퍼핏은 알아차릴 거예요. 제 얼굴에서 다 볼 거예요. 그럴 바에야 차라리 서커스의 맹수들에게 잡아먹힌 성 펠리시타처럼 되는 게 나아요.[76]”

마침내 안토니오 수녀는 필로메나에게 옷을 다 입혔다. 푸른색 서지 정장이 제일 좋아 보였다. 가장 따뜻한 옷이었기 때문이다. 이 수녀원에는 코트를 입고 온 사람은 없었던 것 같았다. 치마는 발목까지 내려왔고 가는 허리에 치마폭은 너무 커서 몸을 몇 번이나 휘감았다. 상의는 몸에 걸려 있는 것처럼 보였다.

“날씨가 이렇게 궂지 않으면 좋을 텐데. 내 밀짚모자를 가져가요.” 안토니오 수녀가 말했다. “모자에 달린 푸른색 리본이 정

---

76 성 펠리시타는 초기 순교자로, 신분의 차이가 있었음에도 성 페르페투아와 신잉으로 맺어진 친구 사이였다.

말 사랑스럽답니다. 그 모자를 언제 샀는지 지금도 기억해요. 이곳에 오기 전 여름이었어요." 그녀는 모자를 잠시 들고 밀가루색깔의 통통한 손가락으로 리본의 주름을 폈다. 그러다 갑자기기세 좋게 모자를 함으로 휙 던져 넣었다. 그녀는 라임그린색 고동색 타탄 체크무늬의 까끌까끌한 모직 머릿수건을 꺼냈다. "이거면 몇 겹의 죄를 가릴 수 있을 거예요." 그녀는 이렇게 말했다. 그 머릿수건은 페더호턴 여자들이 쓰는 종류였다. 아마 마리아의 아이 중 누군가 모임 후 실수로 두고 간 것을 수녀원장이 챙겨 놓은 듯했다.

이제 문제는 구두였다. 필리는 잘록한 굽이 달린 맵시 있고 아담한 군청색 구두에 발을 구겨 넣었다. 하지만 억지로 신을 수는 있어도 걷는 건 또 다른 문제였다. 그녀는 응접실에 어정쩡하게 서서 울상을 지었다. "세상에 맙소사." 그녀가 말했다. "하이힐은 한 번도 신어 본 적이 없어요. 어머나, 구두가 내 발을 꼬집는 것 같아요." 그녀가 말을 뚝 멈췄다. "이걸 신고 다니면서 하느님을 위한 고행이라고 해도 되겠어요."

"그건 안 돼요." 안토니오 수녀가 말했다. "더는 안 돼요. 자매님이 이제 고행을 하는 게 무슨 의미가 있어요, 안 그래요?"

필로메나는 의자 등에 매달렸다. "저는 망한 건가요, 안토니오 수녀님?"

"그런 것 같아요." 노수녀가 선선하게 대답했다. "힘내요. 방을 걸어가는 모습을 보여 줘요."

필로메나는 아랫입술을 깨물었다. 그녀는 걷기 시작했다. 서커스의 줄타기 공연자처럼 양팔을 뻗어 균형을 잡으면서.

"아유, 웃겨." 안토니오 수녀는 이렇게 말했지만 정작 웃지는 않았다. "그걸 신고 다니다가는 결국 병원행이겠어요. 학교에 가서 아이들 운동화 한 켤레를 가져올게요."

필로메나가 고개를 끄덕였다. 노수녀의 생각에 일리가 있었다. "양쪽 다르게 챙겨 오세요. 왼짝 두 개 말고요."

"그리고 일 분만 더 기다려 주면 부엌에 들러서 가는 길에 먹을 걸 꾸려서 올게요."

"오, 아니에요, 안토니오 수녀님. 괜찮아요, 괜히 그러지 마세요. 저는 맨체스터까지 가면 돼요."

그러나 안토니오 수녀의 얼굴은 이렇게 말했다. 자매님은 앞으로 인생이 어디로 갈지 모르잖아요? 그걸 생각하면 빵이 조금 퀴퀴해지는 게 대수예요? 파라오를 생각해 봐요. 자신의 묘에 봉인된 영원한 소풍을 즐기고 있잖아요.

"앉아 있어요, 수녀님. 발목을 쉬게 해요."

필리는 고분고분하게 앉았다. 그러자 눈물이 터졌다. 지금까지 잘 참아 왔다. 그러나 나이 지긋한 여성으로부터 '수녀님'이라는 호칭을 듣자마자 감정이 복받쳤다. 이제 다시는 아무도 그녀를 그런 식으로 불러 주지 않으리라.

안토니오는 그런 필로메나를 물끄러미 바라보았다. 그러더니 주머니에 접어서 넣어 둔 깨끗한 손수건을 꺼내 건넸다. "넣어 둬요." 그녀가 말했다. "자매님이 자기 소유의 물건을 가져 본 적 없다는 걸 알아요." 엄밀히 말하면 이 손수건도 안토니오 수녀의 소유물이 아니라는 건 그녀도 알았다. 이 손수건은 공동의 재산으로, 교난에서 그녀에게 개인적이고 일시적으로 사용하게 허락했을 뿐이다. "그건 그렇고," 그녀가 화제를 돌렸다. "이름이 뭐였어요? 종교에 귀의하기 전에?"

필로메나 수녀가 코를 훌쩍거렸다. "로이진," 그녀는 눈가를 훔쳤다. "로이진 오할로란이에요."

안토니오 수녀는 이렇게 당부했었다. 어둠이 내려앉을 때까지 기다리라고. 지금 로이진 오할로란은 시커먼 땅을 달리는 짐승처럼 도망치는 중이었다. 그 순간, 안토니오 수녀가 뒷문으로 그녀를 내보내기 직전 가슴이 터질 것만 같았던 그 순간 ─ 그녀는 출발선에 선 달리기 선수처럼 글래드스턴 가방을 꼭 쥐고 서 있었다 ─ 입구를 향해 다가오는 달그락 소리가 들렸다. 폴리카르포, 치릴로, 이그나티우스 로욜라 수녀였다. 그들이 서둘러 오느라 묵주 알이 서로 부딪혀서 이 가는 소리가 났다.

로이진 오할로란은 달렸다. 마침내 시민 농장이 있던 들판에 도착하자 멈춰서 뒤를 돌아보며 숨을 골랐다. 교회 종이 4시를 알렸다. 그녀는 위층 열린 창문에 그 세 명이 쪼르르 모여 있는 모습을 보았다. 그녀는 관목 덤불, 고여 있는 물 웅덩이로 줄어들고 싶었다. 다음 순간 그녀의 눈에 그들이 손수건을 흔드는 모습이 보였다. 손을 위아래로 흔드는 모습이 묘할 정도로 차분했고 의례를 행하는 것처럼 보였다.

로이진 오할로란은 완전히 돌아섰다. 양손으로 짐 가방을 앞에 든 채 괴상한 옷을 입은 비쩍 마르고 볼품없는 모습으로. 그녀는 눈을 들어 수녀원 건물을 보았다. 그곳의 작은 창문들이며 연기에 시커멓게 찌든 돌벽을 보았다. 수녀원 너머로 공기 중 습기로 반들거리는 성당의 점판암 벽과 그 위로 눈을 부릅뜬, 테라스 숲도 보였다. 나뭇잎이 뿌리를 뒤덮고 바닥이 미끄러운 북쪽의 정글. 페더호턴의 공장 창문들이 환하게 밝혀져 있었다. 높이 솟은 굴뚝에서 나온 연기가 어두워지는 하늘로 사라졌지만, 공장의 용광로들은 활활 타올라 연말을 음울하고 느릿느릿하게 장식하는 보석처럼 보였다. 그녀는 팔을 들어 흔들었다. 손수건들이 위아래로 오르락내리락했다. 그때 목소리가 들렸다.

"우리한테 편지 보내요." 폴리카르포가 말했다.

"우리한테 음식 꾸러미를 보내 줘요." 치릴루가 말했다.

"우리한테——" 이그나티우스 로욜라가 이렇게 말문을 열었지만 그녀는 끝까지 듣지 못했다. 다시 몸을 돌려 첫 번째 담장 계단으로 성큼성큼 달리기 시작했기 때문이다. 그러다 다시 돌아보자 세 수녀는 여전히 그곳에 있었지만 더 이상 말소리가 들리지 않았다. 어느새 어둑해진 바람에 얼굴과 손수건을 알아보기도 힘들었다.

로이진 오할로란은 시커먼 땅을 달리는 짐승처럼 도망쳤다. 그리고 그 모습은 —— 백 레인의 꼭대기에 있는 —— 페르페투아 수녀원장에게 목격되었다.

그 시간 사제관에서는 전화가 울렸다. "주교님을 바꿔 드리겠습니다." 아첨꾼이 속삭였다. 수화기 저 너머에서 말이다.

"잠시만 기다려 주세요." 애그니스 뎀프시가 말했다. 그녀는 수화기를 홀 탁자에 내려놓고 홀을 달려 응접실 문을 두드렸다. "그분이세요." 그녀가 알렸다. "플러드 신부님에게 전화를 받으라고 할까요?"

앵윈 신부가 양손을 들고 막 건반을 두드리려는 피아니스트 같은 자세를 취했다. 그는 양손을 의자 팔걸이에 툭 떨어뜨리더니 튀어 오르듯 일어났다. "아니에요." 그가 말했다. "내가 받죠." 그는 문을 열고 홀을 양쪽으로 재빨리 살폈다. 마치 주교가 그림자에 숨어 있기라도 하듯. "플러드 신부님은 어디에 있나요?"

"방에 계세요. 올라가시는 소리를 들은 것 같아요."

"나는 내려오는 소리를 들었다고 생각했는데. 양쪽 다 가능하겠죠." 양쪽 동시에 말이야. 그는 이렇게 생각했다.

애그니스는 신부가 전화를 받을 때 그의 팔꿈치 옆에 서 있었다. 예전 같으면 부엌으로 돌아갔을 것이다. 그러나 그녀는 좀 더 대담해졌다. 게다가 감사할 만한 일을 봤거나 뭔가 즐거운 사실을 알게 된 것처럼 그녀의 입꼬리에는 미소가 떠나지 않았다.

앵윈 신부가 수화기를 들더니 귀에서 멀찌감치 떨어뜨렸다. 한동안 그는 주교의 말을 잠자코 들었다. 애그니스는 군데군데 주교의 말이 들렸다. 젊은 층을 위한 사교의 일환으로 뭔가를…… 복사들이…… 미국 친구들은 그걸 레코드 홉[77]라고 한다더군. "주교님은 몰라요." 신부가 애그니스에게 말했다. "아직 몰라요."

"페르페투아 수녀님이," 애그니스가 입 모양으로 대답했다. "업스트리트에 갔었어요. 우체국에 들러서 전화를 했는지도 몰라요. 폴리카르포 수녀님 말이 동전을 몇 개 챙겨 갔대요. 물건

---

77 record hop. 20세기 중반 북미에서 진행된 십 대를 위한 후원 댄스 이벤트를 이른다.

을 사려는 건 아닐 테니 그 동전의 용도가 뭐였겠어요?"

"그분은 나의 철천지원수니까요." 앵원 신부가 속삭였다. "그러고도 남을 거라고 봐요." 그는 다시 주교와의 통화로 돌아갔다. "궁금한 게 있는데, 에이든, 우리 교구민에게 받은 질문에 대해서 같이 고민해 주겠어요?"

전화선에 일순 싸늘한 정적이 내려앉았다. 미스 뎀프시는 왜 앵원 신부가 주교를 이름으로 부르는지 의아했다. 전에는 그런 적이 없었기 때문이다. 그의 어조에서 어딘지 의미심장하고 수수께끼 같은 익살스러움이 느껴졌다. "그 교구민의 친구인 의사 이야기라죠." 그가 말을 이었다. "이 의사가 사람의 뼈를 가지고 있어요. 학창 시절에 신교 국가에서 손에 넣었다는군요. 아마 독일이었을 거예요. 내 교구민에게 다른 친구가 있는데, 헌인가 하는 사람이죠. 이 사람이 고해를 꼭 하고 싶어 하는데 영어를 한마디도 못 해. 그래서 통역을 구해야 할지 다른 조치를 취해야 할지 갈피를 못 잡겠군요."

미스 뎀프시는 귀를 쫑긋 세우고 들었다. 주교는 말문이 막혔거나 대답을 웅얼거린 듯했다.

"아니야, 성급하게 대답하지는 말아요." 신부가 말했다. "느긋하게 잘 생각해 보라고요. 미묘한 부분이니까. 그런데 에이든, 믿기지 않겠지만, 나는 요즘 기묘하기 짝이 없는 곤란한 상황에 자꾸 맞닥뜨리고 있어요. 교구의 사제로서 지난 사십 년 동안 한 번도 마주치지 않은 상황이라 이 말이죠. 사순절 금식에 관한 교리를 세부적으로 살펴보니 헷갈리는 부분도 있더군요. 그래서 말인데 그긴 축적된 경험을 바탕으로 우리에게 조언을 해 줄 수 있겠어요?"

긴 침묵이 이어졌다. 마침내 말문을 연 주교의 목소리에서 평소의 열의는 사라지고 없었다. "그러니까 말이야……."

미스 뎀프시는 다음 말을 놓쳤다. 그러다가 이런 말을 들었다. "……오직 내 소임을 다하는 거라네. 순종의 의무. 내가 해야 할 업무가 있어……. 그냥 젊은 친구일 뿐이야." 앵윈 신부가 수화기를 안고 미소를 지었다. "시대가 변하고 있어." 주교가 말했다. "……수치스러워해야 할 이유가 거의 없어……."

"하지만 당신은 수치스러워하잖아요?" 앵윈 신부가 되물었다. "왜? 이 일이 밖으로 새어 나가서 현대적인 주교 두셋이 뭉치면 당신은 완전히 신임을 잃을 겁니다."

"조만간 찾아가겠네, 앵윈. 이번 주 중으로 가지. 기대하게."

"나도 곧 당신을 찾아가죠." 신부는 전화를 끊으며 웅얼거렸다. "애간장 좀 태워 주겠어. 애그니스, 플러드에게 경고해요."

"경고요?" 너무 놀라 말이 툭 튀어나오며 정신이 번쩍 들었다.

"그래요. 주교님이 언제든지 찾아올 수 있다고 경고해 줘요."

"제가 그분에게 어떻게 경고를 해요?" 애그니스가 조심스럽게 물었다.

"계단 위로 소리치면 되잖아요."

"올라가지 않고요?"

"소리치기만 해도 충분할 거예요."

"알았어요. 그분의 방문을 노크해서 번거롭게 하진 않을게요."

"기도 중일 수도 있으니까요."

"그분을 방해하고 싶지 않아요."

두 사람은 마주 보았다. "그분이 올라가는 모습을 확실히 본 건 아니에요." 미스 뎀프시가 말했다.

"내려오는 모습도."

"저는 그분이 위에 계실 거라고 짐작할 수밖에 없었어요."

"합당한 추측이죠. 분별력 있는 남자라면 그곳에 있을 테니까."

"여자도요." 미스 뎀프시가 계단 발치로 다가갔다. "플러드 신부님." 그녀가 조용히 불렀다. "플러드 신부님?"

"대답을 기대하지 말아요." 앵윈이 말했다.

"기도를 중단하지는 않을 테니까."

"어쨌든 그분이 들었다고 짐작하면 되겠죠."

그렇지만 두 사람은 위층이 텅 비었다는 사실을, 어느 때보다도 확실하게 이미 알고 있었다. 벽난로의 재가 쇠 살대 사이로 살며시 들썩거렸고, 벽마다 몸이 뒤틀린 그리스도들이 여전히 죽어 가고 있었고, 성당 부지에는 노란 낙엽들이 빛을 잃어 가는 공기 중에 떠다녔으며, 새들은 비탈진 테라스 숲 나무에 옹송그린 채 모여 있고, 벌레들이 몸을 뒤집었다.

"주전자를 올릴까요?" 애그니스가 물었다.

"아뇨, 나는 위스키나 한잔 하면서 어느 교구민에게 빌린 책이나 읽어야겠어요."

나를 떠났군. 하마터면 그는 이렇게 말할 뻔했다. 그는 늦지 않게 그 말을 다시 밀어넣었다. 미스 뎀프시가 고개를 끄덕였다.

플러드는 물론 제 방에서 기도를 하는 중이야. 필로메나는 당연히 수녀원에서 안토니오 수녀의 지시 하에 부엌 통로를 쓸고 있을 테고. 모두 자신이 있어야 할 곳에 있어. 아니면 우리 모두 그런 척하고 있거나. 그렇다면 하느님은 당신의 천국에 계실까? 빌어먹을 만큼 그렇겠지. 앵윈 신부는 생각했다.

그는 책을 손에 쥐고 앉아서 이리저리 돌려 보았다. 황갈색 표지는 얼룩이 지고 너덜너덜했다.『난롯가에서 읽는 가톨릭 신자의 신앙과 도덕: 평신도를 위한 질문 모음』. 1945년 더블린 출판. 니힐 옵스타트[78]: 파트릴리우스 다르간. 여기에 작은 십자가가 이름 옆에 찍힌 더블린 대주교의 허가가 있었다.

그녀는 다 이 책에서 찾아냈을 거야. 그는 생각했다. 우리가 나눈 대화 전부를 말이지. 이 책만 한 양심의 보고가 또 있을까? 보수적인 원칙이 이만큼 잘 은닉된 책도 없지. 이것 보라고. 처음부터 끝까지 오래된 믿음이자 의심이나 반대가 들어설 여지가 없는 굳은 믿음이 집대성된 책이잖나. 금식과 금욕에 대한 규칙은 있어도 레코드 홉에 대해서는 일언반구도 없지. 불경한 생각에 대한 비판만 있을 뿐 의미에 대해서는 아무 언급도 없고. 그리고 여기 너덜너덜한 책등에 책임 편집자의 이름이 있군. 다름 아닌 (그때만 해도) 평신부였던 신학 박사 에이든 래피얼 크라우처. 주교 본인이었다.

---

78 nihil obstat. 인쇄 출판 허가. 교회 도서 검열관이 심사한 결과 신앙이나 윤리에 위반되는 것이 없음을 증명하고 내리는 허가.

이 책을 베개 밑에 넣어 둬야겠어. 앵윈 신부는 이렇게 결심했어. 앞으로도 오랫동안 비꼬아 줄 수 있겠어. 어떻게 하면 그 친구가 과거에 품었던 생각으로 그 친구를 괴롭힐 수 있을까? 질문에 질문을 이어 가며 대화에 자연스럽게 끌어들여 나에 대한 공포를 완성시키는 거야. 고기 요리에서 나온 기름을 빵 굽는 데 써도 되는가? 아니면 생선 굽는 데만 써야 하는가? 그는 이런 질문들에 힘입어 주교직까지 올라갔지. 앞으로 어떤 일이 닥칠지 우리는 아무도 알 수 없어. 하지만 우리 중 누구는 어떻게 일이 시작되었는지 기억조차 하지 못하겠지.

질문: 왜 가톨릭 바자회에서는 점이 허용되는가? 답: 점을 보거나 치는 행위는 장려되지 않으며 더 건전한 오락거리로 대체될 수 있다. 질문: 사순절 기간 저녁 미사에 가톨릭교회가 헌금함을 돌리는 행위는 옳은가? 항상 옳고, 가끔 권할 만하며, 자주 필요하다.

나는 그녀가 어딘가에 적힌 질문을 읽는다고 직감했지. 신부가 혼잣말을 했다. 답은 이미 다 알고 있을 것 같았어. 책의 면지에 동글동글한 여학생 필체로 이름이 적혀 있었다. 딤프나 오할로란. 그녀가 아일랜드를 떠나올 때 유일하게 가져온 소지품일 거라고 신부는 생각했다. 수녀원의 장서일 줄 짐작했는데. 그녀가 아일랜드에서 가져온 것은 이 책뿐인데 그걸 내게 두고 갔군. 그는 엄지로 책을 훑어 서문으로 갔다. 교회는 신의 계시와 더불어 이천 년간 쌓인 경험을 바탕으로 다양한 인간사에서 무엇에도 비길 수 없는 교사가 되었다. 인간의 마음과 정신 그리고 인간의 기묘한 행동 양식에 대한 깊은 지식을 바탕으로 성모님께서 우리에게 가르치거나 격려하거나 경고하거나 충고할 수 없는 직업과 인간사, 사적 공적 활동은 어디에도 없다.

이천 년간 쌓인 경험이라, 앵원 신부가 혼잣말을 했다. 무척이나 근사한 생각이군. 그는 보지도 않고 위스키 잔으로 손을 뻗었다. 손가락이 잔을 움켜쥐자 그는 그것을 입으로 가져갔다. 그리고 잔에 든 내용물을 한 입 맛보고는 화들짝 입에서 잔을 떼고 눈을 가늘게 뜬 채 술잔을 빛에 비추며 내용물을 자세히 보았다. 잔 속에 든 내용물의 겉모습, 색깔, 외적인 물성은 그대로였다. 그러나 그것은 위스키가 아니었다. 물이었다. 오, 플러드. 그가 생각했다. 이 마법사의 제자 같으니. 당신이 가 버리자 더는 마법이 통하지 않는구려. 당신은 기적을 거꾸로 행했군요. 천상의 불을 꺼 버리고 신성을 가지고 고작 인간인 존재를 만들어 냈어요. 정신을 습하고 따스한 살로 바꾸었죠.

한편 이 시각 페르페투아는 허겁지겁 들판을 가로지르고 있었다. 역에서 그 인간을 끌고 와야겠어. 그녀는 이렇게 생각했다. 그녀는 수도복이 땅에 끌리지 않도록 손으로 모아 쥐고 구멍 난 스타킹을 내보인 채 편상화를 질질 끌듯이 열심히 헉헉거리며 달릴 때마다 평신도 여성에게는 가슴일 부위에 끈으로 늘어뜨린 십자가가 통통 튀어 오르는 자신의 모습이 가관일 거라는 생각을 한시도 멈출 수 없었다. 그녀는 묘하게 웅크린 자세로 달리다가 아주 가끔 멈춰서 몸을 펴고 쉴 때면 옆구리를 문지르면서 사냥감이 어디에 있는지 살폈다. 그녀는 담장을 넘는 계단 꼭대기에서 들판을 살피기 위해 잠시 머물렀다. 그 짐승 같은 인간은 아직 보이지 않았다. 역에서 코너로 몰아붙여야겠다고 퍼핏은 생각했다.

그녀는 열심히 달리다가 마침 울타리의 장대에 묶인 채 바람에 펄럭거리는 하얀 띠를 얼른 보았다. 그렇게 달리는 와중에도 그 띠를 본 순간 어딘지 익숙한, 희미한 교회의 분위기가 느껴져, 멈춰 서서 무릎을 꿇고 싶어졌다. 그래도 용케 그 마음을 억눌렀다. 역에서 그 인간에 덫을 놓아야겠어. 그녀가 생각했다. 질질 끌고 와야지. 모두가 다 볼 수 있게 업스트리트로 끌고 갈 거야. 밤이 내려앉기 전에 그 옷을 홀랑 벗기고 주교님이 오실 때까지 독방에 가둬 놓을 거야. 그리고 느긋하게 지켜봐야지. 그 타락한 앙큼한 년을 지켜보고 또 지켜봐야지.

그녀의 심장은 베일 아래에서 귀에 들릴 정도로 요란하게 쿵쿵 뛰었다. 그녀는 자신이 더 유리하다는 데 한 치의 의심도 없었다. 역으로 가는 길은 그리 멀지 않았다. 그녀가 비탈길을 내려가자 저녁이 뒤편의 시민 농장 부지를 집어삼키는 듯했다. 어둠이 황무지에서 굴러 내려왔다. 닭장에서 작은 불빛 한 점이 반짝했다. 모습으로 보아 담뱃불인 것 같았다.

그녀가 역으로 난 길에 거의 다다랐을 무렵 어떤 인물이 덤불에서 나와 그녀 앞에 서며 길을 막았다. 그녀는 눈이 튀어나올 정도로 놀라 우뚝 서서 뚫어지라 바라보았다. 그녀가 아는 인물이고, 그녀가 아는 형체였다. 그런데 그녀의 피를 얼어붙게 하는 존재로 달라지고 변모하는 것이 아닌가. "오, 끔찍해." 퍼핏 수녀원장이 말했다. 그녀는 마지막 담장 계단을 반쯤 올라간 곳에서 꼼짝도 하지 못했다.

로이진 오할로란은 두 손으로 짐 가방을 앞에 든 채 역에 서 있었다. 기차가 얼마나 빨리 도착할지 알 수 없다는 듯 계속 준비 중이었다. 그녀는 선로를 바라보았다. 타탄 머릿수건이 바람에 쉼 없이 휘날렸고 종이 반지를 낀 맨손은 관절 주의가 허옇다 못해 시퍼렇게 얼어 있었다.

기차는 황무지를 가로지르며 다가올 것이다. 그런데 오늘 셰필드에 눈이 왔으면 어쩌지? 우드헤드가 눈으로 막혔거나 눈보라가 휘몰아치는 중이면 어쩌지? 제설차들은 고장이 났다. 전철기(轉轍機)는 얼어붙었다. 양들은 황무지에 산 채로 묻혀 있다. 머플러를 두르고 징 달린 장화를 신은 남자들은 수염에 수정 같은 얼음을 매달고 삽으로 눈을 파 사람들을 꺼내는 중이다. 그녀는 이 대기실, 네더호턴 사람들이 자신들만의 신비스러운 문자를 새겨 놓은 벤치에서 몸을 웅크리고 있는 자신을 그려 보았다. 그녀는 역장의 말을 상상했다. "오늘 밤에는 기차가 운행하지 않습니다."

그녀는 시계가 없었다. 기차가 도착하는 시간도 몰랐다. 표를 살 때는 목소리를 바꾸고 고개를 푹 숙였다. 자신이 주소는 썼지만 발송되지 못한 소포 꾸러미 같다는 생각이 들었다. 매표소 직원의 시선이 등에 꽂힌 기분이었다. 차마 기차가 몇 시에 들어오는지 물어볼 엄두가 나지 않았다. 그녀는 알림표 같은 것이 붙어 있기를 바랐다. 그러나 그런 게 있었다고 해도 네더호턴 사람들이 밤에 와서 찢어 버렸을 것이다.

그녀는 부끄럽고, 혼란스럽고, 마음이 급한 나머지 플러드 신부에게 몇 시에 기차가 와서 자신을 태워 갈 것인지 묻지 못했다. 단지 그의 말을 들었을 뿐이다. 뒤따라갈게요. 목적지에 도착하면 짐 찾는 곳에서 기다려요. 아무에게도 비밀을 털어놓지 말고요. 문득 이 남자, 이 가짜 사제, 그녀가 곧 무시무시한 행위를 함께 할 계획인 사기꾼은 그녀가 감히 의문조차 품지 못할 미스터리이자 전혀 모르는 사람이라는 생각이 뇌리를 스쳤다. 나는 하느님을 몰라. 그녀는 생각했다. 하지만 나는 언제나 그분을 믿었지.

로이진 오할로란은 가방을 내려놓고 피가 돌도록 양손을 마주 비볐다. 그때 어떤 의문이 떠올랐다. 몇 해 전 나는 기차로 어떤 마을을 가려고 했어. 그 마을로 가는 기차표를 가지고 있는 남자와 우연히 마주쳤지. 그런데 그 남자는 마음을 바꿔서 그곳에 가지 않기로 했어. 그는 그 표를 내게 주었고 나는 그 표로 기차를 탈 수 있었어. 그 일이 철도 회사에 부당한 행동이었을까?

답이 뭐였을까? 그녀는 가만히 서서 미간을 찡그린 채 기억을 더듬으며 어떻게든 폭주하는 잡념을 당면한 문제에서 멀리 떨어뜨리고 싶었다. 부당한 행동이 아니다. 철도 회사는 신분 증명을 요구하지 않는다. 승객이 기차 탑승에 요구되는 표를 가지고 있다면 그것으로 충분하다.

어떤 자비 어린 조화 덕분에 그녀가 승강장에 도착했을 때만 해도 아무도 없었다. 그런데 얼핏 승강장에 당도한 남자가 보였다. 그는 그녀 뒤쪽으로 조금 떨어진 곳에 서 있었다. 그녀는 몸을 웅크려 남색 재킷 속으로 더욱 파고들며 한 손을 들어 머리에 쓴 스카프를 더 끌어 내렸다. 제발 개신교도이기를. 그녀는 빌었다. 제발 나를 모르는 사람이기를. 그리다 문득 이런 종류의 일에 기도가 무슨 소용이 있을까 싶었다. 기도가 소용이 되는 일이 애초에 있기나 한가?

남자는 분명 호기심 어린 눈빛으로 내 괴상한 옷차림을 살피고 있겠지? 그녀가 생각했다. 목덜미 피부 위로 뭔가가 기어다니는 것 같았다. 그 남자가 플러드인 것처럼 느껴졌다. 그녀는 고개를 천천히 돌리기 시작했다. 자력에 이끌리는 물체이기라도 한 듯 느리지만 확실하게 돌렸다.

역시 남자는 그녀를 빤히 바라보고 있었다. 두 사람의 시선이 마주쳤다. 그 순간 그녀는 선로에서 시체를 본 것처럼 기겁하며 시선을 돌렸다.

그 남자는 매커보이 씨였기에 그녀를 얼핏 보았다고 몰라볼 일은 없었다. 그렇지만 그는 아무 말 하지 않았다. 바람이 재킷을 뚫고 들어와 그녀의 뼈를 저몄다. 바람이 치마 속을 파고들어 치마가 통나무 통처럼 다리 주위로 부풀었다. 그녀는 고개를 숙이고 운동화만 보았다. 이건 오른짝. 이건 왼짝.

이윽고 마침내 기차가 저 멀리 점처럼 나타났다. 점점 몰려드는 어둠 속에서 어찌나 흐릿한지 그녀는 정말 기차가 다가오는 거라고 확신할 수 없었다. 아주 잠깐 기차는 앞으로도 뒤로도 움직이지 않은 채 어처구니없이 그곳에 박혀 버린 것 같았다. 그러나 점이 점점 커지기 시작하자 그녀는 승강장 가장자리로 다가가 고개를 들고 역 전등의 오렌지색 불빛을 바라보았다.

기차가 승강장으로 들어오고 나서야 매커보이 씨가 그녀 옆으로 다가왔다. 그녀는 온몸이 벌벌 떨렸다. "수녀님?" 그가 낮은 목소리로 말했다. 그리고 팔을 내밀었다. 그녀는 손끝을 그의 팔에 내려놓았다. 그를 밀어 낼 생각도 잠시 했다. 그는 그녀를 위해 객차의 문을 열어 주었다. "겁먹지 마십쇼." 그가 말했다. "저는 딘팅까지, 몇 정거장만 가면 됩니다. 수녀님을 모르는 척 하겠습니다. 저는 신중한 사람이니까요."

"그럼 저리 가세요." 그녀가 잔뜩 낮춘 목소리로 말했다. "나를 내버려 두세요."

"저야 도와 드리고 싶은 마음뿐입니다." 매커보이가 말했다. "누군가는 수녀님의 가방을 들어 드리고 기관차 방향 좌석에 잘 앉으셨는지 봐 드려야 하지 않습니까. 아시잖아요, 사람들이 무슨 말을 할지. 이왕이면 악마라도 아는 사람이 곁에 있는 편이 더 낫지 않겠습니까."

히죽거리며 매커보이 씨는 그녀의 가방을 선반 위에 올렸다. 문이 쾅 닫혔다. 철도원이 거친 음성으로 소리치기 시작했다. 깃발로 신호를 보냈다. 잠시 후 그들을 태운 기차가 전철기를 지나 덜컹거리며 맨체스터로, 그녀의 첫 경험으로, 로열 앤드 노스웨스턴 호텔로 달리기 시작했다.

10장

로열 앤드 노스웨스턴 호텔은 길버트 스콧 경의 제자가 멍한 상태로 설계를 했다. 그래서인지 로이진 오할로란은 호텔 정문을 들어서자 집에 온 것처럼 마음이 불편했다. 그녀는 자신의 동행을 돌아보았다. "성당 같네요." 그녀가 소곤거렸다. 로비로 들어가자 대리석에서 올라오는 한기가 느껴졌다. 묘하게도 제단과 같은 크기로 조각된 마호가니 데스크 뒤에는 얼굴이 누렇게 뜬 직원이 서 있는데, 이 직원마저 바티칸의 음모자처럼 입술은 핏기라고는 없고 눈은 푹 꺼진 사람이었다. 게다가 그는 두 사람에게 설교단에 사슬로 매단 성경처럼 두툼한 숙박부를 내밀며 주걱 같은 창백한 손가락으로 플러드가 이름과 주소를 써야 할 곳을 가리켰다. 플러드가 다 쓰자 직원은 숙박계를 보며 인상을 쓰더니 교수형 집행인에게 농담을 들은 순교자처럼 삭막한 미소를 슬쩍 지었다. "조용하고 좋은 방입니다, 박사님."

박사님이라. 로이진이 생각했다. 그러니까 지금까지 잘 써

먹은 요술을 또 부릴 작정이군요. 플러드는 그녀와 눈이 마주치자 희미하지만 그 직원보다 훨씬 더 유쾌해 보이는 미소를 지었다. 직원은 제의(祭衣)를 넣어 두는 함처럼 생긴 커다란 서랍을 조심스럽게 열고 열쇠들을 살폈다. 그러고는 하나를 골라 건넸다. 성 베드로도 이런 식으로 조심스럽게 천국의 좀 더 수수한 방 하나의 열쇠를 골라 간신히 막 도착한 선민에게 건네리라.

"지나치게 친절한 태도는 아니네요." 그녀는 승강기로 가면서 소곤거렸다. 그러나 다음 순간 자신들 탓이 아니라 호텔 지원들은 다 그런 식이라는 생각이 들었다. 모너핸 호텔의 모너핸 부인이 여행객을 위해 자신의 안쪽 방을 정리해야 한다고 투덜거리던 게 떠올랐다. 딤프나 이모님은 모너핸 호텔에서 몸을 씻곤 했다. 나중에 듣기로 그녀는 술집의 별실에서 시간을 보냈다고 한다.

거기까지 생각이 미치자 로이진 오할로란의 두 볼이 붉게 타올랐다. 그때 문득 좀 더 구체적인 뭔가가 뇌리를 스쳤다. "저 때문인가요?" 그녀가 입 모양으로 플러드에게 물었다. "제가 우스꽝스러운 차림새를 하고 있기 때문인가요?"

승강기의 철문이 두 사람을 안에 가두며 철커덩 닫혔다. 플러드의 손이 그녀의 차가운 손을 찾아 움직였다. 덜컹 하더니 승강기가 움직이기 시작했다. 보이지 않는 힘이 두 사람을 위로, 건물의 안쪽으로 끌어 올렸다. 그들이 층과 층 사이 어둠 속으로 자취를 감출 때 한순간이지만 로이진은 창살 너머로 페르페투아의 얼굴을 보았다. 그 얼굴은 분노의 가면이었다. 질투와 분노로 물든 코웃음을 치는 머리 잘린 환영이 손을 뻗었다. 갈고리 손이 솟아 나오더니 창살 사이로 손가락이 꾸물거리며 들어왔다.

객실에는 옷을 넣는 옷장이 하나 있었다. 그녀는 이 옷장이 몹시 새로웠다. 고향 집에는 서랍장 하나와 벽에 달린 냄새나는 선반이 다였다. 수녀원에서는 당연히 그런 것이 필요 없었다.

"짐부터 풀래요?" 플러드가 물었다. "물건을 걸어 둘 건가요?"

"제 옷은 제가 걸면 돼요." 그녀가 말했다. "옷을 벗으면." 주위를 둘러보는 그녀의 얼굴이 거리낌 없이 드러나는 즐거움으로 빛났다. "제 드레스는 제가 걸게요. 드레스를 챙겨 왔어요. 원래 폴리카르포 수녀님 옷이었어요. 세일러 칼라가 달려 있어요. 그런 드레스는 한 번도 못 봤을 거예요."

플러드가 시선을 피했다. 그녀라는 존재는 쓰라리고, 날카롭고, 통탄할 유혹이었다. 지금 여기 따뜻한 방에서 가구에 둘러싸인 채 그녀를 보고 있으니 그녀는 상냥함과 희망으로 빛났다. 애초에 그의 계획에 그녀는 없었다. 어떤 여자도, 어떤 종류의 육체적 결합도 없었다. 혹자는 여자를 남자의 동반자인 소로르 미스티카[79]라고 말했다. 그렇지만 그는 줄곧 여성을 지식의 거머리이자 학문의 파괴자로 여겼다. 어쨌든 그의 생각은 그랬다. 시대가 다르면 예절도 다르다고.

시대가 다르면 예절도 다른 법이다. 필로메나는 재킷을 벗었다. 그리고 개어서 침대 위에 놓았다. 객실은 휑했고 답답했

---

79 soror mystica. 신비로운 누이. 연금술사의 파트너를 가리킨다.

다. 마치 바닥 아래에 감춰진 거대한 엔진이 있어서 열기를 뱉어 내는 듯했다. 침대에는 빳빳한 흰색 리넨 시트가 깔려 있었다. 이불은 폭신폭신한 보라색으로, 반들반들 광택이 났다. 교황 특사가 가지고 있을 만한 종류의 누비이불이었다. 벽에는 서양 장미가 활짝 피어 있었다. 푸른 장미였다. 그 장미들 사이의 하얀 여백은 이전에 묵었던 손님들이 피운 담배 연기로 변색되어 누르스름했다. 구석에 세워진 가리개 뒤에는 세면대가 있었다. 세면대 위에는 차가운 녹색 비누 조각이 놓여 있고 그 옆으로 화려한 주홍색 실로 호텔의 이니셜이 수놓인 흰색 수건이 걸려 있었다.

"제가 다른 옷도 벗어야 하나요?" 그녀가 물었다.

마침내 이불 안으로 들어가 발가벗은 몸이 이불의 차가운 포옹으로 빳빳해진 순간, 로이진 오할로란은 자신은 이런 일이 너무나 미숙하고 만사가 너무나 쉽게 어그러질 수 있다는 생각이 들어 머릿속이 복잡해졌다. 플러드는 그녀가 역에서 그를 만났을 때 그대로 트위드 정장 차림이었다. 그녀는 페더호턴에서부터 타고 온 기차에서 내릴 때 그를 알아보지 못했다. 그도 그럴 것이 그녀는 검은색 수도복을 찾고 있었기 때문이다. 그녀는 이 말을 그에게 하지 않았다. 그가 서둘러 그녀에게 다가와 볼에 입을 맞추며 가방을 받아 들었을 때 기절초풍할 뻔했다는 이야기도. 이런 실수가 한 차원 더 자신을 바보스럽게 만드는 것 같았기 때문이다. 인류 역사상 함께 야반도주를 한 남자를 못 알아보는 여자가 또 있을까?

이제 플러드는 그녀에게 등을 돌린 채 차분하게 옷을 벗었다. 그녀는 플러드가 주머니에서 손수건을 꺼내 화장대에 올려놓는 모습을 보았다. 그 손수건은 꼭 하얀 둥지처럼 보였다 — 그가 손수건에 잔돈을 얹어 두었기 때문이다. 다른 여자들이 매일 보는 모습을 지금 내가 보고 있구나. 그녀는 이런 생각이 들었다. 이윽고 플러드는 그녀에게 그 대신 이불을 걷고 불을 꺼 달라는 몸짓을 했다 — 그의 몸은 성인(聖人)의 로브처럼 투명할 정도로 희었다. 형체만 알아볼 만큼 방 안이 어둑해지자 그는 나머지 옷을 다 벗었다. 그의 옷가지는 그녀의 옷가지 옆 바닥으로 떨어졌다. 전직 성직자는 소리도 내지 않고 미끄러지듯 침대에 당도했다.

그녀가 팔을 뻗어 그의 몸을 감싸듯 안자 마치 품 안에 공기를 가둔 것 같았다. 그녀는 고통이 두려워 눈을 활짝 뜨고 입을 꼭 다물었다. 그리고 베개로 털썩 눕고 목을 멀찌감치 뺐다. 그녀는 고개를 돌려 벽과 커튼, 벽을 따라 움직이는 자신들의 그림자를 바라보았다. 모든 소유는 상실이라고, 플러드가 말했다. 하지만 똑같이 모든 상실은 소유다.

얼마 후, 그녀가 잠이 들어 머리가 깃털 베개에 깊이 파묻히자 플러드는 침대에서 빠져나와 그녀를 바라보며 밤의 도시가 내는 소리에 귀를 기울였다. 애절한 전철 소리와 기차의 외침, 벨보이가 계단을 오르는 발소리, 세인트 피터 광장에서 부르는 술꾼의 노랫소리가 들렸다. 백 개나 되는 방에서 나는 거친 숨소리, 바다를 항해하는 선박이 주고받는 모스 신호 소리, 천사들이 지구를 돌릴 때 축이 끼익하는 소리가 들렸다. 그는 얼굴에 물을 끼얹은 후 하얀 수건으로 물기를 닦았다. 그리고 그녀의 옆자리로 다시 들어갔다. 눈을 감자마자 꿈의 힘에 굴복해 잠에 곯아떨어졌다.

다음 날 로이진 오할로란은 외출하고 싶지 않았다. 자신의 옷이 부끄러웠다. 체크무늬 스카프를 두르지 않으면 드러날 머리도 부끄러웠다. 플러드가 백화점에 데려가 요즘 유행하는 옷을 살 수 있게 해 주겠다고 했지만, 그녀는 도저히 판매원을 상대할 자신이 서지 않았다. 그들이 감언이설로 그녀에게서 돈을 갈취하고 광대처럼 만들어 버릴 것만 같았다.

오랫동안 그녀는 자신의 몸에 대해 한 번도 생각하지 않았다. 그렇지만 그녀의 몸은 수도복에 싸인 채 저만의 비밀스러운 삶의 방식을 발전시켰다. 당신은 한 발을 다른 발 앞에 내려놓는다. 우리는 그런 식으로 걷는다. 당신이 구르든 어기적거리든 수도복은 당신의 걸음걸이를 가려 준다. 지금까지는 할 수 있는 만큼 하면서 지냈다. 하지만 이제부터는 움직이는 법을 새로 배워야 한다. 지난밤 그녀는 호텔 복도에서 여자들을 보았다. 그녀들은 새 다리 같은 다리로 걷고 있었다. 그들은 억제된 긴장감으로 생기 넘쳤고 색칠을 한 눈썹 아래의 두 눈은 미소를 짓고 있었다. 소리가 울리는 대성당 신자석 같은 로비에서 그들은 가볍게 입을 맞추는 듯한 손가락 놀림으로 장갑을 꼈다. 또 핸드백을 재빨리 열어 안을 뒤져 작은 손수건과 콤팩트를 꺼냈다.

"그것들을 전부 장만해야 해요." 그녀가 믿을 수 없다는 듯 말했다. "립스틱도."

"향수도." 플러드가 말했다.

"파우더도."

"모피도." 플러드가 말했다.

그는 어떻게든 그녀를 방에서, 침대에서 내보내려고 구슬렸다. 하지만 그녀는 이불을 목까지 끌어 올린 채 베개에 기대앉아 있었다 ― 지난밤 풀을 먹여 빳빳했던 이불이 지금은 흐늘흐늘하고 축축하게 느껴졌다. 그녀는 자신이 이미 새 옷을 장만한 듯한 느낌을 그에게 설명할 수 없었다. 처녀성을 잃음으로써 새로운 피부로 뒤덮인 것 같다고 설명할 수 없었다. 사람들은 '상실'이라고 말하지만 그런 사람들은 순결이 뭔지 잘 모르는 거야. 그녀는 생각했다. 순결은 붕대도 없이 피를 흘리는 상처로, 이 상처는 무심하게 지나가는 사람이 무심하게 노크를 할 때마다 다시 벌어진다. 경험이 갑옷이다. 그리고 그녀는 이미 그 갑옷을 입은 것 같았다.

그녀는 수녀원의 기상 시간인 5시에 잠에서 깼다. 눈을 뜨니 배가 고파 죽을 지경이었다. 그녀는 잠이 든 플러드의 형체 옆에 누운 채 어둠 속에서 주린 배를 어떻게든 달래고 참아야 했다. 그가 숨을 쉬는 것 같지 않았다. 그래서 가끔 그에게 몸을 기울여 죽은 것은 아닌지 확인했다.

7시에 플러드가 일어났다. 그는 아침을 방으로 보내 달라고 주문했다. 방문을 두드리는 소리가 나자 그녀는 얼른 이불을 머리 위로 끌어 올렸다. 그로부터 몇 분 동안 호텔 직원이 뭔가를 잊고 가서 다시 돌아올까 봐 그 상태로 숨어 있었다. 플러드는 은도금 주전자를 능숙하게 다루었다. 잔을 잔 받침에 놓자 도자기가 짤그랑거리는 소리가 났다. "앉아요." 그가 말했다. "여기 당신 달걀이 있어요."

그녀는 쟁반에 담긴 접시를 무릎에 내려놓았다. 한 번도 침대에서 아침을 받아 본 적이 없었지만, 이런 일에 대해 책에서 읽은 적이 있었다. 쟁반을 갈비뼈와 배꼽 사이에 꽉 끼운 채 숨을 너무 세게 쉬지 않고 다리를 움직이지도 않는 것은 꽤나 위험천만한 일이었다. 플러드가 작은 집게로 각설탕 몇 개를 집어 그녀의 차에 넣고 저어 주었다. 각자의 찻잔에는 잔 받침과 작은 숟가락이 딸려 있었다.

"일단 먹어 봐요." 그녀가 반쯤은 일어나 앉고 반쯤은 드러누운 자세로 앞에 놓인 음식을 미심쩍은 눈빛으로 바라보자 플러드가 재촉했다. "토스트에 버터를 발라 줄게요. 마멀레이드를 먹어도 돼요. 달걀 다 먹어요. 몸에 좋으니까."

그녀는 포크와 나이프를 든 채 계속 망설였다. "달걀은 어느 쪽으로 잘라야 더 좋다고 생각해요?"

"개인적 취향의 문제죠."

"그렇지만 어느 쪽이 더 낫다는 생각은 있겠죠?" 그녀가 되물었다.

"내 생각은 중요하지 않아요. 당신이 하고 싶은 대로 하면 돼요. 규칙은 없어요."

"수녀원에서는 달걀을 먹지 않았어요. 포리지를 먹었죠."

"집에서는 먹어 봤겠죠. 아일랜드 말이에요. 당신은 농장 출신 아니었나요?"

"농장에는 당연히 달걀이 있죠. 하지만 우리가 먹지는 않았어요. 팔아야 했거든요. 적어도,"그녀가 잠시 생각에 잠긴 후 이렇게 덧붙였다. "가끔 먹기는 했지만요. 하지만 이걸 어떻게 먹으면 좋다는 걸 파악할 정도로 자주 먹지는 않았어요."

플러드는 벌써 달걀 껍질을 까서 먹고 난 후였다. 그녀는 플러드가 달걀을 먹는 건 고사하고 껍질을 까는 모습도 보지 못했다. 게다가 그녀는 지난 오 분 동안 그의 얼굴에서 단 한순간도 눈을 떼지 않았다고 맹세라도 할 수 있었다.

후에 두 사람은 배가 더 고파졌다. 그녀는 짐을 풀다가 안토니오 수녀가 폴리카르포 수녀의 세일러 원피스를 개면서 작고 거친 번 몇 개를 몰래 넣어 뒀다는 사실을 떠올렸다. 그녀는 이거라도 먹으면 되겠다고 생각했지만 플러드는 다른 생각이 있었다.

그는 다시 아래층으로 주문을 내려 보냈다. 커다란 유선형 접시가 올라왔는데, 접시에 깔린 장식지 위에는 빵 껍질을 잘라 낸 앙증맞은 샌드위치들이 놓여 있었다. 다른 접시도 있었는데, 그 접시에 담긴 번은 모두 흰색이나 분홍색 아이싱이 되어 있고 안젤리카 잎[80]과 설탕에 졸인 꽃잎이 뿌려져 있었다.

하루가 지나갔다. 그녀는 피곤했다. 너무나 피곤했다. 플러드가 그릇들을 치우자 그녀는 베개에 다시 기댔다. 수녀원에서 보낸 시절의 피로와 어린 시절의 피로가 연락도 없이 들이닥친 친척들처럼 한꺼번에 몰려왔다. "잠을 마실 수도 있겠어요."그녀가 말했다. "잠을 먹을 수도 있고, 진창을 뒹구는 돼지처럼 꿈

---

80 달콤한 향이 나서 설탕에 졸여 케이크를 장식한다.

속에서 구를 수도 있어요." 그녀가 잠에서 깨자 두 사람은 두서 없이 이런저런 이야기를 나누었다. 그녀는 자신의 어린 시절에 대해 들려주었지만 그는 자신의 어린 시절을 털어놓지 않았다. 그는 룸서비스로 와인을 주문했다. 돈은 그에게 아무 문제도 아 닌 듯했다.

이윽고 그 와인 — 그녀가 처음 맛본, 지푸라기 색의 달콤 한 와인 — 은 곧장 그녀의 머리로 향했다. 그녀는 잠시 눈을 감 고 다음 날을 생각했다. 플러드는 그녀에게 머리카락이 그대로 도 괜찮을 거라고 했다. 그녀가 원한다면 그가 직접 마켓 스트리 트에 있는 폴든 백화점에 가서 실크 스카프를 사 주겠다고 했다. 그 스카프로 머리를 멋스럽게 가릴 수 있다고 말이다. 혹시 토 크[81] 같은 종류를 더 좋아한다면 그걸로 하자고 했다. 정작 그녀 는 토크가 뭔지 몰랐기 때문에 그 문제에는 침묵을 지켰다.

그녀가 눈을 다시 뜨니 플러드는 창가에 서서 거리를 보고 있었다. 직장에서 퇴근을 한 사람들이 익스체인지 역과 빅토리 아 역으로 발걸음을 재촉하고 있다고 플러드가 말했다. 비가 오 고 있다며, 걸음에 맞춰 통통 튀는 우산을 쓴 사람들이 보도를 가득 채운 모습이 행진 중인 검은 딱정벌레 행렬 같다고 했다.

플러드는 팔을 내밀어 벽을 받치듯 밀며 행인들을 지켜보았 다. 머리를 떨어뜨리고 소파에 몸을 비비는 고양이처럼 팔로 이 마와 볼을 문질렀다. "갇힌 것 같아요. 이 방에." 그가 말했다. "우 리 내일은 꼭 나가야 해요."

---

81 toque. 여성용 작은 모자.

그렇지만 아직 하루밖에 안 됐잖아요. 그녀는 이렇게 반박하고 싶었다. 스물일곱 시간 전만 해도 그녀는 수녀원 응접실에서 안토니오 수녀의 지도를 받으며 옷을 입어 보고 있었다. 스물네 시간 전 — 아마 그렇게까지는 안 되었을 텐데 — 두 사람은 이 방에 들어왔다. 이곳을 제외한 다른 곳에서 삶은 전과 다름없이 흘렀다. 종이 울리고 수녀원은 일과대로 하루를 보냈다. 퍼핏은 가정 방문을 마치고 돌아와 그녀가 사라진 것을 알고 무슨 말을 했을까? 돌아오자마자 알았을까? 아니면 예배당에서나 저녁 식사 시간에 그녀가 없어졌다는 사실을 알았을까? 다른 사람들이 이런저런 핑계를 대며 그녀의 부재를 최대한 오래 숨겨 주었을까? 그녀를 위해 거짓말을 해 주었을까? 자신들의 불멸의 영혼을 위험으로 몰아넣었을까?

그녀는 손가락에 끼고 있던, 미스 뎀프시의 종이 반지를 계속 돌렸다. 정말이지 솜씨 좋게 잘 만든 것이었다. 반지를 생각하자 어느새 퍼핏의 얼굴이 흐릿해졌다. 마치 시간과 경험이 그녀를 갉아먹고, 밀랍 인형처럼 불태워 버리는 것 같았다.

퇴근하는 사람들을 지켜보는 일이 지겨워진 플러드는 다시 침대 속 그녀에게로 왔다.

미스 뎀프시는 여전히 입가에 옅은 미소를 지은 채 차 쟁반을 가지고 왔다. 당연히 페더호턴의 날씨는 도시보다 더 험악했다. 불을 막아선 주교는 춥고 쪼그라든 모습이었다. 그가 아니라 그의 그림자처럼 보였다.

그는 아직 성당을 둘러보지 않았다. 그는 도발을 할 때가 아니면 신앙심이 돈독하지 않았다. 그가 가 봤다면 자신의 지시가 무시당했다는 결론으로 가뿐히 건너뛰었을 것이다. 좌대에 올린 성상은 둥근 쇠 촛대가 하나씩 설치된 채 모두 새것처럼 말끔했다. 그도 그럴 것이 마리아의 아이들이 성상을 물로 씻어 내고 반들반들하게 광을 내고 닦았으며 여기저기 망가진 곳들을 붓질로 말끔하게 수리했기 때문이다.

앵윈 신부는 부르봉 비스킷을 만지작거렸다. 당신의 지시가 무시당했다는 결론에 다다르면 뭐라 할 거요, 에이든 래피얼 크라우처? 당신이 슬기로운 사람이고, 이 교구에 대한 이전 의견이 공개되는 상황을 원치 않는다면, 내게 정중하게 미소를 지으며 아무 말도 하지 않겠지. 그리고 앞으로는 나를 좀 더 정중하게 대할 테고.

"종적을 감췄다고." 주교가 건조한 목소리로 말했다. "오, 이런. 요즘 세태란."

"종적을 감췄거나, 죽음을 당했을지도 모르죠."

"오, 맙소사." 주교가 말했다. "그걸 말이라고 하나?" 그는 이런 상황이 몰고 올 파장이 눈에 선했다.

"내일 날이 밝자마자 경찰이 와서 주변 땅을 파 볼 예정이에요. 경감이 왔다 갔거든요. 그 사람이 차고 뒤편을 돌아다니다가 땅이 파헤쳐진 곳을 보았지 뭡니까."

"그런 일이 가능한가?" 주교의 손이 떨렸다. 잔 받침으로 찻물이 흘렀다. "누가 수녀를 죽이고 싶겠나?"

"네더호턴 사람들이 의심을 받고 있죠." 앵윈 신부가 말했다. "자기네 의식을 위해 동정녀를 물색하는 사람들 말이에요."

앵윈 신부는 한 교구민이 이른 미사가 끝난 후 찾아와 손을 벌벌 떨며 갈색 종이 가방을 건넨 일이 떠올랐다. 그 가방에는 플러드의 제의 일부가 들어 있었다 — 그의 영대가 시민 농장 부지의 울타리 기둥에 묶인 채 발견된 것이었다. 보좌신부가 사라졌다는 소문은 이미 교구에 파다했다. 게다가 새벽이 닭장을 밝혔을 때 이른 햇살에 백 레인에서는 실크 띠가 보였으며, 그것이 신부가 놓아둔 구난 신호라고 주장하는 사람들도 있었다. 다른 이웃보다 더 빨리 어떤 결론에 도달한 사람들도 있었는데, 이들은 올드 오크와 램에서 술에 취해 이성을 잃은 패거리가 오밤중에 무방비 상태의 사제관을 털었고, 승리를 알리는 현수막으로 그의 영대를 묶어 놓았다고 굳게 믿었다.

앵윈 신부는 플러드가 험한 꼴을 당하지 않았다고 믿어 의심치 않았다. 그렇지만 굳이 그런 말을 하지는 않았다. 괜히 그런 짐작을 꺼냈다가는 근거를 설명하고 보여 주어야 할 테니 말이다. 대신 그날 낮 그는 교구에 퍼진 공포를 잠재우려고 교구민에게 합리적으로 생각해 보라고 구슬리며 그 지역에서 벌어진 사건을 이방인의 탓으로 돌렸다. 근방에서 이방인을 본 사람은 아무도 없었지만, 전날 저녁 6시에 역에 홀연히 나타나 도시행 표를 편도로 구입한 사람이 있었다는 증언이 역무원으로부터 나왔다. 역무원들은 그 이방인의 트위드 정장을 똑똑히 기억했다. 그러나 그의 생김새에 대해서는 믿음이 전혀 가지 않는 정보조차 줄 수 없었다.

어쨌든 다행스럽게도 아직 주교는 플러드 이야기를 꺼내지 않았다. 그는 수녀원 사태에 정신이 완전히 팔려 있었다. "부디 하느님의 가호로 그 수녀가 무사히 발견되기를." 그가 말했다. "우리가 찾아내기만 하면 다시 데려올 수 있을 거야. 기억 상실증 같은 이야기를 지어낼 수도 있고. 그러면 추문이 퍼지는 걸 막을 수 있겠지."

"신교도들이 이 일을 이용할 수도 있어요." 앵윈 신부가 지적했다.

"자네는 거기 앉아서 너무 차분해 보이는군." 주교가 발끈했다. 그가 잔과 잔 받침을 탁자에 쿵 소리가 나게 내려놓는 바람에 붉은 셔닐사로 짠 애그니스의 테이블보에 차가 튀었다. "서원을 한 수녀가 수녀원에서 도망을 치고 페르페투아 수녀원장이 교구 가정 방문을 하는 동안 불길에 휩싸였다는 이야기를 해 놓고 어떻게 그리 냉정한가 ─ 말해 보게. 수녀원장이 뭐라고 하던가. 병원으로 실려 가기 전에 그녀가 무슨 말을 했을 것 아닌가. 자네 교회 수녀 한 명이 없어졌고 그 와중에 수녀원장이 느닷없이 불에 탔다고!"

앵윈 신부는 무릎에서 부스러기 같은 것을 집어 올리며 깔끔을 떨면서 즉답을 하지 않았다. 그는 안토니오 수녀가 그 소식을 들고 찾아왔을 때 얼마나 의아했는지 기억했다. "퍼핏 원장 수녀님이 타 버렸어요. 사마귀까지 전부 다요." 그는 주교가 불안을 이기지 못한 채 오른손을 왼 손바닥으로 감싸고, 왼손을 오른 손바닥으로 감싸며 양 주먹을 문지르는 모습을 놓치지 않았다.

"수녀원장은 이야기를 많이 할 상태가 아니었죠." 그가 말했다. "들것으로 그녀를 옮긴 사람들 말로는 그녀가 풀밭에서 자신을 향해 기어 오는 푸른 불꽃을 봤다는 말을 했다더군요…….그 사람들은 무슨 말인지 못 알아들었고."

"병원에서 질문을 해 봐야겠군."

"그럴 상태가 아니랍니다. 애그니스가 오늘 아침에 전화를 했더니 지난밤에 상태가 안정되었다고 하더랍니다. 애그니스는 환자가 임종이 가까울 때 병원에서 그런 말을 한다더군요. 내가 병동 간호사에게 직접 물어봤는데, 수녀원장은 상처는 그리 심하지 않지만 극심한 충격을 받았다고 하더군요. 병원에서는 그녀가 당시 상황을 조리 있게 들려줄 만한 상태가 아니라고 판단하고 있어요. 에이든, 당신은 큰불의 심각성을 과소평가하는군요. 알다시피 마침 근처를 지나가던 담배 가게 주인의 선행이 아니었다면 불을 못 껐을 겁니다."

"그렇다면 담배 가게 주인에게 질문을 해 봐야겠군. 그 사람은 가톨릭 신자겠지?"

"유명한 교구민이죠. 청년회에서 아주 활발하게 활동하고 있고."

"오, 그래, 그래." 주교가 다시 말했다. "마침 그곳을 지나갔다니 얼마나 다행인가. 이 사건은 심각해, 앵원. 아주 심각해. 양상이 매우 불길해. 모든 화살이 내게로 향할 걸세."

"이 사건이 악마의 소행이라고 생각하나요?" 앵원이 물었다.

"헛소리." 주교가 발끈하며 대답했다.

앵원이 경고의 눈빛을 보냈다. "수녀들은 이런 쪽으로 고난을 많이 겪었죠." 그가 말했다. "마귀들은 시에나의 성녀 카타리나를 수도 없이 불로 던져 넣었어요. 말에서 끌어 내려 얼음장 같은 강물에 머리부터 빠뜨리기도 했고. 악마는 비늘로 뒤덮인 녹색 개의 모습을 하고 에브뢰의 마리 안젤리카 수녀를 이 년 동안 따라다녔죠." 그는 잠시 입을 다물고 자신이 한 이야기의 효과를 음미했다. "도미니코회 수도원장인 아녜스는 늑대 떼의 모습을 한 악마의 공격을 받았고. 성 마르가리타 마리아는 수녀원의 불 앞에 앉아 있는데 누군가 의자를 빼 버렸다죠. 다른 수녀 세 명이 성자를 거듭 보았으며 초자연적인 힘에 의해 그녀가 뒤로 내동댕이쳐졌다고 서면으로 증언했어요."

"분명 다른 이유가 있을 거야." 주교가 처량하게 말했다.

"좀 더 현대적인 해석을 말하는 거겠죠? 좀 더 현실과 관계가 있는 것? 왜 그런 일이 일어났는지 이유를 설명해 주는 보편 교회주의적인 것?"

"나를 괴롭히지 말게, 앵윈." 주교가 투덜거렸다. "나는 지금 심한 시련을 겪고 있는 사람이네. 분명히 불을 일으킨 화학 반응이 있었을 걸세."

"악마는 뛰어난 화학자죠." 앵윈이 지적했다.

"물론 그런 경우가 있지, 사람에게 저절로 불이 붙는 일. 수녀가 그런 일을 겪었다는 이야기는 한 번도 못 들었지만. 디킨스의 소설 속에 그런 경우가 나오지 않나? 그 친구도 그런 연구서를 썼는데, 그 친구 이름이 뭐지? 사냥 모자를 쓰고 바이올린을 들고 다니는 친구?"

"아서 코넌 도일 경을 말하나 봅니다." 앵윈 신부가 말했다. "그런 선정적인 작품을 읽었을 줄은 몰랐군요. 차 더 마시겠습니까?"

"그걸 자연 발화라고 하지." 주교가 말했다. 그는 그 가능성에 눈을 번득였다.

"발화죠, 확실히." 앵원 신부가 동의했다. 개인적으로 그는 그게 저절로 일어났다는 점이 의심스러웠다. 특히 그 현장에 매커보이가 있었다는 사실을 듣자마자 의심이 시작되었다. 소방관과 방화범을 구별할 수 있는 현명한 남자니까. 그는 그렇게 생각했다.

로열 앤드 노스웨스턴 호텔의 객실에서, 칵테일 드레스를 입은 여자들이 무덤 같은 바에서 진을 마시려 계단을 내려가는 동안 플러드는 침대에서 몸을 뒤집었다. 로이진 오할로란은 잠에서 깨며 몸을 뒤척였다. 그녀는 손을 뻗어 손끝으로 그의 가슴을 훑으며 지나간 후 침대 옆 등을 켰다. 8시였다. 그들은 커튼을 걷지 않았다. 가로등 불빛이 비쳐 들어와 메마른 달빛을 업고 객실 안을 지켜보았다. 등의 실크 전등갓이 옷장 옆 벽면에 커다란 고리 무늬를 그렸다.

그녀가 일어나 앉았다. 허벅지 안쪽이 뻐근하고 뻣뻣한 느낌이 들기 시작했다. 플러드는 그것이 그녀가 지금껏 사용한 적 없는 근육이라고 했다. 플러드는 로이진에게 복도로 나가고 뜨거운 목욕을 하고 향이 좋은 목욕 오일도 바르고 증기와 열기와 얼룩 한 점 없는 하얀 타일을 마음껏 즐겨 봐야 한다고 했다.

그는 다시 몸을 돌려 바로 누웠다. 그리고 눈을 뜨고 어둠을 바라보았다. "저녁 먹을 시간일 거예요." 그가 말했다. "내려가서 먹어도 돼요."

"네." 그녀가 대답했다. 문득 — 잠의 끝자락에서 일어난 변화일 것이다 — 자신의 옷과 머리 등 자신의 새로운 삶이 드러낸 부적절한 모습에 크게 신경이 쓰이지 않았다. 그녀는 자세를 바로 했다. 더는 남의 시선을 걱정하지 않았기에 이불이 흘러내려도 내버려 두었다. 그녀의 목과 가슴의 여린 피부는 얼룩덜룩하고 빛이 났다. 그녀는 가슴을 손으로 쓸어내렸다. 이제 슬슬 통증이 느껴졌다. 가슴이 어찌나 무거운지. 그녀는 잠시 손으로 가슴을 감싸 쥐었다. "브래지어를 해야겠어요." 그녀가 말했다. "내일."

"오늘 밤은 없어도 돼요." 플러드가 말했다. "내가 대단한 정열의 소유자라면 밤새 당신과 이곳에 머무르고 싶을 거예요. 그런데 이곳에서는 프랑스 요리를 꼭 먹어 봐야 한다더군요. 그리고 나도 좀 먹어야겠고요. 함께 갈 거죠?"

"그럼요." 그녀는 몸을 내밀어 등을 끄고 엉망인 침대에서 무릎을 세워 가슴팍으로 당기고 발목을 교차해 웅크리듯 앉았다. "일어나기 전에," 그녀가 말했다. "손금을 다시 봐 줘요. 손바닥에서 별을 봤죠, 그렇죠? 다시 그 별을 찾을 수 있어요?"

"여기는 너무 어두워요." 플러드가 대답했다.

"그럼 나중에?"

"아마도. 내려가서 봐 줄게요."

주교는 몸이 그대로 굳어 버린 듯했다. 그는 마치 불의 속성을 생각하기라도 하듯 불을 바라보며 말없이 앉아 있었다. 앵윈 신부는 애그니스에게 두 사람 몫의 음식을 준비하라고 해야 할지 마음을 정하지 못했다. 애그니스가 아까 업스트리트에서 장 봐 온 것이 무엇인지 궁금했다. 사실 그곳에 파다한 소문과 추측을 생각해 보면 그녀가 장을 봐야 한다는 사실을 기억하기나 했을지 의문이었다.

"뭘 좀 먹어야 할 것 같은데." 그가 주교에게 운을 뗐다. "가정부에게 음식을 내올 수 있는지 물어봐야겠어요. 뭘 준비했건 우리 두 사람이 먹기에 충분할 겁니다. 플러드 신부는 우리와 함께 함께할 수 없을 것 같아요. 오늘 밤 다른 곳에서 저녁을 먹을 예정이거든요."

그는 보좌신부가 종적을 감춘 일에 대해 변명거리를 마련해 두었다. 플러드가 청년회 회원으로부터 초대를 받았는데, 그 회원의 누이가 파이를 만들 토끼 한 마리를 들고 시골에서 찾아왔다는 내용이었다. 아니면 이쪽이 더 나을지 몰랐다. 플러드 신부는 장례식에 와 달라는 요청을 받아 갔고, 그곳에서 그는 유족을 위로해 주고 유족은 차가운 햄을 대접할 거라고.

주교가 고개를 들었다. "플러드?" 그가 말했다. "플러드가 누군가? 나는 그런 사람은 모르는데."

앵원 신부는 주교의 말을 들었다. 그러나 대답하지 않았다. 그 말의 의미를 이해하기까지 아주 잠깐의 시간이 걸렸던 것이다. 그는 꼼짝 않고 앉아 있었다. 다시 생각해 봐도 놀랍지 않았다. 조금도 놀랍지 않았다.

천사가 토비트와 토비아에게 자신을 설명하면서 뭐라고 했더라? "당신들은 내가 먹고 마시는 것을 보았지만 내가 정말 먹은 것은 아닙니다. 그저 그렇게 보였을 뿐입니다."

웨이터가 그녀의 무릎 위에 다마스크 냅킨을 깔아 주었다. 그 냅킨은 작은 테이블보만큼 큼지막했다. 그녀는 이 저녁을 위해 세일러 칼라가 달린 자그마한 흰색 모슬린 드레스를 입었다. 플러드는 옷 입는 것을 도와주며 그녀가 무척 예뻐 보인다고 말했다. 입고 보니 비록 유행이 지난 옷이기는 해도 하늘거리는 여름 스커트가 테이블 아래에서 그녀의 종아리를 살랑살랑 어루만졌다. 그녀는 보디스도 이만하면 괜찮다고 생각했다. 크게 신경 쓰지는 않았지만.

두 번째 웨이터가 테이블 위 초에 불을 붙였다. 다른 웨이터들도 수레를 밀며 그림자 속으로 들어오더니 손님들의 의자를 빼 주었다. 웨이터들은 빳빳한 하얀 재킷의 단추를 텅 빈 가슴께까지 다 채워 입었다. 그들의 얼굴은 늙어 보이고 비행 십 대들처럼 날카로웠다.

"전생에," 플러드가 말문을 열었다. "나는 여자들을 멀리하며 지냈어요. 그 시절 내가 뭘 잃고 살았는지 이제 알겠어요."

"전생이라니 무슨 말이죠? 당신이 박사 행세를 했던 시절을 말하는 건가요?"

플러드가 고개를 들더니 그가 멜론이라고 부르는 과일 한 조각을 포크로 찍어서 하늘을 가리켰다.

"내가 박사라고 누가 말해 줬죠?"

"당신이요. 분명 당신이 내게 말했어요."

"비유를 이해하지 못하는군요, 그렇죠?"

"그래요." 그녀는 부끄러워서 고개를 푹 숙였다. 멜론을 먹었지만 맛이 느껴지지 않았다. 그녀 입맛에는 손가락을 쪽쪽 빠는 것만 같았다. 물에 풀어 흐물거리는 손가락 살 말이다. "나는 뭐든 있는 그대로가 좋아요. 그래서 성흔이 나타났을 때 그렇게 싫었던 거예요. 나는 성흔을 이해할 수 없었어요. 아무도 나를 십자가에 못 박지 않았잖아요. 그런 내게 왜 그런 것이 생겨야 했는지 도무지 이해가 안 돼요."

"그 이야기는 하지 말아요." 플러드가 말했다. "이제 다 끝난 일이니까. 당신은 이제 새 출발을 할 거예요."

웨이터가 와서 두 사람의 접시를 치웠다. "내 손금," 그녀가 말했다. "잊었나 봐요. 내려오면 손금을 봐 주겠다고 했잖아요."

그녀가 촛불 아래로 손바닥을 내밀었다. "한 번이면 충분해요." 플러드가 말했다.

"아뇨, 다시 봐 줘요. 처음에 제대로 못 들었어요. 내 운명을 알고 싶어요."

"그건 말해 줄 수 없어요."

"내 손금에 적혀 있는 줄 알았는데요. 당신은 그런 걸 믿는 줄 알았어요."

"손금은 변하기도 해요." 플러드가 말했다. "영혼은 유동적인 상태에 있으니까요. 당신의 운명도 바뀔 수 있어요. 당신의 의지가 자유니까." 그는 테이블로 손을 뻗어 검지로 그녀의 손바닥을 톡 쳤다. "로이진 오할로란, 지금부터 내가 하는 말 잘 들어요. 어찌 보면 내가 당신의 미래를 말해 줄 수 있는 건 사실이에요. 하지만 당신이 생각하는 방식대로는 아니에요. 내가 당신에게 지도를 그려 줄 수 있어요. 갈림길에서 어느 쪽을 선택해야 할지 보여 줄 수 있어요. 하지만 당신 대신 그 길을 여행할 수는 없어요."

그녀가 고개를 떨어뜨렸다. "두려워요?" 플러드가 물었다.

"네."

"좋은 징조예요. 원래 그런 법이죠. 적당한 두려움 없이는 아무것도 손에 넣을 수 없어요." 그녀의 입술이 파르르 떨렸다. "무슨 말인지 이해하지 못하는군요." 그가 지친 듯 말했다.

"그럼 도와줘요." 그녀의 눈이 간청했다. 동물의 눈. "나는 당신이 누군지 몰라요. 당신이 어디에서 왔는지도 모르고요. 당신이 나를 어디로 데려갈지도 모르죠."

다른 테이블에서는 배부르게 먹은 손님들이 일어나 냅킨을 붉은색 고급 의자에 툭 던졌다. 사업가들은 계약을 마무리 짓자 서로에게 건배를 들었다. 크리스털 잔끼리 짤랑 부딪혔고 우리 구세주의 피처럼 붉은 와인이 출렁 흘러내렸다. 플러드가 입을 열고 말을 시작했지만 뚝 끊어졌다. 그의 목이 연민으로 메었다. "당신에게 말해 주고 싶어요." 그가 마침내 말했다. "하지만 그럴 만한 이유가 있어서 말할 수 없어요."

"어떤 이유죠?"

"직업적인 이유라고 해 두죠."

왜냐하면, 변화를 일으키는 작업에는 성공의 조건이 있기 때문이다. 그 기술에는 완전한 사람이 필요하다. 그 외에도 증류기들, 용광로 그리고 석탄도 필요하다. 게다가 지식과 믿음, 부드러운 말, 선행이 뒷받침되어야 한다. 그리고 이 모든 것이 다 갖추어졌을 때, 나머지 조건을 보증할 마지막 한 가지가 더 필요하다. 그것은 침묵이다.

플러드는 실내를 돌아보며 웨이터의 관심을 끌어 다음 코스로 넘어갈 때가 되었다고 알렸다. 웨이터가 다른 접시를 가지고 왔다. 그리고 작은 알코올버너를 가져와 테이블에 놓았다. 그는 과시하듯 하얀 냅킨을 홱 빼서 팔 위에 걸쳤다. 곁눈질로 주위를 살피는 모습이 동료들이 방금 그의 행동을 봤는지 확인하려는 것 같았다.

잠시 후 소스를 곁들인 고기가 나왔다. 로이진 오할로란은 웨이터가 고기를 알코올버너 위에 올리고 데우는 모습을 지켜보았다. 그러더니 고기에 뭔가를 부었다. 순식간에 고기 전체에 불길이 확 타올랐다. 그녀는 웨이터의 실수라는 생각에 민망해서 얼굴을 붉혔다. 안토니오 수녀님조차 이런 실수는 하지 않았다. 물론 스토브를 태운 적은 종종 있었다. 그렇지만 테이블 위에 불을 지른 적은 없었다.

그러나 플러드는 신경 쓰지 않는 눈치였다. 그는 불길 뒤에서 눈 하나 깜짝하지 않고 그녀를 지긋이 바라보았다. 그녀는 고기가 불에 탔지만 먹을 수는 있을 거라 생각하며 어떻게든 먹어보겠다고 생각했다. 그만 기쁘다면.

푸른 불꽃이 두 사람 사이로 치솟으며 풀을 먹인 하얀 테이블보와 그의 어두운 얼굴을 비추는 순간 그녀의 눈에 눈물이 차올랐다. 이 순간이 이어지는 동안은 모든 것이 더할 나위 없이 행복하겠지만, 영원할 리 없을 것이다. 지옥조차 끝이 있고 천국도 마찬가지니까. "샴페인." 플러드가 웨이터에게 말했다. "자, 어서 가져와요. 내가 주문하지 않았나요?"

이튿날 아침 눈을 뜨자 옆자리가 텅 비어 있어 그녀는 조금 울었다. 낯선 방에서 잠투정을 하는 어린아이처럼 두려움과 공포에 짓눌려. 그가 가는 소리조차 못 들었을 정도로 깊이 잠들었다는 사실이 전혀 놀랍지 않았다. 이는 의지에 찬 격렬한 잠으로, 사형수가 교수형 전날 자는 잠과 비슷했다.

그녀는 알몸으로 뻣뻣하게 침대에서 나와 화장대를 더듬더듬 짚었다. 햇빛이 묵직한 커튼 끄트머리에서 슬금슬금 기어 내려왔다. 그녀는 방을 둘러보았다. 뭔가를 찾아 두리번거렸지만, 자신도 무엇을 찾는지는 몰랐다.

그러나 다음 순간 그녀는 찾던 것을 발견했다. 그녀의 시선이 쪽지에 가 닿았다. 그가 그녀에게 편지를 남긴 것 같았다.

이불이 침대에서 툭 떨어졌다. 로이진 오할로란은 침대에서 이불을 끌어당겨서 어깨에 덮어 몸을 감쌌다. 커튼을 걷고 싶지 않았다. 그래서 등을 켰다.

그녀는 편지를 집었다. 그리고 펼쳤다. 그의 필체는 기묘했다. 검은색에 작고, 갑갑하고, 예스러워서 꼭 비밀 문자 같았다. 내용은 간결했다.

금은 당신 거예요. 서랍 안에 있어요.

사랑에 관한 말은 단 한마디도, 단 한 글자도 없었다. 어쩌면 그는 평범한 방식으로 사랑하지 않는지도 모른다고 그녀는 생각했다. 어쨌든 신은 우리를 사랑하시니까. 그분은 암(癌)에서도, 콜레라에서도, 샴쌍둥이에게서도 사랑을 드러내신다. 어떤 형태의 사랑이든 다 이해할 수 있는 건 아니다. 어떤 형태의 사랑은 자신에게 낳는 것을 파괴한다.

그녀는 그것이 국가 성명서라도 되듯 쪽지를 양손으로 쥐고 침대에 앉았다. 그녀는 양탄자 위에 올린 맨발을 오른쪽, 왼쪽 그리고 왼쪽, 오른쪽으로 비틀어 댔다. '금'이라니, 펜이 미끄러져 잘못 썼겠지. 그녀는 생각했다.

이윽고 그녀는 쪽지를 베개 위에 내려놓은 채 일어섰다. 그녀는 키 높은 서랍장의 제일 위 칸을 열었다. 그곳에 플러드의 소지품이 있었기 때문이다. 서랍은 거의 비어 있었다.

그는 철도원의 손수건을 그녀에게 남겨 놓았다. 그는 역으로 가는 길에 시민 농장 부지를 지나면서 울타리 기둥에 묶여 있던 그 손수건을 가져왔다. "대신 내 것을 두고 왔어요." 그는 이렇게 말했다. "아무 흔적도 남기지 않고 교구를 떠나고 싶지 않았거든요."

그녀는 손수건을 집어 들고 흔들었다. 그리고 얼굴로 가져갔다. 손수건에서는 토탄과 석탄으로 피운 불, 안개와 닭장, 지난해의 냄새가 몽땅 났다. 그녀는 손수건을 접어서 반들거리는 서랍장 위에 내려놓았다.

손수건과 함께 끈으로 입구를 조이는 지저분한 캘리코 주머니가 있었다. 아이들이 구슬을 넣어 두는 자루와 비슷했지만, 훨씬 더 컸다. 그녀는 그 가방을 들고 무게를 가늠했다. 묵직하고 큼지막했다. 그녀는 입구를 잡아당겨 열어 보았다. 안에 지폐가 들어 있었다.

하느님 맙소사, 강도질이라도 했나? 그녀가 생각했다. 불에 태우는 지전인가? 아니면 가게에서 슬쩍했나? 그녀는 첫 번째 돈다발을 무릎 위에 놓았다가 무게를 가늠하듯 들었다. 충분히 진짜 돈처럼 보였다. 그가 자신의 손수건에 올려 두었던 6펜스 은화들이 몇 배로 불어난 것 같았다. 그녀가 평생 한 번도 못 본 액면가의 지폐들이었다.

로이진 오할로란은 돈주머니를 비웠다. 돈다발을 양손으로 이리저리 돌리며 가장자리를 손끝으로 훑었다. 현금이 얼마나 될지 알지 못했다. 돈을 다 세려면 한참 걸릴 것 같았다. 액수가 얼마건 그녀가 사고 싶은 물건을 다 살 수 있을 것 같았다.

그랬다. 그녀는 자신이 원하는 것을 생각하며 잠시 앉아 있었다. 그녀는 그를 되찾고 싶었다. 분명 그랬다. 그녀는 앞으로 가슴 아파할 수많은 시간과 날, 달, 년을 떠올렸다. 하지만 그 점을 제외하면, 이 돈이 상당히 큰 위안이 되지 않을까? 이 돈이면 다시 농장에서 일하게 해 달라고 빌지 않아도 될 것이다. 어느 수녀원 문을 두드릴 필요도 없다. 아무도 그녀를 데려가 자선을 베풀지 않아도 된다. 이 돈이 있는 한은 그러지 않아도 된다. 게다가 근검절약이 몸에 배었으니 꽤 오랫동안 버틸 수 있을 것이다. 이 돈이 바닥날 즈음이면 나는 다른 곳에서 다른 사람이 되어 있겠지. 그녀는 생각했다. 내 삶에 두 번째 기회가 나타나겠지.

그런데 그때 왜 돈이 바닥날 것이라고 생각하는지 문득 궁금해졌다. 이것은 평범한 동전이 아니요, 평범한 금이 아니다. 이 돈은 마치 사랑과 같다는 생각이 뇌리를 스쳤다. 일단 사랑하는 마음이 생기면. 사랑이 생겨나면, 배아의 세포처럼 각각의 부분이 나뉘고 두 배로 늘어나고 또 두 배로 늘어나면서 계속 불어날지 모른다.

그녀는 자신의 종이 결혼반지를 보았다. 진짜 반지도 살 수 있겠어. 그녀는 혼잣말을 했다. 기분이 좋아졌다. 지폐 다발을 들고 볼에 갖다 댔다. 사람들은 돈이 만악의 근원이라고 한다. 음, 개신교도들이 그렇게 말하지. 그렇지만 가톨릭 신자라고 그런 것도 모를까 봐?

그녀는 그 돈을 조금씩 차곡차곡 주머니 안에 다시 넣었다. 그리고 끈을 조인 후 조심스럽게 짐 가방 바닥에 넣었다. 그리고 베개 위의 편지를 챙겨 반으로 접어 함께 넣었다. 그 누가 돈에 문제를 제기하더라도 명명백백했다. 금은 당신 거예요. 이렇게 쓰여 있으므로.

그녀는 세면대 앞에 서서 뜨거운 물이 수도꼭지에서 콸콸 흐르는 모습을 지켜보았다. 수건을 가져와 물에 적시고 꼭 짰다. 그리고 향이 나는 비누로 온몸을 씻고 물을 버리고 다시 물을 받았다. 거의 찬물이나 다름없어도 깨끗한 그 물로 다시 몸을 씻었다. 사람들은 이렇게 살겠구나. 그녀가 생각했다. 매일 아침 일어날 수 있으면 일어나서 씻고 싶으면 이렇게 씻겠지.

그녀는 옷을 입었다. 입을 옷은 한 벌뿐이었다. 이런 상황에 익숙했다. 어차피 다른 중요한 일들에 비하면 사람들의 시선 따위는 아무것도 아니었다.

그녀는 침대를 정돈했다. 그리고 그곳에 앉아 오 분 동안 울었다. 시계로 우는 시간을 확인했다. 그녀는 자신이 눈물을 흘려도 되는 시간은 딱 그만큼이라고 생각했다. 어차피 그가 떠날 줄 알았기 때문이다. 아닐 수도 있다는 생각은 하지도 않았다.

오 분이 지나자 그녀는 마지막으로 세면대로 가 찬물 수도

꼭지에 수건 한 귀퉁이를 적셔서 눈을 닦았다. 그녀는 허리를 펴고 거울에 비친 자신을 보았다. 체크무늬 스카프로 머리를 감쌌다. 사람들의 눈은 중요하지 않았지만, 잡혀서 정신 병원으로 보내지면 너무 안타깝지 않겠냐고 속으로 말했다. 마침내 커튼을 걷었다. 엄청난 햇빛이 파도처럼 방으로 밀려 들어와 옷장과 서랍장, 막 정리한 침대를 비추었다. 그녀는 뒤로 물러나 감탄하며 그 광경을 보았다.

그러고는 소심하게 방을 나서 복두로 나갔다. 기름기와 검댕에 찌든 커튼이 쳐진 커다란 창문들을 지나고 잿빛으로 변해 가는 레이스 커튼과 문장(紋章)에 묘사된 추기경의 모자처럼 황금색 끈과 술이 달린 선홍색 벨벳 커튼을 지나쳤다. 그녀는 폭이 넓은 돌계단을 내려가 마호가니 제단으로 다가갔다. 프런트 직원이 그녀에게 정중히 인사를 건넸다. 그녀는 숙박비를 계산하겠다고 했다. 그 말에 직원은 깜짝 놀라며 박사가 이미 계산을 마쳤다고 했다. 박사님은 어디에 계신가요? 그가 물었다. 벌써 갔어요. 그녀가 대답했다.

오, 그렇군요. 그렇다면 당장 호텔에서 나가 주서야겠습니다, 플러드 부인. 남자가 말했다. 그녀는 직원의 태도가 변했으며 눈에 띄게 무례해졌다는 사실을 깨달았다. 그러나 그녀는 그저 온화하게 당장 떠날 거라고 말하며 짐 가방이 보이지 않느냐고 되물었다. 오, 벨보이를 부르시면 되었을 텐데요, 마담. 직원이 대꾸했다. 괜히 힘들게 직접 드실 필요가 없는데. 그녀가 열쇠를 건네고 대리석을 쓸데없이 많이 써서 얼음 언 호수처럼 미끄럽기만 한 로비를 걷기 시작하는데 뒤에서 그 직원이 동료에게 하는 말이 들렸다. 이봐, 방금 있었던 일 믿겨, 토미? 1, 2킬로미터 밖에서도 알아볼 수 있겠어. 호텔에서 일한 지 이십 년이나 되었지만 저렇게 괴상하게 생긴 계집은 처음 봤어.

그날은 잉글랜드 북부에서 보기 드문 날로, 창백한 햇빛이 겨울나무의 새까만 잔가지를 빠짐없이 비추고, 땅을 뒤덮은 서리가 보도 위로 금빛 연무를 이루고, 상업의 사원인 거대한 건물들이 공기와 연기로 만들어진 것처럼 일렁거렸다. 어느새 도시는 우중충한 극지방의 특징을 벗어 버리고 주민들은 신랄함과 인색한 태도를 던져 버렸다. 파리한 태양이 마음에 온기를 불어넣어 심장에 불을 피울 힘을 얻기라도 한 듯 상냥함의 은총이 그들의 빈약한 이목구비에 내려앉았다. 한편 회사원들은 모차르트를 듣고, 빈의 패스트리를 먹고, 무화과 향이 나는 커피를 마시기를 갈망했다. 청소부 여자들은 밀대를 밀며 노래를 흥얼거리고 투박한 굽을 플라멩코 무희처럼 딸그락거렸다. 카날레토[82]가 블랙프라이어스 다리에서 잠시 발걸음을 멈추고 풍경을 조망하고, 곤돌라 뱃사공들은 맨체스터십 운하를 따라 배를 몰았다.

로이진 오할로란은 역으로 발걸음을 재촉했다. 그녀는 런던 로드를 향해 구불거리며 이어지는 길에 달린 수많은 광고판 아래를 지나쳤다. 누군가 그녀의 푸른색 서지 양장과 검은색 즈크화를 봤다면 분명 그것들을 그날의 진기한 구경거리로 받아들

82　Giovanni Antonio Canaletto. 18세기 이탈리아의 화가. 영국에서 활동했다.

였을 것이다. 그녀는 눈이 따끔거리고 볼이 불타듯 화끈거렸다. 하지만 그것은 유쾌한 추위 때문이었다. 주위의 모든 것 ─ 금색의 도보며 맨체스터 사람들의 얼굴, 머리 위 색색의 간판들 ─ 이 그녀 눈에는 새롭게 창조된 것처럼 보였다 ─ 하룻밤 사이에 새롭고 독창적인 과정을 통해 다시 만들어진 덕분에 깨끗하고, 예리하고, 휘황찬란하게, 다시 말해 티 한 점 없는 얼굴들과 티 한 점 없는 광고판들, 얼룩 한 점 없는 보도로 바뀐 것 같았다. 나는 어디든 갈 수 있어. 그녀는 생각했다. 아일랜드로 돌아갈 수도 있어. 배편으로. 내가 그러고 싶으면. 아니면 말고.

런던 로드 역에 도착해 연기와 증기로 가득한 요란한 어둠과 지붕에 파도처럼 부딪히는 철도의 소음 속으로 들어서자 그녀는 가방을 조심스럽게 다리 사이에 내려놓고 고개를 들어 행선지 안내판을 보았다. 이윽고 한 곳을 골랐다.

앵원 신부는 늦잠을 잤다. 미스 뎀프시는 아직 침대에 있는 그에게 차를 갖다주었다. 그 오랜 세월 함께 지내면서 그녀가 이런 행동을 한 적은 이번이 처음이었다. 사제가 아직 침대에 누워 있는 방으로 내가 들어간 걸 알면 마리아의 아이들이 화를 내겠구먼. 그녀는 생각했다. 어쩌면 그곳에서 쫓겨나 영원히 얼굴을 못 들게 될지도 모르지.

어쨌든 이렇게 해서라도 신부가 오늘 일어날 일, 즉 질문과 보람, 현실 인식에 대처하도록 준비를 시켜야 했나. 언젠가 우리가 지금 일어난 일을 되돌아보며 '기적의 시대'였다고 말할 날이 오겠지. 그녀는 생각했다. 그녀는 전에 사마귀가 있었던 곳을 만졌다. 지난 이틀 동안 그녀는 거울 앞을 지날 때마다 ─ 그리고 거울을 더 많이 걸 계획을 세웠다 ─ 잠시 멈춰 서서 자신의 얼굴을 물끄러미 바라보며 미소를 지었다.

얼마 후 그들이 상대해야 할 경찰이 당도했다. 9시 정각에 경찰서장이 직접 찾아왔다. 그는 현대적인 경찰로 얼굴이 말쑥하고 눈빛이 차가웠다. 그리고 커다란 검은 차를 타고 주 전역을 돌아다니는 업무를 무엇보다도 좋아했다.

그림들을 보면, 수태 고지를 하러 온 천사들이 다양한 모습으로 그려져 있다. 어떤 천사들은 새의 골격에 발이 작고 날개는 물총새의 등처럼 희미하게 빛난다. 또 어떤 천사들은 섬세하게 구불거리는 금발 머리에 여자 음악 선생님처럼 얌전한 얼굴을 하고 있다. 좀 더 남성적인 이미지로 묘사된 천사들도 있다. 거대하고 원숭이 같은 그들의 발이 대리석 보도를 파고든다. 그들의 날개에서는 거대한 수상 동물의 물에 젖은 단단함이 느껴진다.

암브로지오 베르고뇨네가 그린 성모자(聖母子) 그림이 있다. 그림 속 성모는 은빛이 도는 것처럼 파리하고, 그녀의 아기는 안고 있으면 팔이 아플 것처럼 통통하고 발육이 좋다. 늘어져 있지 않는다면 금방이라도 걸어 다닐 것만 같은 아기다. 성모는 아기를 한 팔로 받치고 있고 아기의 두 발은 진한 녹색 천을 밟고 있다.

그녀의 양옆으로 열린 창이 있는데, 그 창은 먼지가 풀풀 날리는 거리로 나 있다. 인생은 계속된다. 저 멀리 종루가 서 있다. 감상자 쪽으로 다가오는 인물은 바구니를 들고 있다. 우리로부터 멀어지는 두 인물은 대화에 푹 빠져 있고, 바로 뒤를 꼬리털이 복슬복슬한 하얀 개가 뒤따르고 있다. 아이는 묵주를 가지고 노는데, 아마 산호로 만든 묵주 알일 것이다.

성모 앞에는 책이 한 권 펼쳐져 있다. 그녀는 시편 1장을 읽고 있는데, 우리를 확실히 안심시키는 내용이다. "악한 자의 길은 멸망에 이르나, 의인의 길은 야훼께서 보살피신다."[83]

첫눈에 성모는 헤아릴 수 없을 만큼 슬퍼 보인다. 그러나 그 표정을 자세히 보면 그제야 옴폭 들어간 입가에서 히죽거리는 듯한 웃음기와 기다란 회갈색 눈에서 만족감이 엿보인다.

---

83 시편 1장 6절.

옮긴이 **이경아**

한국외국어대학교 러시아어과와 동 대학 통번역대학원
한노과를 졸업하고 영어와 러시아어 전문 번역가로 활동 중이다.
『모두를 위한 페미니즘』, 『프랑켄슈타인』, 『요크셔 시골에서 보낸 한 달』,
『비밀의 화원』, 『이웃의 아이를 죽이고 싶었던 여자가 살았네』 등을
우리말로 옮겼다.

플러드

1판 1쇄 찍음	2024년 8월 6일	지은이	힐러리 맨틀
1판 1쇄 펴냄	2024년 8월 16일	옮긴이	이경아

발행인　박근섭 박상준
펴낸곳　(주)민음사

출판등록　1966. 5. 19. 제16-490호
주소　　서울시 강남구 도산대로 1길 62(신사동)
　　　　강남출판문화센터 5층 (우편번호 06027)

대표전화　02-515-2000
팩시밀리　02-515-2007
홈페이지　www.minumsa.com

한국어판　© (주)민음사, 2024. Printed in Seoul, Korea
ISBN　　978-89-374-5688-6 03840
　　　　잘못 만들어진 책은 구입처에서 교환해 드립니다.